異世界転生したら
養子に出されていたので
好きに生きたいと思います

登場人物紹介

ヴィルヘルム・クロネス・モント

第二王子。
ゲームでは登場しない存在。
負けず嫌いで見栄っ張りだが、
慎重な一面もある。
好きな子には一途なタイプ。

フィン・ローゼシュバルツ

侯爵家の令息。
侯爵夫人の甥にあたる養子。
五歳の時に前世の記憶を思い出し、
ここがゲームの世界だと気づく。
素直で根気強い頑張り屋。

ゴットフリート・グロース

伯爵家の子息。
ラインハルトとは双子の兄弟。
ゲームの攻略対象の一人。
我慢強いが売られた喧嘩は買う。
好きな子には尽くすタイプ。

ラインハルト・グロース

伯爵家の子息。
ゴットフリートとは双子の兄弟。
ゲームの攻略対象の一人。
勝気だが、表面上の人当たりは良い。
好きな子ほどいじめたくなるタイプ。

ユーリ・シュトラオス

フィンの家庭教師。
ややナルシストだが
実力に裏打ちされたもの。
明るく陽気で、頼れる存在。

リヒト・フォルシャーナ

ゲームの攻略対象の一人。
マイペースで、
没頭すると周りが見えなくなる。
興味関心の九割が
魔道具に向けられている。

「指輪魔法と愛の奇跡」

フィンが前世で遊んだ恋愛シミュレーションゲーム。
前世のフィン本人はそこまで好んでいたわけではないが、
姉に攻略を命じられてクリアした。
近代ヨーロッパに生活様式を似せつつ
魔法によって様々な部分が発達しており、
この世界のベースとなる存在ではとフィンは考えている。
ゲーム上では、
フィンが十代の時に魔界との間に張った結界が緩み、
主人公か攻略対象が結界を張り直すイベントが発生する。
また、ゲームのフィンは、異母妹バルバラを憎み、
その結果バルバラと第三王子が乗った馬車を襲撃した
犯人として捕まる悪役だった。

『この世界』の魔法

魔力の量や属性（闇、光、土、風、水、火）に差はあれど、
この世界では誰もが魔力を持っている。
そのため、魔力に応じた魔法を使うことが可能。
五歳になると魔力属性を調べて役所に提出することになる。

闇一族

かつて存在した、闇魔法に特化した一族の呼称。
男性でも妊娠できる器官を持っており、
この血が流れている者は、
闇魔法を使えたり、同じ器官を持っていたりすることがある。

ココ

フックスと呼ばれる魔獣。
とある山の中でフィンと出会う。
可愛い見た目に反して
猛獣とされる存在だが、
フィンにはよくなついている。

Isekaitensei sitara
Yousi ni dasareteitanode
Suki ni ikitaitoomoimasu.

その日は人生で一番ついてなかった。

ハマっているアプリゲームでは、やっと十連ガチャを引くためのクリスタルが溜まったのに、既に持っているカードしか当たらなかった。イベントガチャは今日までなのにと朝からへこんだ。

いつも通り始業時間より二時間も早く出社して仕事をしていたら、クレームの電話をとってしまい、自分の担当顧客でもないのに対処に追われるハメに陥《おちい》った。ちなみに担当営業は今日からいきなり出張に行ったらしい。予知していたのだろうか。

更に、上司が得意先から帰ってきたら、他社とのプレゼンに負けたらしく、別室へ呼ばれて説教された。何でも俺が作った資料の出来が悪くて負けたらしい。

じゃあ自分で作れや。何で俺がお前の得意先へアプローチする為の資料を作らなきゃならないんだ。遅くまで残業している俺と、毎日定時で帰ってるあんたとじゃ使える時間も違うだろうが。何故こんなクズが上司なんだ。チェンジだ、チェンジ！

そう思ったが口にはせず、虚ろな目をしながら適当に相槌を打って一時間も耐えた。

無駄にした時間は戻らないし、嘆いてもどうにもならない。必死に頑張ったが、今日も誰よりも遅くまで仕事をすることになった。

そして、蓄積されたストレスと疲労で注意力散漫になっていたのか、俺は帰宅中に赤信号に気づくことなく横断歩道を渡り、トラックに撥ねられてしまった。

痛みと出血で少しずつ薄れていく意識の中、死ぬ直前までついてないんだな、と思った。


次に意識が浮上して最初に思ったのは、暑い、ということだった。正確には全身が熱く重だるい。瞼を上げれば見知らぬ天井が見えた。薄暗く、寝かされている周りには透《す》けたカーテンのような物がかかっている。左側だけ開放され、そこには誰かがいた。視線をそちらに向けると、優しそうな年配の女性がいて、手にした濡れた布を額に載せてくれた。布の冷たさが気持ちいい。その女性は、今度は違う布で顔や首の汗を拭ってくれ、俺の口からは思わず安堵の息が漏れた。自分の吐く息も熱く不快だった。熱が出ているのだろう。

「坊っちゃま。お水をお飲みになられますか？」

再び落ちてしまっていた瞼を上げると、女性が吸い飲みを手にこちらを見ていた。

坊っちゃま？　聞き間違いだろうか。

喉は渇いていたので頷くと、吸口を咥《くわ》えさせてくれる。こくこくと飲む水は冷たくて美味しかった。水を飲んだらまた眠くなってきた。そうやって寝ては起きての生活を繰り返し、起きている時間が増えるにつれ、自分がトラックに撥ねられて奇跡的に助かったわけではないことを知った。

部屋にある一番大きな鏡の中で、小さな子どもが両手を上げた。今度は片手を下げる。次は上げていた方の手を額に近づけて敬礼した。

何てことだ。自分と同じ動きをするではないか。

後ろでは、微笑ましそうにメイドのアマーリアが見守っている。熱を出した俺の世話を付きっきりでしてくれた女性だ。白のエプロンに黒いワンピースのメイド服を着ている。

視線をアマーリアから子どもへと戻す。ミルクティーのような色の髪はふわふわしている。生まれつき癖毛なのかもしれない。大きな瞳は青色で、髪色と同じ睫毛は長く、ふっくらとした頬は指先でつつきたくなるように愛らしい。

ふむ。控えめに言っても天使のように可愛らしい子どもだが、本当にこれは俺なのだろうか。

事故に遭うまでの俺は、この子どもとは似ても似つかない人間だった。三十四歳で独身、彼女なしのオタクで社畜。ストレス発散は、ゲームをしたり、漫画や小説を読んだりすること。最近では異世界転生というジャンルにハマっていて、プロのから素人が創作したものまで幅広く読み漁っていた。

これは、そのまさかの異世界転生だったりするのだろうか。

俺はトラックに撥ね飛ばされて宙に浮き、道路に叩きつけられた筈だ。助かったとしても、確実に後遺症は残るような事故だった。

しかし、今の俺は昨日まで熱を出していたとはいえ、至って健康体の可愛らしい幼児になっている。それに、混乱していた頭が冷静になっていくにつれ、少しずつ今世の自分の記憶も戻ってきていた。

今世の俺の名前はフィン・ローゼシュバルツ。二週間前に子どものいないローゼシュバルツ家の養子になったばかりだ。だから、今いる部屋も使用人たちも見慣れなくて、居心地が悪い。

「フィン。寝てないと駄目ではないですか」

後ろから声がかかり振り返ると、淡い水色の髪を綺麗に結い上げた女性が立っていた。

「ラーラ伯母さま」

口にしてしまってから失敗したと気づく。今後はこの呼び方をしてはいけないと窘《たしな》められた記憶がある。俺の言葉に目の前にいる女性、ラーラ・ローゼシュバルツは微かに眉を顰《ひそ》めた。

「慣れないかもしれませんが、母上と呼びなさいと言ったでしょう？」

「申し訳ありません。母上」

すぐに言い直すとラーラは頷いてくれたので、ほっと胸を撫で下ろす。

「熱が下がったばかりなのですから、まだ安静にしてなさい」

ラーラに手を引かれ、俺は再びベッドへ寝かされた。丁寧に肩まで上掛け布団をかけてくれたラーラは、アマーリアがベッドの横に持ってきた椅子へと腰掛ける。

「……」

「……」

会話もなく、見つめ合っているのも気まず過ぎて、俺は不自然にならないように視線をゆっくりとベッドの天井へと向けた。天蓋付きのベッドで、見上げた先の天井には花や鳥などの姿が描かれており、一枚の絵のようになっていた。元々あった物なのか、俺がこの家に来ると決まって用意してくれた物なのか分からないが、癒される。チラッとラーラに視線を戻すと、表情のない顔で俺の方をじっと見つめていた。眠るまで見張ってるつもりなのかもしれない。仕方なく俺は目を閉じた。一週間も寝込んでいたから、こんな昼間から眠れるだろうかと思ったのは杞憂で、すぐに睡魔が訪れた。眠りに落ちる少し前に、優しい手に頭を撫でられたような気がしたけど、夢か現実か分からなかった。

ラーラは、俺が寝込んでいる間ずっと、部屋にお見舞いに来てくれていたらしい。熱が出ていた時には意識が朦朧として気づかなかったが、庭に咲いている花を自ら摘んで、ラーラは毎朝持ってきてくれていたそうだ。今日も桃色のスイートピィのような可愛いらしい花が、窓辺にある花瓶に生けられている。何気なく可愛い花だねと言ったら、アマーリアが嬉々として教えてくれた。表情こそ乏しいが、ラーラは新しい息子になった俺を心配してくれているようだ。不器用な人なのかもしれない。

昨日、無意識に口にした通り、俺にとってラーラは、本来は伯母に当たる。実父の姉のラーラは、結婚してから子に恵まれなかった。ラーラの夫であるルッツは、妻一人を生涯愛すると決めており、愛人もいないので庶子も存在しない。ローゼシュバルツ家は侯爵家で、跡取りは絶対に必要になる。そこから養子をもらう話になり、俺が選ばれたというわけだ。

だが、昨日会った時の印象では、ラーラはまだ子を諦めるような年齢ではないように見えた。こんなに早く実際に養子を引き取ることになったのは、俺のせいなのかもしれない。

今世の俺は、伯爵家の三男としてこの世に生を受けた。俺の母親は産後の肥立が悪く、俺を産んですぐに亡くなってしまう。父は妻を亡くした悲しみを癒すためか、妻が亡くなって一年後に若く新しい妻を娶った。更にその一年後、新しい妻は女児を出産した。

この世界では元々女性の数が減少傾向にあったが、十数年前から女児が産まれる数が極端に減っていた。女性が少なければ必然的に子どもの数が減り、少子化問題も深刻になってきている。子どもを一人でも多く産んでもらおうと、出産時には国から褒賞金が出る制度もあり、女児を産んだ場合は男児の三倍の褒賞金が出た。

女児を産んだ女性は称賛の的で、後妻である継母は女児を産んで気が大きくなったのか、随分と傲慢な態度を取るようになった。産んだ娘を殊更可愛がり、歳の近い俺と比べては娘の素晴らしさを語った。

この態度に兄二人は憤慨した。元々父が妻を亡くして一年で若い女を新しく娶ったことに思うところがあった彼らは、父を避けるようになり、継母や妹のことを嫌って、ほとんど部屋から出てこなくなった。父も仕事に忙しくて家にあまりおらず、顔を合わせる機会が一番多い俺が、継母から叱責されることが増えた。

妹が転んで泣いていれば、足を引っ掛けたのではないかと疑われ、妹が熱い紅茶が入ったカップをひっくり返せば、俺が注意して見るべきだと叱られる。そしてついには、妹が池に落ちた日、俺が妹に嫉妬して突き落としたのだと言われた。

『なんて酷いことができるの！　罰です！　鞭打ちよ！』

その体罰が元で俺は熱を出し、あまりの仕打ちに流石に堪えかねた執事が父へ報告した。継母と俺が上手くいっていないことを、父も何となく感じていたようだが、熱を出すほどの体罰までするとは思っていなかったらしい。継母に苦言を呈したが、逆に俺が妹を虐めていると訴えられたらしく、反省の色は微塵もなかったそうだ。妹の方も、泣きながら俺に嫌がらせをされると父に告げたらしい。執事や使用人たちは、我が儘な継母と妹に嫌気が差していたのか、俺が理不尽に叱責されていたことをきちんと証言してくれた。

父は事の重大さを認め、このまま一緒に暮らすのはよくないと判断し、俺がローゼシュバルツ家に養子へ出されることが決まったのである。

ただ、俺は継母や妹が言ったことを父が信じ、家を追い出されたと思い込んでショックを受けた。泣きながら嫌だと抗議したが聞き入れてもらえるはずもなく、伯父夫婦のところへ送り出されてしまった。伯父夫婦とはあまり会ったことがなく、俺にとっては赤の他人も同然なのに、今日から新しい父と母だと言われても納得などできなかった。

自分が悪い子なら直すからどうか見放さないでほしい。嫌なことがいっぱいあったけど、生まれ育った家に帰りたかった。

そう思っては眠れない日が続き、新しい家に住み始めて一週間後、とうとう俺は衝動的に雪が降る夜に家を飛び出してしまった。けれど、もちろん子どもの足で帰れる距離でもなく、前の家へ帰る道も分からなかった。結局俺は、雪道で力尽きて座り込んでいたところを、俺を探していた使用人に発見され、ローゼシュバルツ家に連れ戻されることとなる。寝巻きのまま薄着で寒い夜道を歩いたことで、俺はその夜から高熱を出し、そのせいかは分からないが前世の記憶を取り戻した。

俺はフィン・ローゼシュバルツ。ローゼシュバルツ家の長男として、これからこの家で暮らしていかなければならない。高熱を出す前までの俺は、実父が俺を守るためだと説明してくれても信じきれなかった。

しかし、前世で三十数年生きた記憶が戻った今、それが父の苦肉の策だったことは理解できる。後妻の暴走を止められなかったのは父の責任であるが、仕方がないと諦めるしかない。

「坊っちゃま。そろそろ朝食に参りましょうか。旦那様と奥様もお待ちですよ」

使用人が迎えに来たことで、アマーリアが声をかけてくれた。ラーラが摘んでくれた桃色の花をもう一度見てから、俺は部屋を後にする。これからの生活に思いを巡らせながら。

記憶が戻ってから、初めてルッツとラーラと共に食卓を囲む。ルッツも俺が寝込んでからは、度々部屋を覗きに来てくれていたらしい。仕事が忙しく夜遅くにしか来れなかった為、俺が起きている時は一度もなかったそうだ。

「元気になって良かった」

そう言ったルッツは、ラーラと負けず劣らず表情筋があまり機能していない。

ルッツ・ローゼシュバルツ。侯爵家の当主であり、この国の宰相でもあった。面立ちは整っているが、役職の影響か生来の性格か、冷たく突き放すような印象を与えている。

どことなく、前世で尊敬していた営業一課の課長だった人に似ている。他人に厳しいが自分にはもっと厳しい人だった。口煩く言われ毛嫌いしている人も多かったが、仕事が早くミスも少なく営業成績は常にトップだった。あの課長の下で働きたい、三課から一課に異動したいと何度願ったことか。クズな上司によって異動願いを裏で勝手に握り潰されていて、その願いが叶うことはなかったが。憧れの人に似ていると感じただけで、ルッツへの好感度は上がった。表情がないなんて問題じゃない。かけてくれた言葉も優しかった。

俺が揃ったことで朝食が運ばれ始める。食事作法が心配だったが、体が覚えていたので問題はなかった。初めに声をかけられて以降、会話はなく、三人が食事をする食器の音だけが部屋に響いた。静かな朝食だったけれど、誰かと食べる食事は美味しかった。前の家ではいつも一人だったので、食事は味気なく寂しかったのだ。

パンを口に入れて顔を上げれば、父上になったルッツがサラダを食べていて、母上になったララがスープを飲んでいる。その光景が嬉しくて、俺は無意識にニコニコと笑いながら食べていたらしい。俺の様子に気づいた二人が僅かに頬を緩めてくれて、嬉しいけど恥ずかしくなって慌てて俯《うつむ》いた。照れてしまったことを誤魔化すように、俺は再びパンに手を伸ばしながら、こっそり安堵のため息をつく。

良かった。この二人なら、これから父上と母上として、素直に慕えそうだ。

新しく親子になった俺たちを、使用人たちも嬉しそうに見守ってくれていて、俺が想像していたよりも和やかな時間が過ぎていった。

父上は今日も仕事で忙しい。朝食が終わると、訪れた側近と領主としての仕事の打合せをしてから、宰相として王城へ出勤して夜遅くに帰宅するというハードスケジュールだった。

朝食も片手で食べれるゼリーで済ませ、慌てて家を飛び出すような前世の俺とは大違いなスマートさである。

母上と玄関まで初めてお見送りに付いてきたが、俺は『あること』を言うタイミングを見計う為に、そわそわしていた。こんなことなら朝食の時に勇気を出して言えばよかった。でも、大きなテーブルで距離もあったし、なかなか言い出せなかったのだ。

「じゃあ、行ってくるよ」

「はい。お気をつけて。いってらっしゃいませ」

父上は、母上と頬に口づけを交わした後、やっとこっちを見てくれた。

「フィン。行ってくるよ」

「ち、父上！　あの、少しだけいいですか？」

思った以上に大きな声が出て、玄関ホールにいた人たちの視線が一気に集中した。父上のそばに控えていた側近が、一瞬すごく嫌そうな顔をしたことが見え、萎縮してしまう。

分かるよ。出勤前の一分一秒を争う時に呼び止められるなんて、面倒以外の何ものでもないもんな。これだけは言わなければと意気込んだのに、他人から嫌な顔をされると足が震えてきてしまった。

勢いよく呼び止めた後、すぐに眉を下げて俯《うつむ》いてしまった俺に、父上はわざわざ膝を折って顔を覗き込んでくれた。

「何だい？」

優しい声音に勇気をもらって顔を上げる。父上は相変わらず無表情だけれど、グレーの瞳は穏やかにこちらを見ていた。

「あ、謝りたくて。一週間前、夜中に突然家を飛び出してしまって、ごめんなさい。それから、捜してくださってありがとうございました」

言い切ってから頭を下げる。しんっと沈黙が降りた。

今更なのは分かっている。本当は顔を合わせて最初に謝るべきだった。俺が記憶を取り戻してから回復に向かっている間、顔を合わせた母上も使用人も誰も何も問わなかった。まるで、風邪をひいて熱を出しているかのように接してくる。でも、みんなが何も言わないからって、そのままじゃ駄目だ。元はと言えば、俺が夜に薄着で家を飛び出したのが原因なのだから。

頭を下げ続けるが、父上は何も言ってくれない。謝るのが遅過ぎて呆れて言葉も出ないのだろうかと不安になってきた。じわじわと涙が出てきそうになって、必死に歯を食いしばる。

三十路過ぎた男が謝罪する時に泣くなんて気持ち悪いだけだぞ。見た目は幼児だが、中身は大人なんだからな。

「フィン」

「わっ」

父上に突然抱き上げられて、頑張って食い止めていた涙がポロリとこぼれてしまった。片腕に座らされて、立ち上がった父上と同じ目線になる。

「捜すのは当然だ。フィンは私たちの息子なんだからね。でも心配したんだよ。頼むから、危ないことはしないと約束しておくれ」

父上の指先が、こぼれた涙を拭ってくれたけど、後から後から溢れてきてしまった。

「うっ、ひっく、ごめ、ごめ、ごめんなさい。もう、しませ」

父上は、俺が泣き止むまで背中をさすってくれた。泣き止んだ後は、くしゃりと俺の頭を撫でて額に口付けてから『行ってくる』と言って、颯爽と出かけて行った。

俺は泣き止むのに精一杯だったので、ぼんやりとそれを見送ってしまった。今度は行ってらっしゃいの挨拶を言いそびれたと、父上が出て行った後の扉を見つめて肩を落とす。

だが、失敗にくよくよしてはいられない。これからいくらでも挽回のチャンスはある。

振り返ると、玄関ホールに残っていたみんなが俺を見ていた。

「母上もアマーリアもみんなも、夜中に家を飛び出してごめんなさい。捜してくれてありがとうございました」

再び母上たちにも謝罪する。悪いことをしたら謝る。これ常識。深々と頭を下げる俺の頭を、今度は母上が撫でてくれた。

「本当に……いなくなったのを知った時は肝が冷えました。あまり心配させないでね」

「はい、母上。あと、素敵なお花をありがとうございました」

「あれはこの時期にのみ咲く花なの。白い雪の中で咲く、桃色や黄色の花がとても綺麗なのよ。まだ咲いているから、あとでお庭を見に行ってみる？」

「見たいです！」

俺は差し出された手を握って、母上と手を繋ぎながら部屋へと戻った。

さぁ、新しい生活のスタートだ。


「君は、いつからそんなに偉くなったんだい？」

馬車に乗る前に、近くに控えていた側近へと声をかける。

フィンが何か言いたげだったことには気づいていた。まだ距離感が掴めず、こちらから声をかけていいものかと考えているうちに、フィンは自ら声をかけてきた。それなのに、一瞬でその勢いが落ちた。フィンは視線を私の斜め後方に向けた後、顔が強張《こわば》り俯《うつむ》いてしまった。その場所にいたであろう側近にちらりと視線を向けると、顔を青褪め体を震わせている。

「私の息子に対して不快感を表すなど、いい度胸だ。私はね、身の程を弁えない者はあまり好きではない」

「もっ、申し訳ありません！」

頭を下げる側近に頷いてから馬車に乗り込む。走り出した馬車の中で、持ってきた書類に目を通しながら、あの側近は駄目だなと思った。長年勤めてくれていた側近がやむ得ぬ事情で退職し、推薦された者を雇ったが、ミスも多く使い勝手も悪い。何より、子ども相手に不快にさせたと悟られるほど感情を隠しきれないのは、侯爵家の側近として失格だ。

潮時だな。

すぐに解雇して、今日のことが原因とフィンを逆恨みされても困る。新しい適任者を見つけたら、どこかへ飛ばすか。そんなことを考えているうちに、フィンの顔を思い出した。

朝食の時にみせた笑顔は可愛かった。謝りながらしゃくり上げる泣き顔も。屋敷を飛び出す前は、感情を押し殺すような必死に我慢している顔しか見られなかった。熱を出して寝込んだ後、何かが吹っ切れたのだろうか。

そういえば、時間がなかったので屋敷を飛び出した理由を聞きそびれてしまった。帰ったら、フィンと話す時間を作らなくてはいけない。

「これからだな。フィン」

これから、私たちは家族になっていくのだ。

「わぁ、すごい！」

部屋の壁すべてが本棚になっている。吹き抜けで天井が高く、二階へと続く階段もあり、見上げるとそこにも整然と本棚が並んでいた。まるで図書館のような本の多さだ。

目の前の光景に目をキラキラさせて喜んでいると、一緒に来ていた母上がクスリと笑う声が聞こえた。慌てて視線を向けると、母上は穏やかな笑みを浮かべていた。

あまり表情が変わらないと思っていた父上と母上だったが、そんなことはなかった。距離が縮まるにつれ、いろんな顔を見せてくれる。もしかしたら、新しい息子との接し方に悩み、二人とも緊張していたのかもしれない。

「ここはローゼシュバルツ家が代々収集した本が集めてあるの。貴重な本もあるから扱いは慎重にね。見たい本があればモリーに言ったら探してくれるわ」

この部屋の管理をしているモリーを紹介された。モリーは、どこに何があるのかすべて覚えているらしく、何冊か幼児向けの絵本を出してきてくれた。一冊の本をパラパラめくると、書かれている文字は当然日本語ではなかったが、簡単な単語なら理解することができた。出された本の表紙を順番に眺めているうちに、一冊の本が目に止まる。タイトルに『魔法』という単語が入っていた。全部は読めなくて首を傾げていると『指輪魔法と四人の魔法使い』というタイトルの絵本だとモリーが教えてくれた。

どこかで聞いたことがあるような気がする。異世界ものは似たような設定が多いので、前世で読んだ本の中に似たようなものがあったのかもしれない。俺は異世界の作品では特に魔法が好きで、魔法使いが出てくる作品を多く読んでいた。魔道具を使ったり、剣に魔法を纏わせたりして戦うっていうのも好きだった。

魔法っていいよな。なんと、この世界には魔法があるんだ！　神様ありがとう！

まだ生活魔法と呼ばれる程度のものしか見たことはないが、魔法を専門に使ってる人に会うのが楽しみだ。

この世界は近代のヨーロッパに似ているが、いろいろ違うところも多い。一番驚いたのは水道があることだった。上下水道が整備されているらしく、水洗トイレもあるしお風呂にも入れた。綺麗好きの元日本人としてはありがたい。

俺が手に取って見つめている絵本を見て、母上が懐かしそうに言った。

「この本もあったのね」

「母上はこの絵本読んだことあるんですか？」

「フィンはないの？　子どもに必ず読ませる本の一つよ。孤児院でも読み聞かせの時には絶対に入っているわ」

フィンとしての記憶はほとんど戻っているはずだが、読んだ覚えはないように思う。誰かに遊んでもらったり、絵本を読んでもらったりした数は少なかった。俺の世話を必要以上にすると継母の不興を買うようで、誰もあまり近寄ってこなかったのだ。思い返すと結構可哀想な境遇で育ったんだなフィン。俺のことだけど。

「多分、読んだことないと思います」

「そう……じゃあ、一緒に読んでみましょうか。他にも気になる本があれば借りましょう」

「！」

母上の言葉が思った以上に嬉しくて、俺は声が出てこなかった。でも、全身で喜びを表していたらしく、母上が自分の言った言葉に少し気恥ずかしそうにしている。

「好きなだけ選んでいいのよ。全部でもいいわ。でも絵本は数が少ないから、全部選んでも毎日読んだらすぐに読み終わってしまうわね」

「毎日！」

それは毎日母上が読んでくれるということだろうか。犬であれば尻尾を高速で振っているくらいの喜びが全身に広がる。良かったなフィン。俺だけど。

母上に促されてモリーが更に追加で探してくれた絵本も交え、俺は数冊選んで借りていくことにした。

中庭に面した母上お気に入りの部屋に戻ると、アマーリアがお茶を入れてくれた。母上と並んでソファに座る。最初に指輪魔法の絵本を手渡した。

「フィンは、この世界に魔王がいたことを知っているかしら」

母上はいきなり物騒なことを言い出した。魔法があるファンタジーな世界観なら魔王がいても不思議ではないが、実在しただと……？

「知りません。魔王がいたのですか？」

「いたのよ。今から千年以上も前に。この絵本はその時のお話」

母上に読み聞かせてもらった絵本の内容は、簡単に言うとこんな感じだ。

昔、この世界と魔界が繋がっていた時代、魔王がこの世界を乗っ取ろうと攻め込んできた。魔王は瘴気を振り撒き、草木を枯らせ、魔物や魔獣を放っては生き物を殺していった。人間たちは戦った。何年も戦ったが、魔王は強く、倒すことなどできなかった。苦肉の策として、何とか魔王を魔界へと追い戻すことに成功した。そして、魔王がこちらに来られないように、四人の魔法使いが魔道具の指輪を使って魔界との間に強力な結界を張り、世界は平和を取り戻しましたとさ。めでたしめでたし。

いやいやいや、続きはどうなった。倒せてないし、魔王は生きてるってことだよね。魔王ってくらいだから、寿命がきっとすごく長いと思うんだ。

「これは本当にあった話なんですよね？　結界はそのまま大丈夫なんですか？」

千年以上も前の結界が保つものだろうか。どこかに綻びが出て、こっそり魔王が近くにいる可能性とかあるよね。

「本当の話よ。そして、結界は三百年に一度緩むと言われている。そうなる前に再び結界を張り直すの。王家に伝わる四つの指輪が、四人の魔法使いが使ったとされる魔道具。時期が近づけばその指輪を使える人物を王家が四人捜し出し、結界を張る儀式が行われるわ。そうね。次は四度目の儀式になるかしら」

今までに三度も結界が緩み、三度張り直すことに成功しているということか。

「次にそれが来るのはいつ頃ですか？」

「多分、あと十五年後くらいかしら。成功するといいのだけれど」

そう言いながらお茶のカップに口をつけた母上は普通の顔だ。明日晴れるといいのだけれど、みたいな口調だった。

ちょっと待って？

成功しなかったら魔王再び降臨大戦争勃発とかそういう感じじゃん。全然平和な世界じゃなかった。のんきに神様ありがとうとか言ったの誰だよ。俺だよ。

青褪めた俺に気づいた母上が頭を撫でてくれる。優しい手に、少し気持ちが落ち着いた。

「母上は怖くないんですか？」

「失敗したらと思うと怖いわ。でも、私にはどうすることもできないしね。王家が指輪の使い手を無事に見つけ出してくれることを祈るしかないわ。今から右往左往しても仕方ないでしょう」

「そうですけど……」

「何かあったら、ルッツがきっと助けてくれるわ」

うちの父上ってば魔王に対抗できるほど強いらしい。すげーな、ってそんな訳あるかい！

眼光は鋭そうだけど、流石にそんな嘘には騙されませんよ。何とかしてくれると思うくらい、母上が父上を信頼していることはよく分かりました。

「じゃあ今度、怖くなくなる方法を父上に聞いてみます」

「そうね。それがいいわ。さぁ、次はどの絵本にする？　それとも休憩にして、お菓子を食べようかしら？」

「お菓子を食べましょう！」

料理人が作った甘い焼き菓子を食べた後、母上に新たに二冊ほど絵本を読んでもらってから自室へ戻った。


「やっぱどこかで聞いたことあるよな」

最初に読んでもらった指輪魔法の絵本を手に取り、表紙を眺める。

十五年後ってことは俺は二十歳くらいか。でも正確に三百年じゃなくて、数年は前後するって言ってたな。そうすると俺がまだ学生か働き出したくらいの頃になるのか。そういえば、この世界の学校のシステムってどうなってるんだろ。高校や大学とかあるんだろうか……

その時ふと『高校』というキーワードが引っかかった。

王立高等学園。指輪の使い手。四属性魔法。

『フィン・ローゼシュバルツ。貴様を王族及び婚約者候補を襲った罪で斬首刑とする！』

頭に響いたのは第三王子のフェリックスの声。突如脳裏に浮かんだ光景の中で、フィンは顔を醜く歪めながら、複数の男たちに取り押さえられている。

「指輪魔法と愛の奇跡……か？」

そうだ。確かそんなゲーム名だった。主人公は平民だが魔力が高かった為、特待生として王立高等学園へ入学する。そこで攻略対象者たちと出会い、好感度を上げ、恋愛していくシミュレーションゲームのはずだ。

ゲームの世界では、三百年前に張った魔界との間にある結界が緩み始め、瘴気や魔物の被害が増加していた。一日でも早く結界を張り直したい王家は指輪の使い手を捜し始める。指輪の使い手は指輪自身が認めない限り、指に嵌めることができない。指輪は四つ。それぞれ四属性魔法と呼ばれる、土・水・風・火ごとにあり、その使い手も属性に特化した魔力の持ち主が選ばれた。

主人公は魔力が高いので、王家主催の魔法大会に出場したり、魔物討伐の隊に参加して地方へ行ったり、瘴気が発生した場所へ住民の救助へ向かうなどのイベントが発生する。攻略対象者とイベントで協力して好感度を上げていけば、主人公か攻略対象者のどちらかが指輪の使い手となり、結界を張る最終イベントを迎え、無事に完了できればプロポーズされ、ハッピーエンドというシナリオだった。

そして、そのゲームの中にいた。第三王子と婚約者候補が乗った馬車を襲わせて亡き者にしようとした、フィン・ローゼシュバルツという悪役令息が。

………それはつまり、もしかしなくとも俺か？

「いや、どう考えても俺には無理だろ」

そもそも王子を襲撃する理由がないし、他人を殺そうとするなんて恐ろしくてできない。

フィンはゲーム中では少ししか出てこなかった。第三王子を攻略対象にした時に発生するイベントの襲撃事件での犯人だった。

主人公はこの襲撃事件で第三王子と婚約者候補を助けようとする。無事に助けることができれば王子の好感度が上がり、婚約者候補とは友達になれた。第三王子と共に馬車に乗っていた婚約者候補は確かバルバラという名前の女性で……って、あれ？

「バルバラって妹と同じ名前じゃないか」

バルバラは継母が産んだ俺の妹だ。年齢は二歳離れている。ゲームのバルバラは第三王子や主人公と同い年だった。悪役令息のフィンは、主人公が一年生の時は三年生のはずで、年齢的にも合っている。

「王子ではなく妹の方を狙ったのか？　フィンは継母と妹のせいで家を追い出されたと思っていたしな」

ゲーム中ではフィンは端役の為、生い立ちなど細かな設定は不明だった。

ただ、バルバラと異母兄妹であり、恵まれた妹を憎んでいるということはフィンの口から語られてはいた。バルバラは魔力も高く、学園でも少し気の強い美人として人気があり、更に第三王子の婚約者候補であった。長年溜まった鬱憤が、学園で再会したことにより爆発したのだろうか。

でも、それならバルバラのみを標的にすればいいはずで、よりにもよって第三王子と一緒の時を狙うなんてどうかしている。王子が一緒の時の方が警備は厳重なはずだ。成功する確率は下がるだろうに。

「でも、こういう疑問を感じるシナリオのゲームだったな」

ここがゲームの世界だとして、自分は本当に馬車を襲撃して捕まり、斬首刑になってしまうのだろうか。

フィンは、恵まれている妹が憎かったと言っていた。今のフィンである俺は、妹が心底嫌いではあるが憎んでなどいない。今の父上と母上が俺に心を砕き、優しく包み込むような愛情をかけてくれているからだ。まだこの家にきて一ヶ月だが、俺はすでに幸せだった。父上と母上が俺に笑いかけてくれる。そんな些細なことで幸せになれるくらい、前の俺は不憫だった。

だから、その原因で嫌悪の対象でもある妹と継母には、二度と関わりたくないというのが本音だ。

異世界転生の本は前世でたくさん読んできた。その中には強制力と呼ばれる見えない力が作用し、ゲームのシナリオ通りに運命が修正されるようなものもあった。逆に、ゲームの世界観に似ているが、キャラクターの性格が違ったり攻略対象が変わったり、あるはずのイベントがなくなったりと、似たような世界だけれど別世界というようなものもあった。この世界がどちらなのかは分からないし、本当はゲームの世界ですらないのかもしれない。

「ゲームの世界だったとしても、細かい内容とかうろ覚えなんだよな」

大学生の頃、好きなイラスト作家がキャラクターデザインを担当していたことと、キャラクターボイスが豪華声優陣だったことから、乙女系のゲームだが試しに買ってみた。やり始めてイラストと声の素晴らしさに感動したが、すぐにシナリオの矛盾や設定の甘さなどに辟易した。すべてのルートをクリアせず途中でやめようとしたが、そこに姉の待ったが入った。腐女子でオタクの姉にすべてのスチルが見たいとルート攻略を命じられ、泣く泣く時間をかけてクリアすることになったのだ。

「まぁ似て非なる世界かもしれないし。すでに妹が憎くも興味もないから、関わることさえなければ何とかなるかもな」

今は五歳で、周りには攻略対象のキャラクターもいないため実感も乏しい。フィンがその主要メンバーたちと接触があったのかさえ不明だ。ゲームは王立高等学園が最初の舞台なので、入学すれば会う機会はあるだろうが、まだまだ先の話だった。

だからか、自分の斬首刑よりも魔王降臨の方がまだ現実味がある。父上が帰ってきたら母上に宣言した通り、怖くなくなる方法を聞いてみよう。

あともう一つ確認したいことがあるのだが、こちらは本人には聞きにくい内容なのでアマーリアに聞くことにする。

「奥様は今年で三十歳になられますよ」

三十歳ならまだ可能性はあるのではないだろうか。でも本人が望んでいないなら無理強いはできない。心の問題もあるが、肉体的にもつらいだろうから。

不思議そうなアマーリアに、もう少し突っ込んで聞いてみる。

「ねぇ、アマーリア。母上は赤ちゃんを産むことをもう諦めちゃったのかな？」

「坊っちゃま……」

俺の事情で早く養子にしてもらったが、まだ母上が妊娠できる可能性だってあるはずなんだ。俺を引き取ったからと諦めてしまっているなら申し訳ない。

もし少しでも自分の子どもを産んでみたいという思いがあるなら、全力で応援したいのだ。実子ができたからと、養子の俺を蔑《ないがし》ろにするような父上と母上ではないはずだ。……多分。多少は構ってもらえなくなるかもしれないが、それは実子同士でも普通にあることだろう。

「母上が僕に遠慮して子どもを諦めてしまったなら、とても悲しいんだ。だから、母上が少しでも父上との赤ちゃんを欲しくて頑張ろうって気持ちがあるのなら協力してあげたい」

「坊っちゃま！」

俺の言葉にアマーリアがいきなり泣き出して驚いた。どうしていいか分からず俺が狼狽えているうちに、アマーリアは自分で気持ちを落ち着けて、エプロンからハンカチを取り出して涙をぬぐった。

「取り乱してしまい申し訳ありません。最近ご本人に直接確認したことはありませんが、旦那様との子を欲しいと思う気持ちは、残っていらっしゃるようにアマーリアは感じています」

「そっか」

うん。そうだよね。だって母上は父上を大好きだもの。好きな人との赤ちゃんは誰だって欲しいし、諦めきれないよね。

でも何故だろう。望んだ答えをもらったのに、少し悲しい気分だ。

「そしてそれとは別に、フィン坊っちゃまがこの家に来てから、奥様の気持ちに変化が表れたこともアマーリアは感じました」

「僕が来たことで？」

それって悪い意味なんじゃと不安になった俺に、アマーリアは優しく首を振って教えてくれた。


ラーラがルッツと結婚したのは十八歳の時だった。許嫁時代から仲睦まじく、結婚してからも二人の仲は冷めることはなかった。周りも本人たちも、こんなに愛し合っているのだから、すぐに子どもはできるだろうと思っていた。それなのに、一年が経ち、三年が経ち、五年経っても子はできなかった。

そのうちに、ルッツがローゼシュバルツ家を本格的に継ぎ、更に二十八歳の若さで宰相に大抜擢された。大変名誉なことであるが、領主としての仕事と慣れない宰相の仕事に多忙を極め、ルッツは家に帰れない日が続くようになった。

そして気づくと、あっという間に結婚して十年が過ぎていた。ラーラは自分の体に問題があるのだと悲しんだ。

頻繁に開かれる貴族同士のお茶会でも、子どもができないラーラは嘲笑されることが増えた。他人に、ましてや他の貴族に弱みを見せるはずもなく、お茶会では毅然とした余裕の態度を貫いていたが、ラーラの精神は少しずつ病んでいった。

そんな時、養子を引き取る話をルッツが持ち帰ってきた。ラーラは見限られたと思った。子はできないと見捨てられたのだと思い、ラーラはついに倒れてしまった。

ルッツは慌てて、子どもを諦めたわけではないこと、酷い境遇におかれている甥を助けたいことを、目が覚めたラーラに丁寧に説明した。同時にルッツは、ラーラがここまで気に病んでいることに気がつかず後悔した。だが今更、養子の話をなかったことにはできない。ラーラは悩んだが、最後にはルッツの提案を受け入れてくれた。

久しぶりに会った甥は可哀想なくらいに緊張していた。病み上がりらしく、少し咳もしている。何でも体罰を受けて熱を出して寝込んでいたらしい。

ラーラはそれを聞いた瞬間に絶句した。こんな幼子にそんなことをするなんて、どうかしている。体罰を躾だと思っている貴族や平民もいるがラーラは反対だった。もちろんルッツも同じだ。

フィンは初日に悪かった顔色が、日に日により悪くなっていった。フィンが来て一週間後の夜、ラーラは夜中に目が覚めて胸騒ぎがした。不安になって、フィンがちゃんと寝ているか確認しようと部屋を訪れたら、もぬけの殻だった。シーツを触ってみたがすでに冷たく、いなくなって時間が経っていることを知る。ラーラは慌ててルッツを起こし、執事を呼んで使用人を叩き起こした後、総出でフィンの行方を探した。大人でも広いと感じる屋敷なのに、フィンは屋敷の外にまで行ってしまっていた。しかし、やはり子どもの足では限界で、座り込んでいるところを発見され事なきを得たが、フィンはその夜から高熱を出して寝込んでしまった。突然いなくなったトラウマからか、ラーラは何度も部屋を訪れては、フィンがいることを確かめた。

熱を出して一週間後、フィンは無事起き上がれるようになると、この家に、ラーラとルッツに慣れようと努力し始めた。どんな心境の変化があったのか、フィンは笑顔まで見せてくれるようになり、その笑顔を見て、ラーラは亡き義妹を思い出した。弟の妻は、体は弱かったが、気丈でよく笑う女性だった。ラーラのことも慕ってくれていた。ラーラも、そんな義妹を大切に思っていた。

義妹の忘れ形見のフィン。

ラーラにフィンへの愛しさが芽生え始めた瞬間だった。それからは、ラーラはよく笑うようになった。細かった食も戻り、夜もよく眠れて顔色も良くなった。ルッツが仕事で帰れない日があっても、フィンがいるから寂しくない。ラーラは元気を取り戻していった。

俺は、気がつくと涙を流していた。

先程とは正反対だが、アマーリアはできるメイドなので、新しいハンカチを取り出して俺の涙を拭いてくれた。

「奥様は、フィン坊っちゃまが来られてから良い方向に変わられました。坊っちゃまは、すでに奥様にとって、かけがえのない存在ですよ」

「そっか」

同じ返事をしたが、今は胸がほかほかと暖かい。俺にとっても父上と母上はかけがえのない存在だ。

「アマーリア、教えてくれてありがとう。僕は、やっぱり可能性があるなら母上に赤ちゃんを諦めて欲しくない」

「私もそう思います」

「アマーリア協力してくれる？」

「もちろんです」

まだ未練があるならやりたいだけヤったらいいと思う。セックスって意味じゃないよ。いや、子作りするなら必要不可欠だけど、セックスしまくれという意味じゃないってこと。

この世界は治癒魔法が存在するから医療技術があまり発達していない印象がある。つまり、前世の世界でタイミング療法と呼ばれていた、排卵日を予測して妊活に挑むしか方法はない。

前世で未婚の男性だった俺が、どうしてそんなに詳しいかといえば、前世で不妊に悩む姉の愚痴を聞かされていたからだ。旦那への不満とともにね。

とりあえず、望むなら結果がどうであれ、満足するまで頑張ればいいと思う。アマーリアにも協力してもらえるということで、夜の段取りの方はお任せした。タイミング療法についても説明して理解してもらったので、母上の妊娠する日を予想してもらう。

方法については『前の家で不妊に悩んでいるメイドが外国の治療法を聞いて同僚に話しているの

をたまたま聞いた』と言って誤魔化した。五歳児が不妊治療法など知っていたらおかしいもんな。

俺の方は、本人たちのやる気を上げる為に行動することにする。

作戦①褒め褒め大作戦！

「母上は、どうして父上と結婚されたのですか？」

王子様とお姫様が結婚してハッピーエンドを迎えた絵本を読んでもらい、その後にさり気なく聞いてみる。

「ルッツとは許嫁だったのよ。初めて会ったのは、私が七歳の時だったわね。場所はここの中庭で、花がたくさん咲き誇っていたわ。その時に、ルッツが花冠を作ってプレゼントしてくれたのよ。ふふ。一目惚れだったけど、ますます好きになってしまったわ」

「一目惚れだったんだ！」

父上やるな、と俺は感心した。花冠なんて作れないや。今度父上に作り方を教わることにしよう。

「そうなの。いつお会いしても紳士的で優しくて。私は好き過ぎて、ルッツの通う学園まで追いかけて入学したわ。学年差があるから一年間しか一緒に通えなかったけれど、とても楽しかった」

思い出を嬉しそうに語る母上は、情熱的な人だったみたいだ。意外だな。見た目は父上と同じで冷静沈着で物事にあまり関心がなさそうなのに。

「父上と結婚できて良かったですね」

「えぇ、本当に。許嫁という間柄だったけれど、それでも絶対に結婚できるわけじゃないしね。実際、私と結婚するまでルッツには複数の縁談話があったそうよ」

誰だか知らんが、許嫁がいる人に縁談話持ってくるなんて強いな。それともこの世界では普通のことなのか？

何せこの国では複数婚が認められている。子どもを産める女性が少ないからそういう制度になったそうだ。女性数が少ないから一妻多夫がほとんどだが、別に一夫多妻でもいいらしいし、男性数が多いことから同性婚も認められている。婚姻に関しては自由度が高かった。そう考えれば『複数婚前提だから許嫁がいる相手でも問題ない』という感覚の人がいても、おかしくないのかもしれない。

それにしても、複数の縁談話があった割には母上一筋だなんて、父上もきっと母上を大好きなんだな。まぁ、執事やメイド、庭師などへの聞き取り調査の結果、結婚して十年経っても二人が仲良しなのは判明している。あとは、それが事実かどうか当人たちに確認するのみだ。こっそりとね。

その後は、母上に父上との思い出話をいろいろ聞かせてもらって、今日の取り調べは終了です。

次は父上の番ですぞ。

父上は、一日に一回は必ず俺と話す時間を作ってくれるようになった。新しい家族になった俺たちには対話が必要なんだって。コミュニケーションって大事だもんな。同じ家にいても、話をしなければ相手のことなど分かるわけがない。

「今日は母上に父上との馴れ初めを聞きました。母上は父上に一目惚れしたと言ってましたよ」

今は夕食後の団欒タイムで、俺は父上に膝抱っこされている。ひょいっと抱っこされたと思ったら膝に乗せられていた。さりげなさ過ぎて抵抗することも出来なかったよ。

父上を見上げるとうっすら頬が赤い。俺の言葉に照れたのだろうか。

「ラーラが？」

「はい。一目惚れして、その後もっと大好きになったって言ってました。父上は？　父上は母上のこと好き？」

「もちろん好きだとも。実は、私も一目惚れだったんだよ。ここの庭で初めて会った時、とてもいい天気でね。ラーラの水色の髪に陽の光が当たってキラキラ輝いてる姿が、まるで妖精のようだった。この世にこんな美少女がいるのかと驚いたよ」

父上がめっちゃデレてる。夫婦揃って見た目詐欺ですか。そうですか。あれかな。手を握るだけでお腹いっぱい、一緒にいるだけで満足ってやつですかい。よし。頑張ればいける気がしてきたぞ。

父上が母上を好きなことの確認は終了したので、母上との思い出話や好きなところなどを色々聞き出した。

後日、お互いが好きなところや褒めていたところを、俺が経由して二人に交互に伝える。

二人とも『ラーラがそんなことを……』『ルッツったら……』と嬉しそうにしていた。第三者を経由して聞く褒め言葉って結構嬉しいんだよね。俺の言葉の効果か、父上と母上は顔を合わせると初々しいカップルのような反応をするようになった。

あ、甘酸っぱい。くっ……！　怯んではいけない！　まだミッションは残っているのだ！

作戦②一緒に寝ましょう！

「父上と母上は何故一緒に寝ないのですか？」

これだけ仲良しなのに寝室は同じじゃないなんて納得いかない。でもアマーリアに聞いたら貴族はそれが普通らしい。そんなの夜のお誘いにハードル上がると思うんだけど。今日はそんな気分じゃないとか、旦那のイビキがうるさくて寝られないとかなら助かるけどさ。

とにかく、貴族のルールでそうなっているなら、それを知らない年頃である俺が押し切るのは問題ない。子ども特有の飛躍しがちな結論にたどり着いたのだろうと、きっと許されるはずだ。

「今日読んだ絵本では番《つが》いのヴォルフが一緒に寝ていました。仲良く身を寄せ合って幸せそうでしたよ。番《つが》いは伴侶で夫婦ってことですよね？　父上と母上も仲良しだから一緒に寝たらいいと思うんです」

ちょっとあざといかな？　と思うようなニコニコの笑顔で言ってみた。動物と一緒にするなんてと不快感を出されるかな、と思ったが心配いらなかった。俺の発言に二人はいきなりで驚いていたが、お互い目が合うと恥ずかしそうに、ぱっと逸らした。父上は咳払いをした後、じゃあまた今度そうしてみるよと言ってくれた。言質は取りましたよ。

最終作戦③僕は応援しています！

毎日父上に今日は母上と一緒に寝ますかと聞き続けて七日目、とうとう一緒に寝てくれる日がやってきた。

アマーリアにも聞いたらタイミング的にもちょうど良さそうな感じだ。今回成功しなくても、この日が周期になるように愛を営んでくれたら、きっとうまくいくよね。楽観的な見解だとは思う。子どもができない人はどんなに頑張ってもできない。望んでも欲しい人にはできなくて、虐待したり捨ててしまうような人は簡単に身篭ってしまう。現実は残酷だ。

それでも、前向きに考えた方が物事はうまくいく気がするんだ。例え父上と母上が信じなくても、俺だけは絶対できると信じることにする。

父上と母上が一緒に寝るのを見届けるために、二人の寝室まで来た。俺が確認しに来たからか、二人は大人にとってはまだ早い時間だというのに、律儀に二人でベッドに入ってくれた。

「フィンも一緒に寝るかい？」

新しく家族になった俺も入れてくれようとするなんて、父上は優しい。二人は俺が一緒に寝るイコール睡眠だと理解していると思っているんだろう。五歳児の俺が『父上と母上には今からセックスしてもらうので、僕は遠慮します』とか言ったら、二人とも卒倒してしまうかもしれない。まぁ似たようなことは言うつもりなんだが。

「いいえ。僕はお二人が一緒に寝てくれるのが嬉しいから今日はやめておきます。いっぱい愛を営んでください」

「「!!」」

俺の言葉に、二人とも目を見開いて驚愕している。こんなに驚いている父上と母上は初めて見た。

俺は、こてんっと不思議そうに首を傾げてみる。

「夫婦は一緒に寝て愛を確かめ合うものなんでしょう？　一緒に寝て仲良くなるそうです。そして、いっぱい仲良くしていると赤ちゃんができることもあるんですって！」

無邪気に何も知らない子どものように振る舞う。驚いていた二人は、今度は複雑そうな顔をした。

子ができない母上に赤ちゃんが欲しいと言うのは酷だ。そう思うのは、俺の精神が大人だからだろうか。

同じように思ったらしい父上がそれを懸念して俺を遮ろうとする。でも最後まで言わせてほしくて、俺は急いで次の言葉を出した。

「でも、それはどちらでもいいと思うんです。赤ちゃんができたから愛が深いとか、もしくはできないから愛が不足しているとかはありません。父上と母上が愛し合うことに関係はないと思います。それに、僕がいるからといって『もう赤ちゃんをつくってはいけない』ってこともないんです」

「……フィン」

母上がちょっと涙ぐんでいる。俺の言葉は、良い意味で母上に届いただろうか。思いは伝わっているかな。

「僕に遠慮しないでください。弟か妹ができたら嬉しいけど、できなかったら父上と母上を僕が独り占めするだけです。どちらになっても、二人にはいつまでも仲良しでいて欲しい。僕の初めての我儘です。いっぱい愛を営んでくださいね」

最後に、おやすみなさいと挨拶をして寝室を出た。自室に戻るために廊下を歩いていると、後ろから鼻を啜る音が聞こえてきた。

「アマーリアが泣いてどうするのさ」

「ですが、うぅ、坊っちゃまの言葉に、ずびっ、かん、感動致しまして」

「それはありがとう」

そうは言われても一抹の不安は残る。デリケートな問題で、かける言葉によってはプレッシャーにもなるし、傷つけてしまうこともある。今は心に響いて励ましの言葉に思えても、時が経ってうまくいかなければ、その言葉が呪縛になることもある。

でも、信じるって決めた。だからきっと大丈夫。

「うまくいくよね。アマーリア」

「えぇ、きっと」

俺がローゼシュバルツ家に引き取られて二ヶ月が経過した。父上と母上は、俺の『子作り大作戦！』の効果か、以前より増して仲良しになって定期的に愛を営んでいるようだ。母上は美人度が増し、父上までもお肌がピチピチのツルツルになっている。父上は仕事の処理スピードも上がったらしい。愛の力は偉大だね。

俺がこの家にそろそろ馴染んだということで、父上が俺に家庭教師を探してきてくれた。侯爵家の跡取りで英才教育は必要だから仕方ない。

「明日から頑張って勉強するんだぞ」

「はい！」

元気に返事したものの、俺の家庭教師になった人は少し変わっていた。

「この私の授業を受けられる！　君はなんて幸運なんだ！」

身振り手振りが大袈裟で、まるで舞台役者を見ているようだった。外見も派手で、どこで売ってるんだろうと思うような不思議な柄の服装に、羽根や宝石のついた帽子まで被っている。彫りが深いバター顔で、サラサラの長い髪は半分が黄緑色、もう半分が黄色だった。正直眩しすぎて目に痛い。どこからそんな自信が、と思うくらい自画自賛も激しかった。

でも、父上が探してきただけあって優秀な人で、質問したことには全て答えてくれた。難点を言えば、専門用語や難しい言葉が多すぎる。五歳児の家庭教師だとちゃんと理解しているのだろうか。

「先生。専門用語が多すぎて理解できません」

「なんと!!」

前世で言うところのオーマイガッ！　って感じの手ぶりをする先生。そう言いたいのはこっちだよ。たまにいるんだよな。やたらと専門用語を使いたがる人。一般人に話す時に、その道の専門家が使うような言語で説明されても理解などできるわけがない。

「先生が優秀なのはよく理解しています。全ての分野に博識でいらっしゃって、生徒としても先生に教えていただけるなんて光栄の極みです」

「ほほう」

「ですが、僕はまだ五歳児です。難しい言葉を使われると、その言葉の意味をその都度先生にご教示願わないといけません」

「ふむ」

「正直言って時間の無駄です。博識な先生なら、その言葉を五歳児でも理解可能な言語に変換することはできますよね？」

「まぁ、造作もないな」

「そうだと思いました！　先生のお手を煩わせることは承知の上ですが、五歳児のレベルに合わせた授業にしていただけませんか？」

「うむ。あい分かった。こちらこそ配慮に欠けたな。君にでも分かるよう説明しようではないか！」

ビシィィッ！　と決めポーズまでされたので『さすが先生!!』と拍手しておいた。

やれやれ。褒めて下手に出た効果かあっさりと受け入れてくれて安心した。変にプライドの高い人でなくて良かったよ。

それからの授業はスムーズに進んだ。先生は言葉通り、優しく簡単な単語を使って説明してくれたので分かりやすかった。変わってるけど、いい先生そうで良かった。

授業の後は、先生と一緒にお茶することが日課となった。先生は甘いものが好きで、うちの料理人が作るお菓子もやたらと褒めてくれる。自分のことのように嬉しくて、新しいお菓子を料理人が作ってくれると、毎回先生にも出してもらえるようにお願いしてあった。

今日は季節の果物を使ったタルトだ。料理人から聞いたお菓子の説明をそのまま伝え、一緒に食べて美味しさに笑顔を浮かべていると、先生は突然ぽつりと呟いた。

「フィンは変わっているな」

「そうですか？」

先生のような個性豊かな人に変わってると言われると、少し複雑な気分だ。

「今までの教え子たちには、あまり好かれたことがなくてね。このように、一緒にお茶をすることなどなかったよ。私といてそんなに嬉しそうにしてくれる子は、君が初めてだ」

先生は表現が大袈裟で声が大きく、喋り方も独特なので、苦手だと思う人や偉そうだと感じる人もいるのかもしれない。話してみると気さくだし、高圧的のようで自分大好きなだけだし、基本いい人なんだけどな。

「僕は先生といるの楽しいから好きですよ」

「フィン！」

「明日もよろしくお願いしますね」

「もちろんだとも！」


先生がローゼシュバルツ家に通い始めて二週間後、先生は大量のお菓子を持ってやって来た。

「どうしたんです、これ」

どこかに出かけていてお土産に買ってきてくれたのだろうか。いや、休みの日もお茶しに来てて、ほぼ毎日ここに通っているから遠出している可能性はないか。でも、転移魔法を使えば可能かもしれない……などと思考を巡らせていると、先生が大袈裟に咳払いをした。

「あー、ごほん！　ごほん！」

「先生、風邪ですか？」

「違う！　フィンよ。今日が何の日か分かるかな？」

「今日が何の日か？」

プレゼントをするとしたらお祝いで、誰かの誕生日とかだろうか。でも、屋敷では誕生日パーティーをする準備はしてないし……っていうか父上と母上の誕生日知らないな。あとでアマーリアに聞いておこう。なら、先生の誕生日とか。でも自分へのプレゼントを持参っておかしいよな。

頑張って考えたが分からなかったので、降参して聞いてみることにした。

「残念ながら分かりません」

「なんと！　今日はな！　私がフィンの家庭教師をして二週間経った日だ！」

ババァーン!!　と決めポーズをした先生に、今日の俺は反応を返せなかった。

「…………？　はい、二週間経ちましたね。というかまだ二週間なんですけど」

もしや、数日も保たないと思われていたのだろうか。ちょっとショックだ。これでも前世では社畜の営業マンとして、根性だけで頑張ってきたんだ。貴族の英才教育がどんなに厳しかろうと、泣いて逃げ出すような無様な真似はしない。どこまでも食らい付いていってみせる。

決意も新たに闘志を燃やしているフィンは知らなかった。先生ことユーリ・シュトラオスにとって、家庭教師を二週間も続けていることが人生で初めてだということに。

ユーリは、家庭教師を始めてから長くて十日しか勤めたことがなかった。短ければ当日でクビを言い渡される。仕事が続かないと悪評がたち、心ない言葉を投げかけられることもあった。教師になりたいという夢を持っていたが、学校では採用されず、家庭教師ならばと始めてみても続かない。

明るく大袈裟に振る舞ってはいるが、ユーリは人生の岐路に立たされるほど精神的に参っていた。

そんな時、黒の宰相と呼ばれているローゼシュバルツ家の当主から、息子の家庭教師の打診があった。ユーリは惨敗続きで悩んだが、最後の望みだとその依頼を受けることにした。

それからは、最初の挨拶をどう振る舞うか百通り練習した。五歳児と聞いているが、切れ者として有名な黒の宰相の御子息だ。相当な頭脳の持ち主かもしれないと、授業内容にも悩み、思いつく限りのパターンを用意した。どんなことで不興を買うか分からない。服装にも帽子にも香水にもと気を遣い、当日まであらゆることに関して、考え悩み試行錯誤した。

人生で一番緊張し、最近悩まされている吐きそうな胸のムカつきを抱えたまま、ユーリはフィンと対面した。フィンは、ラーラと瞳の色は同じだが、顔立ちも雰囲気もルッツとラーラどちらにもあまり似ていなかった。

「初めまして。フィン・ローゼシュバルツです。よろしくお願いします」

そう言ってニッコリ笑った顔は天使のように愛らしかった。フィンは不思議な子で、初めはユーリの服装や言動に驚いていたものの、すぐに慣れたようで気にしなくなった。優しそうな話し方と雰囲気で、性格もおっとりしているが、気になることはズバリと指摘してくる。自分の意見をはっきりと言うが、相手の立場を考えることも出来て、言い回しにも気を配るような聡い子だった。たまに大人と対峙しているような感覚にもなり、五歳児とは到底思えなかった。

だが何より驚いたのは、フィンとの授業が想像以上に楽しかったことだ。フィンは疑問に思ったことはすぐに質問するし、集中力も学ぶ意欲も高かった。

気づかぬうちに、初日から感じていた緊張も胸のムカつきも消え、最長記録の十日間がとうに過ぎていた。以前は、毎日続いた日数を数えては、いつクビになるか分からないと戦々恐々としていたのに。しかも今もまだ終わる気配すらないのだ。これが祝わずにいられるだろうか！　ユーリは歓喜した。

「フィン。これは二週間記念のお祝いに私からのプレゼントだ。一緒に食べようではないか」

「ありがとうございます。嬉しいけど、たった二週間で祝われるなんて複雑です。先生！　次のお祝いは半年、いやせめて三ヶ月にしてください！　一ヶ月はまだ早すぎますからね！」

「いや！　一ヶ月もするぞ！」

「先生!!」

はははははっ、とユーリが高笑いした後に、フィンが『先生！』とプリプリ怒ることが、ローゼシュバルツ家で日常と化すのは、もう少し先の話である。

この国では、魔力属性を役所へ提出し、住民登録に追記する義務があった。五歳になれば魔力の属性はほぼ固定されるので、ほとんどの国民は五歳になれば神殿や教会で属性を調べる。

王都にある神殿では、王族や高位貴族の子どもたちに向けて、年に一度魔力属性検定式が行われていた。

俺が普段住んでいるのは、領地にあるローゼシュバルツ家の屋敷だ。今は魔力属性検定式に参加する為、王都にある屋敷に滞在している。

検定式当日、神殿まで移動する馬車の中には、俺の他に父上と母上がいた。

「式は王族や高位貴族の子どもたちが参加して行われる。ローゼシュバルツ家は侯爵家だから参加しなければならない。いいかいフィン。神殿に着いたら、無闇に笑顔を振り撒いてはいけないよ」

父上は至って真面目な表情でそう言った。

冗談……ではなさそうですね。笑うなとは難題だ。俺のテンションは最高潮まで上がっており、朝から頬が緩みっぱなしなのである。だって、俺が使える魔法の種類が分かるってことなんだぞ。テンション高くなっても仕方ないだろ。

王都で行われる魔力属性検定式に参加することが決まってから、先生にも検定式のことや属性魔法についてなど、たくさん質問した。俺の今までにない熱意に、あの先生が若干引いていたぐらいだ。

『フィン。あまり興奮すると鼻血が出るぞ』

鼻血を出した顔も可愛いだろうが少し落ち着きなさい、と言われた。鼻血を出したら間抜け面になると思うのだが、先生は可愛さは罪だとか何とか言って一人で嘆いていたので、そっとしておいた。興奮は冷めた。

今回は検定式の為に俺が王都に来ているから、その間は家庭教師はお休みだ。先生は少し寂しそうにしていたので、お土産を買って帰らないといけない。

「ルッツ。そんなことを言ったからフィンが困っているわ。微笑むくらいは許してあげましょう?」

ママン。フォローしてくれているのかもしれないが、俺が笑うのに許可がいるって初耳なんですが。

俺は引き取られてから、領地にある屋敷から外へあまり出ずに過ごしていた。それでいきなり王都に来て、公園デビューならぬ神殿デビューだからか、父上と母上は殊更心配しているらしい。何で笑ってはいけないのか疑問だが、真剣な二人の気持ちを素直に受け入れることにする。あれだなきっと。貴族は体面を重んじるから、あまりヘラヘラ笑ってたら舐められるかもしれないってことだな。キリッとした顔を保つよう頑張ろう。

「父上、母上、心配してくださってありがとうございます。あまり笑わないように気をつけますね」

そんな話をしていたら馬車が止まった。神殿に着いたようだ。

検定式と言っても特別なことはなく、神殿の偉い人の話を聞いて、代表して一番身分の高い人、今回は第二王子の魔力検定をみんなで見学するだけだった。あとは個別で呼ばれて検定してもらえるらしい。

第二王子って初めて見た。ゲームの攻略対象の王族は第三王子だけだったから、顔も名前も知らなかったんだよな。でも、第三王子がいるなら第二王子がいて当然だ。

第二王子の名前はヴィルヘルム・クロネス・モント。焦げ茶色の髪に琥珀色の瞳をしていた。王族なだけあって、大勢の貴族の前でも堂々とした振る舞いだ。ヴィルヘルムの属性は雷と風で、魔力量も多かった。雷の属性持ちは珍しいらしく感嘆の声が広がる。みんなが拍手したので、俺も力一杯手を叩いた。スタンディングオベーションしたいぐらいだったが、他の人は品良く座っているので諦めた。

式が終わると別室へ案内され、そこで順番待ちだった。待機中は、貴族同士が挨拶を交わす交流の場となり、ゆっくり座ることができなかった。子どもたちが同い年なので、今後のこともあり顔合わせの意味もあるのだろう。

それにしても男性ばかりだ。大人は女性が多少いるが、子どもは男の子がほとんどで、女児が生まれにくいというのは本当らしい。

そんなことを考えていると、父上にとある親子連れが話しかけてきた。

「宰相殿。あんたも来てたんだな」

気安く声をかけてきた男性は、二人の男の子を伴っていた。その子どもたちの顔を見て、俺の体に衝撃が走る。

攻略対象者！

第一騎士団長の息子で、銀髪に緑色の瞳の双子である。スチルより幼く丸みのある顔がそこにはあった。

「ゴットフリート・グロースです」

「ラインハルト・グロースです」

名前まで同じなので間違いなかった。俺は本物に会えた興奮で馬車の中での助言を忘れ、目をキラキラさせながら満面の笑みで挨拶を返したのだった。

笑顔を晒したが、特に問題はなかった。挨拶をした後は、双子は退屈そうに大人たちの会話が終わるのを待っていて、俺とは喋ってくれなかった。眼中にないというやつだな。友達になれたら良いなと思ったのだが残念だ。考えてみれば、俺はちょい役の悪役令息だ。神聖なる攻略対象者とお近づきになろうなどと勘違いも甚だしい。

団長一家と別れた後、ついに俺の順番が来たようで呼ばれた。案内された小部屋には、五人の役人が検定のために待機していた。第二王子が検定した時に使っていた透明の丸い玉が中央に置かれている。書類を持った人が声をかけてきた。

「フィン・ローゼシュバルツ様ですね？」

「はい」

「こちらに手を置いてください」

いよいよだ。俺は緊張しながら、自分の頭部より少し大きいくらいの透明な玉の上に手を置く。置いた時は冷たい感触だったのが、徐々に熱をもっていき、玉の中心部が光り出した。色の違うキラキラとした光の玉が、一つ、二つと現れ出したのだが、異様に小さい。米粒みたいだ。検定士の人も目を凝らして見ている。

「んん？」

玉に顔を近づけたり離したり、角度を変えたりして観察し出した。

何かおかしいのだろうか。今度は違う意味で緊張してきた。背中に嫌な汗が流れる。

「もう離して大丈夫ですよ」

ようやく納得したらしい検定士の人に言われて、そっと手を離す。すると、光の玉はゆっくり消えていった。

「フィン様の魔力属性は五つ。魔力の強い順から、闇、土、風、水、火属性です。五属性持ちは非常に珍しい。ですが、残念なことに魔力量が異様に低いです。下手すると赤子より低いかもしれません」

赤子以下の魔力量って、ほぼ魔力がないのと同じってことだろうか。使える属性が多かったことには驚いたし嬉しかったが、素直に喜べなかった。

「フィンは闇魔法も使えるのか」

振り返ると、父上が難しそうな顔でこちらを見ていた。母上は心配そうな顔をしている。

闇魔法と言えば呪術や禁忌魔法など、危険なイメージが強い。やはり闇魔法が使えたら危ないのだろうか。危険人物としてブラックリスト入り確定なのかもしれない。闇魔法は特殊だと聞いていたから、自分が使える可能性などないと思っていて、闇についてはそこまで掘り下げて先生に聞かなかった。

「はい。ですので身体検査が必要です。こちらへどうぞ」

「えっ⁉」

俺は思わず驚いた声を出してしまった。身体検査って何だ。まさかの人体実験コースとかだろうか。真っ青になって震え出した俺に、父上が安心させるように説明してくれたが、内容を聞いて仰天した。

「闇魔法を使える人の約八割が、男性でも子を宿すことができる体質なんだ。だから、属性検定で闇が出た場合、一度体を検査してその器官が備わっているか調べる。これは知っておかないと本人が困ることになるからね。自分は男性だけど、赤ちゃんを産めるってことになるから」

男性妊娠設定来たー！　おかしいだろう。これ乙女ゲームのはずだよな。まさかの裏設定か何か。それとも別世界だったのか。

俺が頭を混乱させているうちに別室へと連れて行かれ、あれよあれよという間に検査された。

結果は陽性。おめでとうございます。

「子を宿す器官はあります。ですが、まだ未熟です。男性は女性より遅く、成長して体が成熟するまでは、妊娠する可能性はありません。個人差はありますが、早くても十八歳以降でしょう。年頃になれば、定期的に検診を受けられることをお勧めします」

俺は衝撃の事実に処理能力が追いつかず、動けなくなってしまった。最後は父上に抱っこされて神殿を後にし、俺の魔力属性検定は終わったのである。


遥か昔、まだこの世界と魔界との間に結界がない時代、闇魔法に特化した一族がおり闇一族と呼ばれていた。その一族は森の奥深くに住み、男性しかいなかったが、男性でも妊娠できる器官をもつ生体をしていた。男性同士で子を生《な》し、一族を繁栄させていた。

しかしある日、魔王との戦いが森にまで及び、村は壊滅。生き残った闇一族はその能力を買われ、老人や幼子、魔力が弱い者以外は戦場の前線へ送り出された。戦場に出なかった人々は他の村へ移住し、定住した先で成長した子どもたちが他の部族と婚姻を結び子を生《な》した。それが、闇魔法を使え男性でも子を生《な》せる器官を持つ人々の先祖だと言われている。

血は限りなく薄いが、俺にもその血が流れているということだ。

「フィン！　珍しいお菓子が手に入ったから一緒にお茶にしよう！」

「先生？　今日は家庭教師はお休みの日ですよ」

領地にある屋敷に帰ってきても、魔力属性検定日の衝撃から俺はまだ立ち直れずにいた。そんな俺を心配して、先生はここ最近毎日お菓子を差し入れに持って来てくれる。

闇魔法が使えることと、男性でも妊娠可能な体であることは、デリケートな問題なので今は伏せてあった。役所に提出はするが、この二つは悪用や差別される可能性もあるので非公開にできるらしい。

先生には魔法に関しても授業で教えてもらうので、俺が大丈夫なら話してもいいと父上からは言われていた。

『闇魔法は呪術や禁忌魔法など、危ない魔法も多いから危険視されがちだが、決して悪い魔法ではない。それに、闇魔法に勝つには闇魔法が一番効果的だ。偏見を持っている者もいるが、国としては闇魔法士は大切な人材だ。だからそんなに心配しなくても大丈夫。誰かに嫌なことを言われたら私に言いなさい。消してあげるから』

パパン。最後の発言は怖いから聞かなかったことにするね。息子の悪口を言っただけで相手をこの世から抹殺しようとしないでほしい。モンペか。

母上も、いつも以上に頭を撫でてくれたり膝の上に乗せてくれたりと甘々だった。二人とも優しい。すごく嬉しいんだけど、二人とも勘違いしている。そもそも考えてみてほしい。赤子以下の魔力量しかない俺が闇魔法を使えたところで高が知れてる。問題はそこじゃない。男性でも妊娠できる体だったということだ。

ここが乙女ゲームの世界ではなく、ＢＬゲームの世界であったなら、監禁凌辱ボテ腹バッドエンドもあり得るのではないかと震えているのだ。余計な知識を教えてくれた前世の腐女子だった姉を恨む。

再び最悪の思考に落ちていった俺の体を、先生が後ろから持ち上げた。

「フィン。いつまで部屋の隅に蹲っているつもりだ？　君らしくないぞ。今日はいい天気だから庭で食べよう！　ほら、行くぞ」

そう言って片腕で抱っこされ、そのまま庭に連れて行かれた。庭では、アマーリアがテーブルにお茶のセットをしてくれていた。

「坊っちゃま。シュトラオス様から他国のお菓子を頂きましたよ。とても可愛らしいんです。見てください」

「あっ！　金平糖だ！」

そこにあったのは、懐かしい砂糖菓子に良く似たものだった。小さなイガがいっぱいついている、カラフルな小粒のお菓子。

「コンフェイトゥを知っているのか？」

しまった。思わず叫んでしまった。前世で食べたことあるし、店にも売ってましたとも言えず焦ったが、先生はあまり気にしていないようだった。一粒つまむと、俺の口に入れてくれる。ほのかに甘く、噛むとすぐに砕けてなくなってしまった。

「美味しいです。先生、ありがとうございます」

「うむ。礼には及ばん」

二人で椅子に座って、コンフェイトゥを食べながらお茶を飲んだ。先生が言っていた通り天気が良く、青空も広がっている。空を見上げていると、気持ちと体が少し軽くなったような気がした。

「フィン。そろそろ悩みを話す気にはなれないか？」

先生の方を見たら優しく微笑まれた。無理強いはしないが、とも言われて悩む。

「……先生は、男性でも妊娠可能な人がいることを知っていますか？」

先生は自身が個性的なので、あまり偏見はなさそうだが、軽いジャブを入れてみることにした。いきなり妊娠できる体でしたと告白することは、俺にはハードルが高い。

俺の言葉に先生は片眉を器用に上げた後、何でもないことのように答えてくれた。

「もちろん知っているさ。数は少ないが男性でも妊娠可能な人はいる。私の周りはそれなりにいたな。同級生にも親戚にも産みの親が男性の人はいたし、現国王陛下の側室で第二王子の産みの親は男性だぞ。最近はあまり珍しくもなくなってきたかもしれんな」

「そうなんですか？」

第二王子といえば、雷属性を持ったヴィルヘルムだ。同い年だが、幼いながらも堂々とした姿を思い出す。あの子の母親は男性なのか。

「女性が生まれにくくなってから、男性でも妊娠できる人が生まれてくる数が年々増えているらしい。関係性は不明だがな」

「それは、闇魔法が使える人も増えてるってことですか？」

「いや、一概にそうとは言えん。確かに闇魔法の適性がある男性の約八割が妊娠は可能だ。だが闇魔法が使えずとも男性でも妊娠可能な人はいる。イコールではないんだ」

「そうなんだ……」

珍しくなってきたと言われ、ほっと胸を撫で下ろした。希少だからと闇市に売られたり、攫われて監禁されたりする心配はなさそうだ。

「闇魔法の方かと思っていたが、体質の方で悩んでいたのか？」

「っ、先生、気づいていたんですか？」

「こちらに帰ってきてから、闇魔法についての質問が多かったしな。何となくだが。そして、今の話で闇魔法と男性妊娠の関係性も知っていたしな」

何となく分かっていたのに、俺が自分で言い出すまで見守ってくれていたらしい。

確かに『元気がないな。大丈夫か？』とは聞かれても、俺が大丈夫ですと答えると、それ以上は聞いてこなかった。俺の周りには優しい人が多い。

「名推理ですね。さすが先生です」

「ふっ、当然だ」

お互いに顔を見合わせ、二人で笑いあった。

先生と話をしたことで心が晴れると、体も安心したのか、お腹が鳴った。今日はお昼も食欲がなく、あまり食べられなかったことを思い出す。その音を聞いて、先生が軽食を用意してくれるようにアマーリアに頼んでくれた。うちの料理人も俺の食欲が落ちていることを心配していたらしい。張り切ってサンドイッチを作ってくれた。嬉しいんだけど、でもちょっと作り過ぎだと思うんだ。お皿に積み上げられたパンで先生の顔が見えない。

アマーリアが小皿に一切れ取ってくれたので、それにかぶりつく。先生にも勧めたら、アマーリアがお皿に取って先生へ出してくれた。

頬をいっぱいにして、もぐもぐ食べている俺を、先生は自分も食べながら楽しそうに見ていた。

「悩みは解決したか？」

「はい。一応は。先生、もう一つ質問いいですか？」

「どんとこい」

「ふふっ。先生が思った通り、僕は闇魔法が使えるみたいで、妊娠可能な体を持っていました。この二つは世間的に見て差別の対象になりやすいですか？」

前世で流行ったジャンルのオメガバースで言うなら、俺はオメガだ。オメガは発情期もあり、アルファの理性を失わせることからも蔑《さげす》まれ、嫌われていることが多かった。闇魔法も危険な印象が強く、父上が大丈夫だと言ってくれても、他人もそう思うとは限らない。

俺はこの二つを他人に知られない為に必死に隠し通す必要があるのか、それとも自分からはあえて言わないが、聞かれたら答えても大丈夫なのか、どの程度のものなのか判断がつかなかった。

「どんなことにも偏見や差別はある。闇魔法というだけで問題視する輩はいる、とだけは言っておこう。妊娠できることについては、男性は好意的な人が多いだろうな。同性婚も一般的だし、子どもが授かれるなら言うことなしだ。差別するとしたら、一部の古臭い石頭の老人と、同性愛に偏見がある人くらいじゃないか。ただ、同世代の女性からは敬遠されるな」

「同世代の女性、ですか？」

「年頃になればライバルになるからな。女性にとっては同じ立ち位置の存在となり、子どもを産めることが有利な条件にならない。何故ならフィンも産めるのだから。男のくせに子を生《な》せるなんて、と女性は嫌悪感剥き出しに罵声を浴びせてくるだろうが耐えるんだ。そんな女性よりも、フィンの方が百倍は可愛く聡明で愛らしい。必ず意中の相手の心を掴めるはずだ！」

「……？　ありがとうございます？」

途中から何の話かよく分からなくなったが、最後の言葉は褒め言葉だと思うので礼を言った。

女性と同じ立ち位置になったということは、俺の相手は必ず男性ということになるのか。女性の方も、男性が多く選び放題の中で、女性と同じように扱われる妊娠可能な男性をわざわざ選ばないよな。前世では異性愛者だった俺は、果たして男性を好きになることができるのだろうか。しかも抱く側じゃなく、抱かれる側だなんて。自分は同性愛に偏見はないつもりだったが、それは他人事であったからで、自分がその対象となると、また違ってくるかもしれない。

そういえば、先生はどうなんだろう。まだ結婚はしていないらしいけど、恋愛対象として男性もいけるのだろうか。先生は明るく陽気で博識だし、ちょっと言動が大袈裟で派手な服装を好むけど、とても紳士的だ。派手が全面に押し出されていて分かりにくいが、整った顔立ちもしているし、頭を撫でてくれる手は大きくて優しい。先程、抱っこされた時に触れた腕の逞しさや胸筋も結構なもので、鍛えてるのが分かった。こちらを見る眼差しはいつも優しくて……

『フィン』

ストーーーーップ!!

いけない想像をしてしまい、突然ボンっと真っ赤になった俺を、先生は驚いたように見た。

「どうした？　顔が真っ赤になってるぞ」

「なななななっ、なん、何でもありません！　ちょっと、暑くなってきたかな」

あは、あはは、と笑う俺に先生は首を傾げながらも、アマーリアに水を持って来るようにお願いしてくれた。うぅ、変な想像して先生ごめんなさい。でも先生のおかげで俺、男性が相手でも大丈夫なような気がしました。その、嫌悪感なかったです。

後日、通常運転に戻った俺に、先生は魔法実技の授業について提案してくれた。

「魔法は必ずしも仕事と直結しているわけではない。使えたら有利、又は必須な職業もあるが、それ以外の仕事を選べば使えなくても困ることはないだろう。学園へ通う場合は、魔法が必要な魔法科などのコースを選ばなければ、実技が出来なくとも筆記試験に合格すれば問題はない。学ばないという選択肢もあるがどうする？　フィンは魔法が好きだから、やりたいなら授業を組んでやるぞ」

「ぜひ、やりたいです！」

「うむ。大変やる気があってよろしい！　さっそく授業を組もうではないか！」

やったぁ！　ついに魔法が使える。使えると思うんだけど、最大の懸念があった。

「でも先生。僕、使える属性は多いんですけど、魔力量が赤子以下だと言われました」

「宰相殿から聞いているぞ。気にするなと言いたいところだが、五歳の時点での魔力量は、やはり今後のことを左右する一つの基準となる。世界一の火の使い手になりたいなど、壮大な夢を持っているなら少し厳しいかもしれんが……フィンはどこまで使えるようになりたいんだ？」

「どこまで？」

「そうだな。少し外に出てやってみるか」

先生と連れ立って庭に出る。ローゼシュバルツ家の屋敷は、前に住んでいた屋敷よりも広くて大きい。庭も運動会ができるほど広かった。先生は俺に動かないように指示すると、少し離れた場所に立ち、杖を取り出した。

おぉ！　魔法の杖だ！

「例えばだな、こんな感じで」

先生が杖に魔力を込めたのか、杖が一瞬光った。先生は、その杖の先を地面に向け、サラサラと空中に魔法陣を描いた。すると、光の線の魔法陣が浮かび上がる。出来上がった魔法陣を杖で上からとんっと押すと、魔法陣はそのまま押した方、この場合は地面に向かって進み、地面に着くとカッと光が増した。

次の瞬間、そこにあった地面がモリモリモリッと盛り上がり、一つの土の像ができ上がった。

「おぉーーー‼　……これ先生ですか？」

「むむ。イマイチな出来だな。やはり本物の素晴らしさを出すのは難しい」

突っ込んだところは出来栄えではない。魔法の手本に自分の像を出したのかと確認したかっただけだ。

何はともあれ初魔法だ！　すごい！

「これは魔法を使うための特殊な杖だ。特殊と言っても価格はピンキリで町の魔道具店で普通に売っている。杖は魔法を発動する際の補助的なアイテムだ。例えば、火の魔法が使えたとし、手のひらからは火の玉しか出すことができない。だが、この杖で魔力を集約させ、それを術式を練った魔法陣に注入し発動すると、魔法陣からは火の矢が出て遠方にいる対象物まで飛ばすことができる、というわけだ」

「なるほど〜！」

「これなら、例え魔力量が少なくとも、良い杖を使い複雑な魔法陣をいくつも覚え、的確に放つことができればそれなりに使える。難点は、発動に時間がかかり魔法陣を描くスペースが必要なこと。更には戦闘においては近距離戦では使い辛いということだな」

これなら魔力量が少ない俺でもできるかもしれない。

「フィン用の杖はまだないから、今日はこれを使ってみてくれ」

そう言って、先生は別の杖を取り出し持たせてくれた。簡単な魔法陣を見本に紙に書いて見せてくれる。闇を除けば土が一番魔力が多いはずなので、まずは土魔法で試してみることになった。

「いいか？　自分の中の魔力を感じて、杖を持っている方の手に流すようなイメージを持つんだ」

「魔力を流す……」

魔力など感じたことはないのだが、できるだろうか。イメージ……流れるイメージ、体を巡る血液のようなもの、魔力の循環、土の魔力。何度も何度も念じていると、杖を持った右手が暖かくなってきた。手の先にある杖を見ると、淡くだが光っている。

ふわぁぁぁぁぁ！

「よし！　ではそれを、杖の先から押し出す感じで魔法陣を描いてみろ」

ドキドキとしながら、スッと円を描くように動かそうとしたが、半分もいかないところで光が消えてしまった。

「あぁ！」

「ふむ。魔法陣を描けるほどの魔力はまだないか」

「先生！　もう一回試してもいいですか？」

「いいとも。だが無理はするなよ。魔力は生命力と直結している。魔力が枯渇すると倒れてしまうからな」

「はい！」

それから何度か試してみたが、どう頑張っても半円までしか描けず、最後には杖が反応しなくなった。

「そこまで！」

「はぁ、はぁ、はぁ」

激しい運動をしたわけでもないのに、息が上がる。足がガクガク震えて立ってるのも辛かった。踏み出そうとして、ふらついた俺を先生が咄嗟に支えてくれる。

「無理をするなと言っただろう」

「ごめんなさい」

魔法陣を描くこともできないなんて、悔しかった。

「フィン。最初からできるものではない。魔力があってもうまく扱えず、それすら苦労する人もいる。杖に魔力を流せただけで上出来だ。センスはあるぞ」

「うー」

俺は上手くできなかった不甲斐なさと、褒めてくれる先生の優しい言葉に、気持ちがぐちゃぐちゃになった。ボロボロと涙を零す俺を、先生は抱き上げて背中をとんとんっと叩いてくれる。そのまま屋敷の俺の部屋へと連れ戻された。今日の実技の授業はこれで終わりだ。

「最初の課題は魔力量の底上げだな。土魔法で魔法陣を描けないなら、他の属性では杖すら反応しないかもしれん。魔力量が上がってから、次にどう進めるか相談しよう」

「ぐすっ。はい」

「ほら、もう泣くな。泣き顔も可愛いが、目が腫れてしまうぞ」

泣き顔なんて可愛くないです、と反論したいが声がうまく出ない。先生の腕の中が心地よくて、そのままぎゅうっと抱きついてしまう。先生は授業内容を考えながら、俺が落ち着くまで背中や頭を撫で続けてくれた。

翌日、昨日泣いたことにより目が腫れてしまった俺だが、涙を流したことにより、少し気持ちがスッキリしていた。魔法陣は上手く描けなかったが、杖に魔力を流すことには成功したんだ。それだけでも上出来だと言ってくれた先生の言葉を素直に受け取ろう。すごくすごく悔しかったけど、この悔しさをバネにコツコツと頑張るんだ。まずは魔力の底上げだ。筋肉と同じように鍛えるらしい。魔力の筋トレをしろってことだな。よしきた！

「まずは毎日魔力を出せる量を増やす訓練だ。今の時点で三の力を出せるなら、少し無理して四を出せるように頑張ってみる。四を普通に出せるようになったら次は五を、という感じだな。そうすれば、時間はかかるが少しずつ魔力量は増えていく。無理に力を出すのは体力もいるし気力も使う。辛かったら一日休むなど、自分の体と向き合いながら頑張っていこう。だから、決して無理はしないこと」

「はい！」

返事はいいんだがな、と先生は思案顔だ。聞こえてますよ、先生。昨日、俺が無茶をしたので懸念しているらしい。あれは俺が悪かった。しかも出来ないからと悔しくて泣いてしまうなんて。更には先生に甘えて、膝抱っこでぐずって泣き止むまで慰めてもらってしまった。

あーーーっ！　穴があったら入りたい！　何て恥ずかしいことをしたんだ俺は。しっかりしろ、俺。お前は五歳児の皮を被った三十過ぎたおっさんなんだぞ。めそめそせずに根性出して頑張らんかい！

ふんすふんす、と鼻息の荒い俺のやる気を尊重してか、先生は気持ちを切り替えたように続きを喋ってくれた。

「毎日決まった量をこれに流していこう」

「これは何ですか？」

「魔力を吸収できる石だ」

先生から渡されたのは、俺の手のひらに乗せても小さく見える楕円形の石だった。

「これに杖と同じ要領で魔力を流す」

先生はもう一つ石を取り出すと、自分の手のひらに握って魔力を流し出した。ポゥっと握った指の間から光が漏れる。しばらくして、光が消えてから先生は手を開いて見せてくれた。

「あっ！」

「所々、色が変わってるだろう？　魔力が定着した証だ」

「わぁ、すごい！」

「完全に色が変わるまで、この石に魔力を流し続ける。まずは何日かに分けて、一つを完成させる。流す魔力は同じ種類でな。闇魔法は除外し、土、風、水、火の順に石を増やしていこう。一周回ったら、また同じ順で今度は日数を減らす。慣れてきたら、石を一回り大きい物にしていこう」

「分かりました！」

俺はその日から、昼と晩の一日二回、石に魔力を流す練習を始めた。先生の言ってた通り、これが結構きつい。元々の魔力量が低いから、少し石に魔力を流しただけで、ごっそりと力を持っていかれてしまう。初めは加減が分からず、魔力を出し過ぎて足に力が入らず、何度も転んでしまった。打身や擦り傷など、あちこち怪我をして、手当てをしてくれるアマーリアには心配された。

見かねた先生に、流す魔力量を操る訓練でもあるから、それも考えてやるようにと助言が入った。

そして、開始から十日後。

「で、できた！」

手を広げて石を見ると、ピカピカ光った透明感のある宝石のような茶色い石がそこにはあった。

「よくやった！　見事な魔石になってるぞ」

ぐりぐりと先生に頭を撫でてもらった。

「魔石？」

「そうだ。天然で取れる魔石とは効果も威力も段違いに落ちるが、それも魔石だ。手作りの魔石だな」

「手作りの魔石……」

俺が作った初めての魔石。じわじわと湧き上がる達成感に満面の笑みが広がった。

嬉しい。記念にどこかに飾って毎日お祈りしよう。その前に父上と母上と心配してくれたアマーリアにも自慢しなくちゃ。

それからはコツを掴めたのか、順調にゆっくりではあるが、魔石を作りながら魔力底上げの訓練は進んでいった。

「魔道具研究所の見学ですか？」

魔石作りが一巡したある日。夕食の席で父上からお出かけのお誘いがあった。今度、王都で開かれる魔道具展示会に出品する件で、宰相の父上と魔道具研究所の所長とで打合せをするらしい。国内最大級の魔道具研究所の内部は、普段は限られた人しか入れなかった。

「そうだ。滅多に見ることのできない施設だからな。打合せついでにフィンの見学の許可も貰っておいた」

ついでって。そんな簡単に子どもが入る許可が下りたのだろうか。

「でも、お仕事でしょう。僕が行ったら邪魔になりませんか？」

「大丈夫だ。打合せ中は少し待っていてもらうことになるが、フィンなら大人しく待てるだろう？ それとも、あまり興味ないかな？」

「興味はあります！　魔道具作りの現場なんて、見れるなら見てみたいです」

物作りの現場なんて、見てみたいに決まってる！

俺の言葉に父上は満足そうに笑ってくれた。

「よし。じゃあ決まりだ。明日は私と一緒に魔道具研究所の見学に行こう」

父上は嬉しそうだったが、本当に良かったのだろうか。夕食後、改めて自室で悩んでいると、母上が部屋を訪ねてきたので、明日のことを相談してみた。

「むしろ行ってあげないとルッツが悲しむわ」

「そうでしょうか」

「そうよ。魔力検定の後、フィンはしばらく元気がなかったでしょう？　ルッツは自分がフィンを元気付けたかったみたいだけど、良いところをシュトラオス先生に取られちゃったからね。フィンが喜ぶことをしてあげたいのよ」

「父上がそんなことを思ってくれてたんですか」

父上と母上が心配してくれていることは分かっていたが、あの時はどうしてもすぐには気持ちを立て直せなかった。

「ごめんなさいね、フィン。体質のことでずっと悩んでいたことに気づいてあげられなくて。男の子だもの。自分が女の人のように赤ちゃんを産めると分かったら、そりゃあショックだったわよね」

「謝らないでください、母上。僕の方こそ、ちゃんと相談できずに、ずっと落ち込んでて申し訳なかったです」

「ふふっ。じゃあ、おあいこね」

「はい。おあいこです」

二人で笑い合ったところで、母上が部屋を訪れた用件を切り出した。

「明日お出掛けする時に、この鞄を使ったらどうかと思って持ってきたの。私が幼い頃に使っていた物なんだけど、性別を問わないデザインだし、どうかしら」

そう言って渡されたのは、シンプルなデザインの肩から斜め掛けできる茶色い鞄だった。

「わぁ！　母上ありがとうございます。ぜひ使わせてください」

「そんなに喜んでもらえるなんて嬉しいわ。これはマジックバッグでもあるの。見た目より少し容量が大きい程度だけれど、日帰りのお出掛けくらいなら充分役に立つと思うわ」

「マジックバッグ！」

初！　魔道具ゲットだぜ！

その夜は興奮してなかなか寝付けなかった。明日がすごく楽しみだ。


ローゼシュバルツ領から王都へは日帰りで行ける距離ではない。いつも父上はどうやって通っているのだろうかと思っていたら、転移魔法だった。領地内に転移魔法陣が設置してある建物があり、そこから王都へ飛んでいたらしい。

「私は転移魔法で単体しか飛ばせないんだ。だから、誰かと一緒の時はここから飛ぶ。着地点は王都にある転移魔法陣に固定されているから、違うところに飛ばされる心配はない。それに、魔法陣を使えば魔力量も少なくて済むからね」

俺が引き取られる前は、期間を決めて王都の屋敷から王城へ通い、宰相の仕事の目処がつけば、今度は領地に帰って領主の仕事をまとめてしていたらしい。今は、俺と母上に毎日会いたいから、転移魔法陣を使って領地から通っているそうだ。

そう言ってもらえるのは嬉しいけど、長距離を毎日往復するのは大変そうだ。あまり無理はしないで欲しい。そう言っても、父上は大丈夫だと言って笑うような気がした。だから、また家に帰ったら肩でも揉んであげようと思った。

「さぁ、行くよ。フィン、しっかり掴まってなさい」

「はい」

転移魔法陣の上に立った父上に抱っこされる形で移動する。魔法陣が輝き出すと、父上と俺の体もキラキラとした粒子に包まれ始め、その後に体が何かに強く引っ張られるような力を感じた。

そして。

「フィン、大丈夫か？」

俺は王都の転移魔法陣がある部屋の外で口に両手を当て蹲っていた。酔ったのである。

「……だいじょ、ぶれす」

転移した時間は一分にも満たないはずなのに、内臓を何度もシェイクされたように気持ち悪かった。父上は慣れれば平気になると言ったが、慣れるほど試す勇気はない。できれば二度と使いたくなかった。気分が少し落ち着くまで待ってもらい、今度は馬車に乗り魔道具研究所へ向かう。

「やぁ、ようこそ！　お待ちしておりましたよ」

白衣で出迎えてくれたのは、藍色の髪を無造作に後ろで束ね、眼鏡をかけた男性だった。父上と同じくらいの身長だが、痩せ型でヒョロリとしている。まさに研究者といった姿のこの人が、今日父上と打合せをする所長さんらしい。父上に手を引かれている俺を見て、笑みを深くした。

「こちらが宰相殿の御子息ですな。お初にお目にかかる。カール・フォルシャーナと申します。以後お見知り置きを」

そう言って、俺に向かって優雅にお辞儀をしてくれた。

「初めまして。フィン・ローゼシュバルツです。今日は研究所の見学を許可していただきありがとうございます」

「どういたしまして。フィンくんは何歳なのかな？」

「五歳です」

「じゃあ、私の息子より一歳年上ですね。ほらリヒト、君もご挨拶しなさい」

声をかけられ、カールの後ろからちょこっと顔を出した子どもは、サラサラとした黒髪に小豆色の瞳をしていた。ぽややんとした表情を見て俺は驚く。

この眠そうな顔は攻略対象者のリヒト！

カールに背を押され、出てきたリヒトは俺より少し小さいくらいだった。

「リヒト・フォルシャーナです」

父親の真似なのか、胸に手を当ててちょこんと頭を下げたリヒトは、小動物のようで愛らしかった。

ゲームの中のリヒトは、魔道具技師である父の影響を受け、幼少期から様々な魔道具を作り出している将来有望な青年であった。しかし、一つのことに集中すると周りが見えなくなってしまう性格で、友達もおらず、同世代の間では少し浮いた存在でもあった。

前世の姉曰く、リヒトは母性本能をくすぐる可愛い系年下男子らしい。この眠そうな顔が可愛いか？　と思い、自分も眠そうな顔を演出してみたが、姉からはシラけた顔が返ってきた。

『リヒトからはアンニュイな雰囲気を感じて素敵だけど、あんたのその顔は蹴り飛ばしたくなる顔ね』

酷いと思わないか。所詮は顔面造形美のなせる技というやつだ。

俺が前世の記憶に浸っているうちに、挨拶の時間は終わったらしい。

「それでは我が国最高の魔道具研究施設をご案内致しましょう」

こちらですと案内された先は、ドーム状の建物で天井は高く中は広かった。研究員たちは各部署に分かれ、道具を組み立てていたり、魔法陣を囲んで検証していたりと、各々で魔道具作りに勤しんでいる。

魔道具とは、その名の通り魔法で作動する道具のことだ。道具を作り、そこに作動させたい性能に合わせた魔法陣を組み込んでゆく。魔力を流せば魔法が発動し、道具が動く仕組みだ。

この世界の人々は、誰しもが魔力を持って生まれてくる。その為、魔力量が少なくても使える生活用品などの魔道具なら、誰でも使用することができた。

ここは国で一番の魔道具研究施設なので、公共や産業などに使用する為の魔道具作りも研究しているらしく、大掛かりな魔道具もあった。

俺はしきりに『すごい』を連発し、リヒトは一つ一つ立ち止まっては、動かずにずっと魔道具作りを眺めている。あまりゆっくりする時間がない為、なかなか動かないリヒトの手を俺が引いて歩くことになった。

「リヒトくん、ほらもう次行こう？」

「やだ」

「でも、次は水がたくさん飛び出してくる魔道具だって。見てみたくない？」

「みず？」

リヒトが次に興味を向くように誘導しながら歩くのは大変だった。

おかしいな。俺が案内されるはずなのに、俺がリヒトをガイドしている。楽しそうにしているリヒトの姿は可愛いからいいけどさ。

そんな俺たちを、父上や他の研究員たちは兄弟のようだな、と微笑ましく見ていたそうな。


カールに施設を案内してもらった後、大人たちは仕事の打合せがあるので、俺はリヒトと一緒に別室へと案内された。ここで打合せが終わるまでお留守番らしい。リヒトと一緒に手を振って大人たちを見送る。

この部屋で事務仕事をしている男性職員の一人が、俺たちの相手をしてくれるそうだ。お仕事中なのに子守をさせて申し訳ない。

「よろしくお願いします」

「はい。よろしく。見学は楽しかったかい？」

「すごく楽しかったです！　ねっ、リヒト」

最初はリヒトくんと呼んでいたが、リヒトが俺を『フィン』と呼んだので変えた。だって、おかしくね？　一歳しか差がないとはいえ、何で年上の俺は呼び捨てにされて、俺がくんづけで呼んでるんだ。それを指摘するのも心が狭いようで、俺が相手に合わせればいいと結論を出した。別に、年上だというだけで敬ってほしいわけでもないし、可愛い年下系男子へのひがみでもないんだからな。

「もっとみたかった」

リヒトは俺の言葉に素直に頷き、残念そうにしゅんとした。可愛らしい姿に、俺の体は勝手に動いてリヒトの頭をよしよしと撫でた。

「楽しんでもらえたようで良かったよ。この研究所で開発して商品化された魔道具は、町で売られてる物もあるんだよ。気に入ったなら、お父様におねだりして買ってもらってね」

子ども相手に商売しないでほしい。しかも、俺の方をめっちゃ見てるし。やはり買う人によっては箔がつく感じなのだろうか。芸能人〇〇さんのお気に入り！　とかで人気が出るやつな。宰相様も大絶賛！　の謳い文句が欲しいってか。残念ながら父上は物欲が薄いから、何に対して興味を示すか分からないんだよな。母上が喜びそうな物なら嬉々として買っていきそうだが。

「女性に人気があったり、使いやすそうな物とかありますか？　母上にお土産としてなら、父上にも買ってもらいやすいので」

「なるほど。ちょっと待って。商品リスト確認するから」

子守職員さんが資料を探している間、ソファに座って待ってるように言われた。たくさん歩いて疲れたので、ほっと息をつく。すると、横から小さくお腹が鳴る音が聞こえた。

「リヒト、お腹すいたの？　お菓子食べる？」

俺は鞄から、今朝出発前にうちの料理人が渡してくれた包みを取り出す。中を開けるとクッキーが入っていた。念の為、リヒトにアレルギーがないか聞いてみたが、首を傾げられた。意味が伝わらなかったようなので、これと同じような物を食べたことがあるのか聞いてみた。

「あるよ」

「食べて気分が悪くなったり、体が痒くなったりしたことは？」

「ない」

それなら大丈夫だろう。鞄からお手拭きを出し、リヒトの手と自分の手を拭いてから一緒に食べた。

「ありゃ、お菓子持参？　ごめんごめん。お茶も出してなかったね。今、用意するから」

資料をどんっとテーブルの端に置いた職員さんは、今度はお茶を入れるために席を外した。置かれた資料の山を見てげんなりする。どんだけ俺に売りつける気だ。

入れてもらったお茶を飲みつつ、職員さんのプレゼンを聞くことになった。微妙な物から便利な物まで幅広く、聞いているのは思ったより楽しかった。

「これ、魔力量が測れるんですか？」

サンプルもあるからと職員さんが持ってきたガラクタ、おっと失礼。素敵な魔道具の中から手の形をした道具を取り出す。素人の俺が言うのもなんだが、もうちょっと他にデザインはなかったのか。生首ならぬ、生手首のような魔道具は、握手の時のように差し出された形をしていた。

「そうだよ。属性は調べられないんだけど、魔力量の測定はできるんだ。使ってみる？」

そう言われ、その魔道具と握手するように握った。魔道具には目盛もないし、どうやって表示されるのかとわくわくしたが、うんともすんとも動かない。故障か？

「あれー？　おかしいな。ちょっと貸して」

そう言われて渡し、今度は職員さんが握ったら、いきなり手の指がうごうご動き出した。そして、三本指を立てて静止したかと思うと、手の色が変わり始め、最終的には全体的にまだらな黄色になった。製作者のセンスに俺は言葉も出ない。

「ちゃんと動いたね。んー？　何でだろ。まぁとりあえず説明すると、色と指の本数で段階を示しているんだ。黄色の位の三番目、つまり中くらいって感じ。僕の魔力は人並みだから、ちゃんと測定もできてるし……もう一回やってみる？」

職員さんが握った後、しばらくすると魔道具は元の形と色に戻っていた。俺は再び握手してみたが、やはり反応しなかった。職員さんは渋い顔をする。

「んん？　何故だ。リヒトくん握ってみる？」

「ん」

今度はリヒトが握ると、職員さんと同じように動き出して色も変わった。指が二本立ち、橙色になっている。黄色と橙色なら色が濃い橙色のほうが上、なのか？

「おおー。リヒトくんまだ四歳なのに、俺より魔力あるなんて、将来有望だね」

「ゆうぼう」

自慢げに胸を張るリヒトの横で、将来を期待されないであろう俺は肩を落とした。

「僕の魔力量は、魔道具にも反応してもらえないくらい低いってことか」

つまりはまぁ、そういうことなのだろう。まだ訓練を初めて一月半しか経っていない。劇的に変わるとは思っていないが『ダメダメです』と改めてレッテルを貼られたようで落ち込む。

「えっ、そういうこと？　魔道具の故障じゃなくて良かった」

おい。本音が口から出てるぞ。ここは俺を慰めるところだろうが。気の利かない大人とは違い、リヒトは俺の頭を撫で撫でしてくれた。

「フィン。まりょくない？」

前言撤回。お前もな。言葉を慎め。なくはない。リヒトに比べれば残りカスのような俺の魔力も、あることはあるんだ。

「魔力はあるよ。ただ赤子よりも低い魔力量って言われただけ。今は訓練中だけど、どこまで増やせるかな。この魔道具、もっと魔力量が低い人用のはないんですか？」

「うーん。これが一般的な基準を測るやつだしね。これより低いのは需要がないから作られてないんだ」

「そうですか」

残念だな。目に見える形で魔力量が増えていくのが分かれば、もっと訓練にもやり甲斐を感じることができるかもしれないのに。地道に努力して、一般の底辺までレベルアップするまでのおあづけか。

「フィン？」

「何でもないよ。リヒトは何か気になるものはない？　これなんかどう？」

その後も職員さんのプレゼンを聞いたり、サンプルを試したりしながら、父上の仕事が終わるのを待った。リヒトは途中から、先程の魔力量測定の魔道具をいじって遊び出した。何度試しても同じ指の本数と色なので、測定は確かなのだろう。指の動きと色のまだら模様が毎回少しずつ違うという微妙なこだわりを発見したが、俺の気持ちはあまり晴れなかった。

最終的に、可愛らしい花の形をした光の色が変わるランプと、寒い季節に向けて暖かくなる魔法がかかった膝掛けを選び、売っている店を教えてもらう。父上が戻ってきたので、子守をしてもらった職員さんの前で、魔道具を母上にお土産として買って帰りたいとねだった。父上は承諾してくれて、職員さんは大喜びだった。

カールとリヒトに別れを告げ、父上と一緒に王都のお店で遅めの昼食をとり、お土産を買って、俺の初めての社会見学の日は終わったのである。


王都にある魔道具研究所へ見学に行った一ヶ月後、リヒトが父親と一緒にローゼシュバルツ領にある屋敷まで訪ねてきた。

直前に先ぶれがあったとはいえ、父上は仕事で不在で、母上が対応に出た。

カールと父上は学園の同級生で、母上も同じ学園に通っていたので、先輩後輩の仲であり、顔見知りだそうだ。

　俺は午前の授業中だったのだが、休憩のタイミングで呼び出された。先生は部屋で待っているから、気にせず会ってくるといいと言ってくれたので、お言葉に甘えることにする。

　応接室に入ると、カールは今日も白衣で無造作に髪を束ねた姿だった。貴族の屋敷へ訪問するにはラフ過ぎる格好だが、母上は気にしてなさそうだった。いつものことなのかもしれない。

　リヒトはカールの横にちょこんと座っていた。

「こんにちは。先日はありがとうございました。とても楽しかったです」

「こちらこそ。リヒトと仲良くしてくれてありがとう。我が研究所の商品も購入してくれて、職員も非常に喜んでいたよ」

　いえいえ。長く熱心なプレゼンの結果ですよ。押し負けました。

　母上は、俺が選んだお土産をとても喜んでくれた。膝掛けはまだ出番はないが、ランプは可愛いと褒めてくれ、寝室で使ってくれているらしい。そんなに喜んでもらえるなんて、選んだ俺も嬉しかった。

「リヒトも先日は僕とお留守番してくれてありがとう」

　カールと挨拶した後にリヒトにも声をかける。リヒトは俺の言葉に頷いた後、手に何かを持って近づいてきた。ずいっと持っていた箱を差し出されて、俺は思わず受け取る。

「これは？」

「あげる」

「くれるの？　ありがとう」

何だろう。開けてもいいかと聞くと頷いてくれたので、一度テーブルに置いてから箱を開けた。

箱の中に入っていたのは、ムンクの叫びのような顔をした人形だった。

「……」

何故だろう。形は似てないが、すごい既視感を感じる。

「もしかして、魔力量測定器？」

リヒトは、こくんと頷いた。もじもじと手を動かして小さな声で『つくった』と言った。

作った？

「でも、僕の魔力量じゃ反応しないの、リヒトもこの間見てたでしょ？」

「うん。だから、フィンのやつ、つくったの」

「僕の？」

ちょっと待て。それはもしかして、俺の魔力量に合わせた測定器を作ったということだろうか。

「どうやって使うの？」

俺の言葉にリヒトは、ぱぁっと顔を輝かせると説明してくれた。

「使ってみてもいい？」

「ん」

教えられた通りに右手で人形の胴体を掴む。俺の手の大きさでもすっぽりと包めてしまう細い胴体が、あの時の指のようにくねくねと動き出した。この動作は必要なのだろうか。しばらくすると、ムンクの叫びのような表情が悲しい顔になり、何と、人形が膝をついて土下座した。

「……」

「……」

無駄に高いクオリティを褒めればいいのか、俺の魔力量でも動いたと喜べばいいのか、この姿の魔力量はいったいどの値なのか説明を求めればいいのか分からず、しばし固まった。

俺の反応が薄いので、リヒトは段々としゅんと肩を落としていった。

「これ、リヒトが一人で作ったの？」

「ううん。とうさんと、いっしょ」

「こんなやつが作りたいって、リヒトが言い出してね。作り方を教えたりアドバイスはしたけど、作業工程はほとんどリヒトが一人で行なったんだ。既製品があるとはいえ、この年齢でこのレベルの物を作れるなんて、さすが私の息子だな」

息子自慢のカールの言葉は無視して、俺はリヒトの小さな両手を掴んだ。この手でこんな物が作れるだなんて、まさに天才だ。将来有望と呼ばれた攻略対象者だったリヒトの片鱗を見た気がした。

そういえば、あの日途中から魔力量測定器の手をいじっていた。遊んでいるとばかり思っていたが、触りながらこれを作ることを考えてくれていたのかもしれない。やっと胸に熱いものが押し寄せてくる。俺は顔いっぱいに笑みを浮かべた。

「リヒトすごい！　すごいよ！　こんな物が作れるなんて。見た？　僕の魔力量でも動いたよ！やった！」

ぎゅっとリヒトに抱きついて、その場を一緒にクルクル回る。

「フィン、うれしい？」

「もちろんさ！　すごく嬉しいよ。最高の贈り物だ。リヒトありがとう！」

「ふふ」

リヒトと一緒に笑い合ってから、改めて測定値について説明してもらう。あの悲しい顔に土下座は最低ランクらしい。値が高くなるにつれ、真っ直ぐ立って、人形は笑みを浮かべるそうだ。しかもちゃんと目盛までついている優れ物だった。ついていた場所はお尻だったが。目盛は一から百まで。もう一度測ってお尻の目盛を見ると三だった。訓練してこの数値が上がっていけば、魔力量は増えていってるってことだ。俄然やる気が出てきたぞ。

カールとリヒトは出来上がったこの魔力量測定器を届ける為だけに、今日訪れてきたらしい。お礼にと母上にお願いして、カールにはうちの領地特産のお酒を、リヒトにはうちの料理人特製のお菓子の詰め合わせをお土産にと渡してもらった。

リヒトとまた会う約束をして別れる。

二人が帰るのを見送った後、ずいぶん待たせてしまっている先生の所へ、俺は飛んでいった。

「先生見てみて！　こんなのもらった。僕のために作ってくれたんだって！」

リヒトから魔力量測定器をプレゼントされ、毎日魔力量を測るのが俺の日課となり、日々は過ぎていった。

俺が前世の記憶を取り戻したのは、雪が降る寒い季節だった。この国は冬の季節が長く、夏が短い。夏の季節もカラッとしていて、日本の湿気が多い暑さを思うと、とても過ごしやすかった。

家庭教師のユーリ先生と出会ったのは、まだ冬の頃で、今は夏が終わろうとしている。先生が二週間記念に大量のお菓子を買ってきたことも、すでに懐かしかった。あの記念日は結局、家庭教師継続記念日お祝い会と長い名前をつけて、先生と一ヶ月ごとにお菓子でお祝いすることになっていた。俺は拒否したのだが、先生は頑なに譲らなかった。下手したら毎週お祝い会をされそうな勢いだったので、妥協案として一ヶ月で落ち着いたのだ。最初に大量に買ってきたお菓子も、お祝いの日は一種類だけと決めた。先生はこれにも渋ったが『毎月違う楽しみがあっていいでしょう？』と言ったら納得してくれた。先生は、たまに子どもみたいだ。

今日は、先生曰く念願の『祝！　半年記念日』で、母上も一緒に中庭で昼食を共に食べながらのお祝いとなった。俺も嬉しいけど、先生は泣いて感動していた。喜びすぎだよ。

母上は、俺と先生のやりとりを楽しそうに笑いながら見ている。だがふと、母上のお皿の上があまり減っていないことに気づいた。

「母上。食欲ありませんか？　もしかして体調悪いんですか？」

俺の言葉に、母上は申し訳なさそうに頷いた。よく見ると顔色も少し青褪めて見える。

「ごめんなさい。せっかくのお祝いの席なのに。少し気分が優れなくて」

「それは一大事だ！　ここは多少日差しがきつい。屋敷の中に戻りましょう！」

「そうしましょう母上。次からはご気分の優れない時は、祝いの席だろうと断ってくれて大丈夫ですからね」

屋敷へ移動しようと立ち上がった瞬間、母上は立ちくらみでも起こしたのか、ふらついて地面に座り込んでしまった。俺は慌てて駆け寄る。

「母上！」

「ごめんなさ、うっ」

げぼっと母上はその場で吐いてしまった。少量の昼食と飲み物と胃酸の混じった独特の匂いが鼻をつく。

「はっ、母上‼　母上が死んじゃう！　せせせっ、先生どうしよう！」

「落ち着けフィン。おい！　誰か医者を呼べ！」

その後は使用人たちが慌ただしく動いて、母上は先生に抱き上げられて屋敷のベッドへ寝かされた。俺は母上の周りをうろつくだけの役立たずだ。

うぅ、俺ってば情けない。

ちょっと涙目になっていると、少し落ち着いたらしい母上に呼ばれて飛んでいった。

「フィン。ごめんね。驚いたでしょう」

「驚いたけど、大丈夫。母上、しんどいなら無理に喋らなくてもいいよ。もうすぐお医者様が来るからね。それまで頑張って」

枕元で母上の手を握りながら励まし続けた。かかりつけの医者が到着した後、診察の為にと男性陣は部屋を追い出された。室内では女性のアマーリアが付き添ってくれている。

俺は診断結果が出るまで不安で、部屋の前を行ったり来たりしていた。

すると、父上が突然目の前に姿を現した。今日は王城で仕事のはずだったが、執事から母上が倒れたと聞いて、まさに転移魔法で飛んで帰ってきたらしい。

「フィン。ラーラは？」

「今、お医者様が来て診てもらってるけど、母上お庭で吐いちゃって。お外でご飯食べたから、体調悪くなっちゃったのかな。僕、ぼく、ふぇっ」

父上に会えて安心したのか、ポロポロと俺は泣き出してしまった。精神は今も大人のはずだが、感情面は現在の肉体である五歳の子どもとしての面が大きく出る。

父上は俺を安心させるように抱き上げて、背中をさすってくれた。

「きっと大丈夫だ。ラーラは少し気分が優れなかっただけさ。心配いらないよ」

「うん」

でも、心配して飛んで帰ってきた父上が言っても、あまり説得力ないと思う。

父上に床に降ろしてもらい、執事のセバスチャンに泣き濡れた顔を拭いてもらっていると、やっと医者から入室の許可が出た。医者は父上もいたので少し驚いた顔をしたが、笑って診断結果を教えてくれた。

「おめでとうございます。ご懐妊です」

室内が一瞬、静寂に包まれた。

「カイニン？」

「ゴカイニン？」

父子揃って呆然と呟く。

「ご懐妊。つまり、赤ちゃんができたということだろう？」

「‼」

後ろから静かに見守っていた先生が、分かりやすく言葉に出してくれた。

「ラーラ！」

「母上！」

母上は幸せそうに笑っていた。吐いたのは悪阻《つわり》によるものだったらしい。父上は泣きながら母上をそっと抱きしめた。

「ありがとう。ラーラ」

「ルッツ。お礼を言うのは私の方よ。そしてフィン」

「ははうえ～」

せっかく執事に拭いてもらった俺の顔は、再び涙と鼻水でぐちゃぐちゃだった。

「フィンもありがとう。あなたのおかげでもあるわ。この子は私とルッツとフィン、三人の愛の結晶よ」

俺は感極まって父上と母上に飛びついた。

「うん！　ぅん！　母上おめでとう！」

やった！　やったよ！　今度こそ神様ありがとう！

母上の妊娠は喜ばしい。でも、無事に産まれるまでも、産まれてからも大変なはずだ。すでに母上はひどい悪阻《つわり》に苦しんで、少しやつれてしまったように思う。何を食べても吐いてしまうのだ。このままでは栄養が足りず、母子ともに危ないのではなかろうか。治癒魔法も悪阻《つわり》には効果が薄く、母体を多少回復させることしかできない。

少しでも何か口に入れてもらおうと、俺は果物を自らせっせと絞ってジュースにする。確か酸っぱいものならいけるはずと、少し酸味の強い果実を取り寄せてもらった。母上もこれなら少し飲めるみたいで、やっと口にしてくれた。

「フィン。大丈夫か？　君まで少し痩せたのではないか」

「ありがとう、先生。僕は大丈夫。母上に比べたら全然マシだよ」

そう言ったけれど、くったりと机に突っ伏しているので説得力がなかったみたいだ。抱き上げられてソファに寝かされた。

「あまり無理するな。君は頑張り屋だから授業の進み具合もいいし、数日休んでも問題ない」

先生は置いてあったタオルケットをかけてから、優しく頭を撫でてくれた。

「はい、ありがとうございます。じゃあ今日はお休みしてもいいですか？」

「いいとも。ゆっくりお休み」

優しい先生の手が気持ちよくて、俺はそのままストンと眠りに落ちた。

母上は、少しずつ固形物も口にできるようになってきた。悪阻《つわり》はピークを過ぎたら大抵は落ち着いてくるはずなので、それまで頑張ってほしい。

母上が妊娠したことで、俺についていたアマーリアが母上につくことになった。アマーリアは出産、育児経験もあることからメイド兼乳母として雇われている。妊娠の経験があるから、苦しんでいる母上の相談相手になってほしいと、俺からお願いした。

その結果、アマーリアの代わりに俺には新しく従者がつくことになった。

陶器がぶつかる、カチャカチャという音が響く。俺は心の中で『頑張れ頑張れ』と応援した。無事にソーサーの底がテーブルへつくのを見て、見守っていた俺と先生は同時に深く息を吐いた。

「ありがとう。もう下がっていいよ」

「はい。何かありましたらお呼びください。失礼致します」

従者が退室していった扉を眺めながら、先生が我慢していた言葉を呟いた。

「緊張しすぎだろう」

「本当にね。毎日お茶をこぼさないかヒヤヒヤしちゃう。早く慣れてくれるといいんだけど」

「元からこの家の使用人だったのか？」

「前からいたけど、見習いだったみたい。僕の従者になることが決まって、正式に使用人になったんだって」

「初仕事か。ならば緊張しても仕方ないな」

先生とそんな話をした翌日、例の新人従者が緊張の面持ちで夜に部屋を訪ねてきた。

「こんな夜分に申し訳ございません」

「まだ起きてたからいいけど、どうしたの？」

「実は、フィン様と面会を希望している者がおりまして。お会いしていただけるか、お伺いに来ました」

「僕に会いたい？　今から？」

「はい」

眠気も吹っ飛んだ。正気かと思ってマジマジと目の前の従者を見たが、強張っている顔は真剣だった。俺はまだ五歳、もうすぐ六歳の幼児である。今はすでに夜の十時くらいで、こんな時間に子どもに面会を望むのは非常識だろう。

「会いたいって言ってるのは誰？」

「メイドのペトラです」

「ペトラが？」

ローゼシュバルツ家の使用人は、男性の方が多く女性は数人しかいない。ペトラはその数少ない女性の一人だった。名前と顔は知っているが、ペトラとは一度も喋ったことがない。

「明日の朝か昼間じゃだめなの？」

「どうしても今夜がいいそうです」

「どんな用件か聞いた？」

「奥様のことでご相談があると」

「母上のことで？」

ざわりと悪寒が走った。それは見逃してはいけない何かだと、直感的に感じる。

「相談内容はフィン様に直接言うと、それ以上は聞き出せませんでした。申し訳ありません」

「そう……セバスチャンにこの話した？」

「しておりません。確認しに行こうとしたらペトラに止められました。セバスチャンに言ったら絶対に会わせてもらえないから、内緒にして欲しいと」

確かに。セバスチャンなら『私の方からフィン様に伝えますので、今ここで内容を話してください。おや、言えない？ ここで言えないような話をフィン様に直接聞かせるわけにはいきませんね。会うことは却下です』とでも言いそうだ。

「ペトラは近くにいるの？」

「いえ、彼女はこの階には入れないので下の階で待たせてあります」

なるほど。場所によっては特定の使用人しか出入りできないと、前にアマーリアが言っていた。ならばこのまま会わないという選択肢も可能ということか。普通に考えるなら会わない方が無難だ。けれど、何かが引っかかる。

「分かった。一階にある第二応接室でなら会ってもいいよ。僕は一人で行くから、ペトラを連れて第二応接室まで来てくれない？ それから」

俺は従者に細かく指示を出す。俺の言葉に従者は安堵したように頬を緩めて頷いた。従者が遠ざかったのを確認してから、きっちりと扉を閉める。上着を羽織り、父上から貰った護身用の小型のナイフを念の為と上着のポケットに忍ばせてから、部屋をあとにした。

「ペトラ、お待たせ」

「フィン様。こんな夜遅くに申し訳ございません」

第二応接室に入ると、ペトラはもう来ていて、俺に慌てて頭を下げてくる。ペトラは、くすんだ緑色の髪をしており、瞳は髪より濃い緑色で顔にはそばかすがあった。

「ううん。大丈夫だよ。でもどうしたの？」

「奥様のことでご相談したいことがございました。ですが、あまり確証のある話でもなく。フィン様なら聞いていただけるのではないかと思い、急に面会を希望しましたことお許しください」

「母上のことで？」

「はい。とりあえず、お座りになりませんか？」

俺を立たせたままにしているのは悪いと思ったのか着席を勧められたが、それには首を横に振った。

「このままでいいよ。ペトラは知らないかもしれないけど、夜に僕がちゃんと部屋にいるか見回りが来るんだよね。だから早く戻らないと騒ぎになっちゃう。手短にお願いできるかな」

俺が夜中に家出をしてから、時間は不定期で部屋に見回りがくる。もう出て行く理由はないというのに律儀なことだ。いつも見回りに来ている人物は、今はペトラの後ろで空気のように気配を消して控えているので、騒ぎになる心配はない。

それに、何かあった時の為にと出入口の近くに立ったまま対応したかった。ペトラの方が部屋の奥にいるので、もし万が一襲われそうになった場合、これなら逃げることも可能だろう。

「それでは、このままお話致します。奥様が最近悩まされている悪阻《つわり》ですが、それに効く薬草が発見されたという噂があることをご存知ですか？」

「悪阻《つわり》に効く薬草？」

そんな薬草あるものだろうか。悪阻《つわり》に効く薬などないと最初から思っていたので、薬関係を調べることはしていなかった。本当にそんな薬草があれば、母上のあの辛そうな姿を見ずに済むかもしれない。

俺が食いついたと思ったのか、ペトラは身を乗り出して熱く語り出す。その時、ペトラの右目が怪しく光ったような気がして、俺は慌てて視線をペトラの口元へと落とした。

「そうなんです！　その薬草を煎《せん》じて飲めば、悪阻《つわり》のつらい嘔吐感が無くなり、体も楽になると聞きました」

「その薬草はどこで手に入るの？」

「隣国にある世界一高いと呼ばれる山の頂上付近に生えていると聞きました」

遠いな。それに世界一高い山がどれほどのもので、普通に人が登れるのかも俺には判断できない。そんな情報をもらったところでどうしろというのだ。俺ならば、ローゼシュバルツ家の財力をもって、その薬草を入手する為に、あらゆる手段を使うとでも思われているのだろうか。

「そんな所に生えてる薬草なんて、簡単には手に入らなさそうだね」

無難にそう呟く俺に、待ってましたとばかりにペトラはポケットから何かを取り出した。俺は一瞬身構えたが、ペトラが手に持っているのは小瓶のような物だった。見えやすいように指に挟んで前に突き出してくる。液体を入れる器かと思ったそれには、小さな丸い玉のような物が入っていた。

「それが、その噂を教えてくれた知人は薬売りで、隣国に行った際にたまたまその薬草を手に入れたらしく、特別に分けてくれたんです。これはその薬草を丸薬にしたものです。フィン様！　ぜひこれを奥様に使って差し上げてください」

俺は戸惑うように眉を下げてペトラを見る。

「でも、そんなに高い山に生えている薬草を使った薬なんて、貴重で高価な物じゃないの？」

「確かに入手に難しく貴重な物ですが、知人には貸しがあったので、何度もお願いしたら少しだけ分けてくれました」

いったいどんな貸しがあったんだ。

俺が遠慮していると思ったのか、ペトラは更に強く勧めてきた。

「フィン様！　私も奥様のお辛そうなお姿を見るのが心苦しいのです。どうか受け取っていただけませんか？」

「でも……」

「奥様の為です。これを飲みさえすれば、きっと奥様は楽になれるはずなんです」

「母上が楽になれる？」

「楽になります」

「絶対に？」

「絶対です」

自信満々に宣言してくるが、最初に言っていた『あまり確証のある話でもなく』という言葉はどこ行ったんだ。夜空にでも飛んで行ったか？

どうやらペトラの目的はこの薬を俺に受け取らせることらしい。

俺は小瓶の中の丸薬を見つめた。

「母上が楽になれる薬……」

迷うように呟いて俯《うつむ》いた後、俺は決意したようにキリッと顔を上げた。

「分かった。ペトラ。その薬を受けとるよ」

「フィン様！　ありがとうございます」

俺が差し出した手にペトラは小瓶をそっと乗せてくれた。それを俺は大事そうに握る。

「これで母上が楽になれる」

まるで呪文のように繰り返した後、俺は笑顔を浮かべてペトラに礼を言った。

「ありがとう。ペトラのような使用人がいてくれて良かった」

侯爵夫人であるラーラが妊娠したという話は、屋敷全体のお祝いムードのせいもあり、瞬く間に世間に広まっていった。ラーラを馬鹿にしていたある婦人は面白くなさそうに鼻を鳴らし、立場の弱いある婦人はラーラの代わりに次は誰が嘲笑の的になるのかと戦慄した。

しかし、その一ヶ月後、今度はラーラが倒れたという噂が流れた。何でも、悪阻《つわり》に効くという薬を養子である息子が探してきて飲ませたら、腹痛を訴えて倒れたそうだ。そのまま寝込んでいて意識が戻らないとか。ローゼシュバルツ家の屋敷は一転して、今はお通夜のように悲しみに包まれているらしい。

玄関ホールで騒いでいる客人がいて手に負えない。使用人の訴えを聞き、執事であるセバスチャンは足早に現場へと向かった。予想通り、今日も派手な外見をしたフィンの家庭教師であるユーリ・シュトラオスが騒いでいる。

「セバスチャン！　ちょうどよかった！　フィンに会わせてくれ！」

「なりません」

フィンは、誰とも会いたくないと部屋に閉じ籠っている。ルッツはそんなフィンの気持ちを尊重し、不用意に部屋に近づかないよう使用人たちに通達を出した。もちろん来客もすべて追い返せとの命令である。家庭教師の方も、フィンの体調が悪いのでしばらくは中止。再開時期は追って連絡すると伝えたはずだ。

「何故だ！　一目だけでいい！」

「シュトラオス様。フィン様は今、誰ともお会いになれないくらい憔悴なさっております」

セバスチャンの言葉に、ユーリは悲痛に顔を歪めた。流れている噂を耳にして慌てて駆けつけたのだろう。本当の事だと思いたくなかったに違いない。

「そんなに……あぁ、フィンよ。セバスチャン頼む。一瞬だけでもいいから会わせてくれ。フィンは私の教え子だ。フィンが苦境に立って苦しんでいるならば、一言でも言葉をかけてやりたいんだ！」

拳を握りながら熱弁するユーリを、セバスチャンは静かな瞳で見つめた。気持ちは分かっても通すわけにはいかない。ローゼシュバルツ家の執事として、主人の命令は絶対だ。

「シュトラオス様のお気持ちは、フィン様も大変嬉しく思われることでしょう。ですが、誰一人フィン様に近づけてはならぬと、これはローゼシュバルツ家当主であるルッツ様のご命令です。どうか本日はお引き取りくださいませ」

ユーリはそれでも食い下がり、最後は使用人たちに引きずって追い出された。だが、それで諦めるはずもなく、その日からフィンに会わせろと屋敷に連日押しかけてきた。遂には強行手段とばかりに、フィンの部屋まで直接行こうと屋敷の壁をよじ登っているところを使用人によって捕らえられたのである。

セバスチャンが渋々折れた瞬間でもあった。折れたと言っても勝手に許可を出すことなどできない。王城で仕事をしているルッツに至急連絡をして、フィンとの面会の許可をとった。

「もう先生！　危ないでしょ！　ここ三階だよ！　何考えてるのさ！」

ぷんぷん怒っているフィンは、十日前に会った時とあまり変わっていなかった。血色もよく、目の下に隈もないし、頬もふっくらとしたままだ。眉間に皺を寄せて怒っている顔は、可愛いだけだった。

「……？　元気そうだな？」

「元気なわけないでしょ。僕は今、自分が取った行動のせいで罪悪感に苛まれ、憔悴して寝込んでるんだから」

その割には、ベッドはメイキングされた後のように綺麗なままだ。ソファの前にあるテーブルには、積み上げられた本と読みかけで開いたままの本が無造作に置かれている。

「ソファで本を読んでいたみたいだが」

「少しは気を紛らわせないと」

「……奥様の容体はどうなんだ？」

「『僕と同じ』だよ。母上は目が覚めず医者がずっと付き添ってる」

フィンはそう言ってから、ニッと悪そうな顔で笑った。


テーブルの上を片付け従者にお茶を用意してもらい、二人でソファに座った。十日ぶりに会った先生は、相変わらず派手な服装だが何処となく覇気がない。先程はドアを破壊する勢いで入ってきたが、俺が元気ピンピンな姿を見て呆気に取られていた。今はシュンと萎んだ風船のようになってしまっている。

「会えなくてごめんね。先生、毎日来てくれてたんでしょ？　セバスチャンが渋い顔で教えてくれたよ。あんまり無茶しないでね」

自分でも暴走したと自覚しているのか、先生は気まずそうに目を逸らした。

「いや、うむ、すまない。どうしても気になってしまってな。思ったより元気そうで安心した」

騙していたのに嫌な顔をすることもなく、最後は優しく笑ってくれる先生は、やっぱりいい人だ。敵を欺くにはまず味方からとはいえ心が痛い。

「どこから話そうかな。先生はどんなこと知ってるの？」

「噂の内容くらいだ。養子のフィンが実子の誕生に恐怖して、奥様に薬を使い流産させてしまったと。そしてフィンは罰として部屋に謹慎させられているとも」

「そんな噂になってるの!?」

俺はソファから飛び上がるぐらい驚いた。何て怖い内容になっているんだ！　これじゃあ、俺が実子に嫉妬して殺害したみたいじゃないか。

先生は自分で言った言葉に、苦い物を食べたような顔になっている。

「あぁ。だが私は信じられなかった。フィンは泣いて奥様の妊娠を喜んでいた。毎日調べては、奥様が食べられそうなものを必死に探していた。絶対に何かの間違いだと思った」

「先生……」

「だがもしも。もしも万が一それが事実で、フィンが本当は苦しんでいて、間違った選択をしてしまったならば、どうしてその前に気づいて相談に乗ってあげることが出来なかったのかと、悔やんだ。今からでも遅くないなら、話だけでも聞いてあげられるのではないかと。でも、噂は嘘なんだろう？」

その言葉に俺は、涙と鼻水がたくさん押し寄せてきたので返事ができなかった。先生は俺にいつも好意的で熱心で、俺にとっていい先生だった。でも所詮は、雇われた家庭教師でただの先生だ。それなのに、ここまで俺を信頼して、心を砕いて心配してくれたなんて。

「フィン様」

後ろに控えていた従者のエリクがハンカチを差し出してくる。俺は転生して幼くなったせいか、特に涙腺が緩くなってしまっていた。すぐに泣いてしまうので、アマーリアがフィン様泣き顔専用ハンカチを用意しており、エリクはそれを大量に引き継いだと聞いた。ちゃんと常備していたらしい。礼を言って受け取り、涙を拭いて遠慮なく鼻をかむ。俺が落ち着くまで、先生は静かに待っていてくれた。

「先生、そんなに心配させていたなんて知らなくて、本当にごめんね。もちろん噂は嘘だよ。でもまだ内緒だから、この部屋を出たら噂を信じてるふりをしてね」

「あぁ、分かった。だが何故こんな状況になってるんだ？」

俺は、あの夜にメイドから薬を渡された経緯を簡単に説明した。

「その話を信じなかったのか？」

「信じるわけないじゃない。今の話を聞いて、先生なら信じる？」

問いかけた後、でも先生なら『何たる幸運！　そんな偶然があるとは！　貴方はまさに私を救う天使だ！』とか言って受け取りそうだなと思ってしまった。先生は顎に手をあてて少し考えていたが、答えは否だったので安心した。

「ほぼ知らない相手だろう？　いきなりそんな物を渡されても戸惑うだろうな」

「だよね！　そんなうまい話で僕を騙そうとするなんて、失礼しちゃう」

ぷうっと頬を膨らませて拗ねてみせると、先生は可笑しそうに笑った。

「フィンは騙されやすそうな見た目をしているからな」

「見た目だけ？」

「本当はよく人を観察している。可愛く笑って油断させて、人の真意を見抜こうとしている」

「先生の中の僕って、すごい腹黒い子みたいだね」

「褒めているのだぞ！」

「腹黒いは否定しないのかよ！」

どういうことだ。隠しているはずの素の俺が、先生には透《す》けて見えちゃってるじゃないか。思わず普通に突っ込んでしまった。

危ない危ない。可愛いフィンちゃん戻っておいで！

「こほん。俺、んんっ、僕のことは置いておいて。とりあえず、怪しい薬を渡してきたメイドの目的を探るために、騙されたふりをしているのです」

「なるほどな。よし分かった。そういうことなら、私も全面的に協力しようではないか！」

いつもの元気な先生が戻ってきたみたいだ。良かった良かった。俺はお言葉に甘えて満面の笑みで最初のお願い事を口にした。

「先生！　じゃあ、一年間ほど授業をお休みさせてください」

俺の言葉に、先生は前言撤回して、何故だと嘆き悲しんだ。

ユーリと話をしながら表情をころころと変えるフィンを、エリクは静かに見守っていた。

今は笑顔を浮かべているが、最近では暗い顔をしていることが多かった。その原因であろう夜のことを、エリクは思い返す。

『ありがとう。ペトラのような使用人がいてくれて良かった』

フィンはそう言って瓶を受け取ると、部屋へと帰っていった。満足したペトラも、もう用はないとばかりに応接室を出て行ったので、エリクは素早く室内をチェックした。

その後、部屋を出て扉に施錠し、廊下に誰もいないことを確認してから隣の部屋へすべり込む。

部屋の中には執事であるセバスチャンがいた。真夜中だというのに、いつも通り服をピシリと着こなし隙がない。この人に向かい合う度、エリクは背筋が伸びて緊張する。黒の宰相と呼ばれているルッツと同じくらい眼光が鋭い時もあって、絶対に怒らせてはいけない相手だと認識していた。

フィンは、ペトラと会うことを決めた後、セバスチャンにこのことを伝えるようエリクに指示を出していた。

「ペトラの言うことを聞くなんて、エリクは律儀だね。ここからセバスチャンのところに行って、第二応接室で今からペトラに会うから横の控室で待機して欲しいって伝えてきて」

フィンが『ここ』と差した先は窓だった。エリクは背筋がひやりとする。戸惑うようにフィンを見るが、冗談を言っている顔ではなかった。それどころか、早くと言って背中を押され、窓際まで移動させられた。

「ここは三階ですが」

「知ってるよ。でも、エリクなら余裕でしょ？　前に屋根から地上まで飛び降りて、そのまま走って行くの見たよ」

「!!」

エリクは見られていたことに驚愕した。確かに以前、屋根の上で少し休憩と思って横になったら眠り込んでしまい、慌てて飛び降りたことがあった。いつもは慎重に人がいないか確認してから行動するのに、その時は焦っていて確認を怠ったのだ。

「そ、それは見間違いではっ」

「じゃあ無理？　ここから行った方が早いし、ペトラとすれ違う可能性は低いんだけど」

「……できますが」

しゅんとしたフィンの顔を見て、思わずエリクは正直に答えてしまった。すぐに満面の笑みを返され、手のひらで転がされているような感覚になる。

「じゃあ、ここから行って。セバスチャンに伝言したら、この部屋に戻ってきてからペトラの所へ行って、第二応接室まで連れてきて。ペトラには、時間がかかった理由は僕がぐずったとでも言えばいいから」

そして指示された通りに行動し今に至る。

「ペトラは？」

「自分の部屋に戻ったはずです」

「第二応接室のチェックは」

「致しました。特に不審な点はございません」

「そうですか。よろしいでしょう」

セバスチャンが室内を振り返ると、部屋に帰ったはずのフィンが、ソファで眉間に皺を寄せて座っていた。

「坊っちゃま。どうされるか、お決めになれそうですか？　旦那様に相談致しますか？」

セバスチャンに声をかけられて、フィンは小瓶の中の丸薬を色んな角度で眺めながら唸る。

フィンの母であるラーラは、酷い悪阻《つわり》で前より少し痩せてしまっていた。子どもに栄養を与える為にも、どうにか食べさせようと、夫のルッツと息子のフィンを始め料理人たちも苦心していると聞く。フィンは幼いながらに多くの書物を読み、経験婦から話を聞き、食べられそうな物を見つけては取り寄せていた。

そして、自ら調理しようと厨房に立って、慌ててセバスチャンに止められていた。最終的に、果実を搾るくらいは許可が出たようだった。

「それを使うかどうかお悩みなのですか？」

エリクの言葉に、フィンはあからさまに呆れたような顔をした。

「エリクもさっき同じ話聞いてたよね？　あんな胡散臭過ぎる話を誰が信じるのさ。こんな怪しい薬を母上に使うわけないでしょう」

「……胡散臭かったですかね？」

どこら辺が胡散臭かったのだろうかとエリクは首を捻った。貴重な薬を譲るくらいだから、薬売りは犯罪の証拠か何か、あの女に握られているのではないかとは思っていた。

エリクの言葉に、主と執事は同時に肩を落とす。

「不可解な点が多かったでしょ。まず一つは、そんな高価な薬を貸しがあるとはいえ、他人が無料《タダ》で譲ってくれるとは思えないってこと。例え融通してくれたとしても、対価を要求してくるはずだ。それがただのメイドに払えるわけがない。しかも他人の為にさ」

「言われてみればそうですね」

「しかも、ペトラはこの屋敷に来てまだ二ヶ月足らずで、屋敷の主人への忠誠心は低いはず。母上ともそんなに交流なかったはずなのに、頼まれもしない高価な薬を調達してくるなんて不自然過ぎるだろう」

「……確かにそうですね」

「胡散臭いって分かった？」

「はい。先程は不適切な発言をしてしまい、申し訳ございませんでした」

エリクが素直に頭を下げれば、分かればよろしいとフィンは頷き返す。

「セバスチャン。この薬の成分や効能を調べることはできる？」

「可能でございます」

「じゃあお願い。それから、ペトラの経歴をもう一度洗い出して。あとここ一ヶ月のペトラの行動、屋敷での評判、親しい人物も」

「かしこまりました」

「あと、杞憂かもしれないけど……彼女の『右目』に注意して」

フィンの言葉に、エリクは『何故、右目なのだろう？』と疑問に思った。ペトラの瞳は髪より少し濃い色をしていただけで、特別な何かがあるようには見えなかった。セバスチャンも不思議そうにフィンに尋ねる。

「右目に何かありましたか？」

「ペトラが喋っている途中でこう、何ていうか、怪しく光ったような気がするんだよね。慌てて視線を逸らしたから、一瞬しか見てないんだけど」

「もしや魔眼ですか」

「本物見たことないから確証ないけど、多分。でも、気のせいだったかもしれない」

「承知致しました。充分気をつけます。その件も併せてお調べ致しましょう」

「うん。お願い。じゃあ僕はそろそろ寝るね」

そう言ってフィンはソファから立ち上がると、小瓶をセバスチャンに預けて部屋を出て行った。

エリクは慌ててその後を追いかける。

フィンは部屋まで戻って来ると、大きな欠伸をした。エリクが時計を見れば、すでに日付が変わる時刻になっている。いつものフィンならすでにぐっすり眠り込んでいる時間だった。フィンは上着を脱ぎ、ごそごそとベッドに入ろうとしたが、思い出したようにエリクを振り返った。

「エリク。セバスチャンに言い忘れたんだけど、明日の朝、父上に時間取ってもらえるように伝えてくれない？」

「承知致しました。あの、フィン様」

エリクが深刻な顔をしていることに気づいて、フィンはどうしたの？　と首を傾げた。

あの時はペトラのことがありそれ以上言えなかったが、エリクは気になっていたことを口にする。

「あの時、私が屋根から飛び降りても平気だったことを内緒にしていただけませんか」

あれを見られたのは失態だった。普通の人は屋根から飛び降りたら大怪我をするか、最悪は死ぬ。

エリクは普通の人ではない。並外れた跳躍力、素手で岩をも砕く怪力、他人より身体能力が異常に高いのだ。

『バケモノ！　こっちに来るな！』

『寄るな！　あっちへ行け！』

数々の罵倒がエリクの中でフラッシュバックする。この屋敷ではセバスチャンと当主であるルッツしかエリクの秘密を知らない。

だから、馬鹿にされてはいても、この屋敷では怖がられてはいない。普通の出来損ないの使用人なのだ。

だが、もしこの秘密が屋敷で広まってしまったら。

「言わない」

エリクが強張っていた顔をあげると、フィンは真剣な瞳でエリクを見ていた。

「誰にも言わないよ。言ったらエリクに屋根の上へ連れて行ってもらえなくなるでしょ？　一度、一番上からこの辺りを眺めてみたいと思ってたんだよね」

「……連れて行きませんよ」

そんなこと考えないでほしい。もし屋根の上なんて危ない場所にフィンを連れて行って、そのことをセバスチャンに知られたらと思うと、エリクは血の気が引いた。

フィンは、ぷうっと不満そうに頬を膨らませる。

「けち。じゃあ僕はもう寝るから。父上への伝言忘れないでね」

「はい。必ず伝えます。おやすみなさいませ」

フィンは、エリクが異様な力を持つことを知っても態度は変わらなかった。それどころか、三階から飛び降りることを最短ルートで提案されてしまった。ちょっと運動神経がいいくらいにしか思ってなさそうである。

あの雪が降る夜の日、途方に暮れたように座り込んでいた幼い子どもを見つけた時、エリクは安堵した。同時に、今にも消えてしまいそうに儚く、エリクの目には映った。この小さな子を守ってあげたいと思った。

けれど、元気になった幼い主は、五歳児とは思えないほど優秀で度量が大きかったらしい。たまにこちらが守られているような気になる。できないことが多く気ばかりが焦る。でも少しずつしか前に進めない。

目の前で、久しぶりに会えた先生へ屈託なく笑うフィンを見ながら、早く一人前の従者になりたいと、エリクは改めて思った。

ローゼシュバルツ家の当主であるルッツは、最年少で宰相になった人物でもある。敵は多く、どこで足をすくわれるか分からない。屋敷の使用人や出入り業者は、特に念入りに身辺調査を行い、合格した者しか採用していなかった。

しかし、一度合格と判断したからといって、その後も安全だという保証はどこにもなかった。

「奥様が薬を飲んだ後に腹痛を訴えて倒れたと分かり、ペトラは屋敷を抜け出しました。屋敷を出たところを捕らえ、尋問しております。薬は悪阻《つわり》に効く薬だと聞いて受け取ったとしか言いません。薬売りとは王都の屋敷で働いている際に知り合い、こちらで偶然再会したとか。フィン様に渡したのは、薬売りの指示だと証言しました。ペトラは高額の報酬を提示され、それに釣られたようです」

「メイドは単に利用されたのだろうな」

セバスチャンの報告を聞き、顔には出さなかったものの、机の上で握りしめていた拳が怒りで震えた。

私も舐められたものだな。

金銭目的の為に、妻と我が子が危険な目にあったかもしれないと思うと、はらわたが煮えくり返る。

「薬売りの方は？」

「捜索中ですが、まだ見つかっておりません」

「すでにこの領地内にはいないだろう。国内まで範囲を広げて探し出せ」

「承知致しました。あと、フィン様が気になさっていたペトラの右目ですが、力は弱いですが魅了の魔眼を持っておりました。一日くらいなら暗示をかけることも可能なようです。その能力もペトラが利用された要因の一つではないかと考えられます」

「なるほどな」

フィンが拒絶した場合は魔眼を使って操るつもりだったのだろう。一日しか保たないから、夜に暗示をかけ、翌日にラーラに薬を飲ませるという手順を考えたのかもしれない。

「それにしても、フィンはよく気がついたな」

「フィン様は、特に魔法に関することに興味がおありです。授業の際に、家庭教師であるシュトラオス様に、この世界でどんな魔法や能力があるのか根掘り葉掘り聞いたらしく、その際に魔眼のこともお聞きになったそうです。力が弱ければ目を逸らせば回避できることも。ですが、知識で知ってはいても、咄嗟の判断ですぐに行動できるものではございません。聡明なお方でございます」

「私とラーラの子だからな。当然だ」

私は机の上に置かれた小瓶を手に取った。フィンがペトラから渡されたと言っていた薬だ。調べた結果、中絶に使用される堕胎薬と同じ成分であることが判明した。フィンが予想した通りの薬であったことに、あの子が更に胸を痛めないか心配だった。

フィンがペトラに呼び出された翌朝のことを思い出す。

「セバスチャンから詳細は聞いた。屋敷のメイドとはいえ、怪しい者と直接接触するなんて感心しないな」

「申し訳ありません、父上。でも、呼び出された内容が母上に関することだったので、気になってしまったんです」

そう言ったフィンはしょんぼりと眉を下げていた。そんな顔も可愛くて困る。

「ペトラの目的は、僕に薬を受け取らせることだと感じました。そのまま話を信じたふりをし、薬を受け取って部屋を出ましたが、その後は特に何もありませんでした。部屋に残したエリクにも聞いてみましたが、ペトラは薬を渡した後は機嫌よく部屋に帰ったみたいです」

「これがその薬だな」

「そうです。おそらく悪阻《つわり》に効く薬ではないでしょう。母上の体に影響があるか、または」

そう言って黙り込んでしまったフィンは、思い詰めたような顔をしていた。

私はフィンが座っているソファの横に移動して座り、小さな頭を撫でる。

「または？　何も気にせず思ったままを言ってみなさい」

私の言葉に、フィンは迷うように視線を彷徨わせた後、ぽつりぽつりと語った。

「薬を渡された後からずっと考えていました。本当に効く薬なら、直接母上に話をして渡すか、セバスチャンに頼めばいいと。逆に、怪しい薬を飲ませたいなら、こっそり食事か飲み物に混ぜて飲ませてしまえばいい。何故わざわざ僕に渡すような面倒な方法を選んだのだろうかと」

確かにそうだ。フィンにこっそり渡している時点で、怪しいと疑われる可能性を考えなかったのだろうか。食材ならまだしも、薬を子どもの一存でラーラに飲ませることなど許可はしない。必ずどんな薬か調べる。

しかし、それを見越しての行動だとしたらどうだろうか。

「そしてふと思ったんです。もしこの薬を僕が母上に飲ませて、母上が体調を崩してしまい、流産でもしてしまったなら。そしたら、あの女が好きそうな展開になるなって」

そう言った時のフィンの顔には表情がなく、顔色は真っ青になっていた。

「薬は母体に影響があるか、または赤ちゃんにとって良くないもの。もし薬を渡してきた犯人があの女だったなら、僕がそういう薬を所持していた、という事実さえあれば良かったんじゃないかと思ったんです」

「フィン」

「多分狙われたのは、母上ではなく僕です。母上を利用して僕を痛めつけたかった。実子に嫉妬した養子の子として、母上に危害を加えようとする悪い子に、したかったんじゃないでしょうか」

言葉を止めたフィンは、静かに涙を流していた。抱き上げて膝に乗せてから、背中をさすってやる。小さな体は震えていた。

自分が慕っている母親に自分の手で危害を加えたかもしれない。そう想像して、どれだけ心を痛めただろうか。考え過ぎだと慰めても、気休めにしか聞こえないだろう。それに説得材料が足りなかった。

フィンには伝えていないが、フィンがあの女と言っている元・継母だった女は定期的にフィンの動向を探ってきていた。もう家を出たのだから関係ないだろうと思うのだが、あちらはそうは思っていないらしい。

あの後、フィンの実父は後妻の行動を制限するようになった。今まで我儘放題で贅沢三昧だったあの女は、その状況に激怒した。その原因の矛先をフィンに向けている可能性は高い。

逆恨みもいいところだ。今回の件が失敗したと分かれば、次はまた違う手で嫌がらせをしてくる可能性は濃厚だった。

だが、だからと言ってフィンが居場所を失い、逃げる必要がどこにあるというのだろうか。

「逃げては駄目だよ。フィン」

「ひっく、逃げる？」

「あぁ、そうだ。誰かが傷つけられるかもしれないからと、身を引くのは逃げるのと同じだ。やられて、そのまま尻尾を巻いて逃げるのか」

このままではラーラや私の為に、この家を出て行くと言い出しかねない。まだ子どもなのに。優しく思いやりがあり聡明な、私とラーラの可愛い息子。

手放すはずがないだろう？

そんなこと、考えることも許さないよ。

「フィン。お前は幼いながらに賢い。侯爵家という家柄と、黒の宰相と呼ばれるこの父という後ろ盾もある。優秀な執事に、身体能力の優れた従者もいる。何を恐れることがあるのだ」

「父上……」

「戦いなさい。大切な人を守るために。売られた喧嘩は買って、相手に何倍にもして返し、徹底的に叩き潰すんだ」

小さな子には恐怖だろう。誰だって大切な人に危険が及ぶ可能性があれば、心が竦む。

けれど、ここで折れてしまってはだめだ。この先ずっと怯えて暮らすことになってしまう。

「安心しなさい。そんな女を蹴散らすだけの力を、フィンはちゃんと持っている」

あの日の朝、私の言葉にフィンは最後には力強く頷いてくれた。濡れた目元を拭い、頑張りますと答えてくれたのだ。

だが、身重のラーラにこれ以上危険が及ぶ確率も下げたい。

その為に、しばらくは芝居を打つことになった。

フィンはラーラと離され、明日から王都の屋敷で生活することになっている。ラーラが無事に出産を終えたら、現在流れている噂は嘘だったと、また新たな噂を流せばいい。情報操作はお手の物だ。私は王城で仕事をしているので、会おうと思えばいくらでも会えるが、一番悲しんだのはラーラだった。少し軽くなったとはいえ、悪阻《つわり》で苦しんでいる上に、初めての妊娠で精神的にもナーバスになっている。更に可愛がっているフィンにも会えないなんてと、珍しく取り乱し、泣き出してしまったのだ。

そんなラーラに、フィンは毎日手紙を書くと約束し、王都に行く当日まで出来る限りラーラと過ごすようにしていた。フィンは、あの朝の悲痛な顔をラーラには見せない。いつものように振舞って、年相応に可愛く笑っている。

ペトラの件といい、表と裏の顔を上手に使い分けているようだ。魔力のこともそうだが、できないという事実に落ち込むことはあっても、前向きに考えて、努力する粘り強さもフィンにはある。これからどんな成長を遂げるのだろうか。

「将来が楽しみだな」

さて。そんな息子のために、どのように策を練ろうか。

悪い顔で笑い出した主人から、執事は相手の末路を想像し、そっと目を逸らすのであった。

俺が王都へ出発する日の朝、穏やかな朝食中に食堂の扉が勢いよく開いて、俺は椅子から飛び上がった。その激しい音に、食堂にいた全員が扉の方に注目する。そこにいたのは、光沢のあるタイトな紫色のドレスを纏ったご婦人だった。

「邪魔するよ」

「母様！」

母上が珍しく大きな声を出して驚いている。突然入ってきたのは母上の母様らしい。それならば俺にとっては祖母だ。

なるほど。よく見ると母上と似て……似てないな。真っ赤な口紅をつけた口は大きく、細い鋭角の眉と吊り目が印象的な顔立ちの女性だ。濃い紫色の髪は、後ろで束ねた髪をきっちり留めアップスタイルにしてある。妖艶なおばさまって感じだった。母上はさっぱり美人系なので系統が違う。俺の実父と母上は似ているから二人は父親似なのかも。などとのんきに観察していたら、俺は祖母にロックオンされていたらしい。高いヒールの靴を鳴らして近づいて来たと思ったら、ガシッといきなり片手で顔を掴まれた。

「あんたがフィンかい？」

「ふぁい、ふぁうれふ」

「初めましてだね。生まれてから挨拶にも来ないなんて、薄情な子だよ」

初っ端からすごい理不尽なことを言われた。先日生まれましたと自ら挨拶に行く赤子がどこにいるんだ。今の俺は赤子より成長したと言っても、もうすぐ六歳になる幼児だぞ。顔を見せに行かなかったのは、連れて行かなかった親の責任だろうが。

「お義母様。申し訳ありません。今度、三人で挨拶にお伺いしようと思っていたのですよ」

義理の母親だからか、父上は突然の来訪に怒ることもなく、丁寧な口調で祖母に話しかけている。

「そうよ、母様。それに会いに行こうと思っても、母様はあまり国内にいないじゃない」

「私が悪いっていうのかい？」

「そんなこと言ってないでしょ！」

実の母親だからか、母上の方は砕けた口調だ。先程といい、感情的に喋っている母上も珍しかった。頭上ではまだ母子の言い争いが続いている。滅多に見れない光景を見続けたい気持ちはあったのだが……

あの～、もうそろそろ離してもらっていいですかね？　フィンちゃん自慢のぷりぷりほっぺに、お祖母様の綺麗なお爪が刺さってて痛いのです。

急いで朝食を済ませ、居間へ移動してみんなでソファに腰を落ち着かせた。

来訪の理由を聞かれた祖母は『結婚の報告に来た』とあっさりとした口調で言う。

「また結婚したの⁉」

「また？」

俺が母上の言葉に首を傾げていると、祖母にはすでに六人の伴侶がいると父上が教えてくれた。

六人⁉　じゃあ七人目のお婿さんをもらったということか。複数婚ができる世界だと知ってはいたが、している人を初めて見た。

「仕方ないじゃないか。皆が私を放っておいてくれないのさ」

お、おおう。すごい自信だな。

「というわけで、こいつが七人目のあんたの父様だよ。挨拶しな。オリヴァ」

祖母の後ろに控えていた褐色の肌をした美丈夫が、すっと頭を下げた。

「ラーラ様。お久しぶりでございます。この度、お母上であられますイザベル様と婚姻を結ぶ運びとなりました。ルッツ様、ラーラ様、そしてフィン様も、不束者でございますが、今後ともよろしくお願い致します」

母上は、衝撃のあまり口が半開きのまま固まってしまっている。従者か護衛だと思っていたが新しい旦那だったのか。結婚の挨拶に来たなら並んでソファに座れよ。何でお付きの人みたいに後ろで控えてるんだ。

「オリヴァ殿。こちらこそ、ラーラ共々これからよろしく頼む。従者の時の癖が抜けぬかもしれんが、結婚の報告の時くらいは並んで座っておくれ。気づきも出来なかったではないか。セバスチャン。追加でお茶を頼む」

本当に元従者だったようだ。オリヴァにも座ってもらい、俺にとっては七人目の祖父になるらしい人を眺めた。どう見ても三十代、下手したら二十代くらいにしか見えない。祖母が五十代だと考えてもすごい歳の差婚だ。母上も、自分と同年代の人を新しい父親と紹介されて複雑な心境だろうな。

それにしても、品のある佇まいに整った顔立ちで若くてモテそうなのに。何でよりにもよって、祖母のような複数の旦那と子どもに孫までいる女性と結婚したのだろうか。正直、もったいないなと思ってしまった。

「フィン。あんた何か今、失礼なこと思ったね？」

ひぇ。何で分かったんだ。

「顔に出ているよ」

何だって？　俺のポーカーフェイスが機能していないなんて、と思わず顔をペタペタ触ると、それを見たみんなが笑った。ニヤニヤ笑っている祖母を見て、カマをかけられたと分かり頬を膨らませる。

「お祖母様、揶揄うなんて酷いです」

「事実を言ったまでさ。そのお祖母様って呼ぶのやめな。年寄りになったみたいで気分が悪い」

祖母なんだから間違ってないだろ。どうしろっていうんだ。

「じゃあ、何と呼べばいいですか？」

「そうだね……あんたには特別に『ベルちゃん』と呼ぶことを許してやるよ」

そんな許可いりません、と言えたらどんなにいいか。生意気な口をきこうものなら、あの鋭い爪で引っ掻かれそうで怖くて決して口にはできない。

「分かりました。ベルちゃん。オリヴァ様は何とお呼びすればいいですか？」

この美丈夫相手にオリヴァ祖父様だなんて、とてもじゃないが呼べない。俺が呼びたくない。

「では、私も『オリちゃん』と呼んでいただけますか？」

ニコリと笑ったオリヴァに、俺は似た者夫婦なのかもしれないと思った。

「そういえば、ラーラ。あんた妊娠したんだってね。良かったじゃないか。おめでとう」

祖母の言葉に、やっと母上に穏やかな笑みが戻ってきた。

「そうなの。母様ありがとう。報告が遅くなってごめんなさい」

「本当だよ、まったく。初めての出産で大変だろ。だから、あんた子どもを産むまで実家に帰っておいで」

「えっ？」

「ダニエルも心配してる。たまには顔を見せてやんな」

「父様が？　でも……」

戸惑う母上に祖母は畳み掛けるように言った。

「フィンもしばらく王都に行って帰ってこないんだろ。こんな広い屋敷で一人じゃつまらないじゃないか。ルー坊も忙しそうだし」

「お義母様、その呼び方はやめてくださいと言ってるでしょう」

ルー坊って言った！　黒の宰相と呼ばれている父上をルー坊と呼ぶだなんて。改めて祖母は只者ではないと俺は思った。

父上の言葉を無視し、祖母はどこまでも我が道を行く。

「さて、そうと決まれば行くよ」

「今から⁉」

「とろいのは嫌いだよ」

「でも、まだ何の準備もしていないわ」

「心配いらないさ。アマーリア」

「はい。ご用意致しました」

アマーリアに視線を向けると、どんっと複数の鞄が用意されていた。いつの間に。

母上は戸惑っているうちに外着へと着替えさせられ、当初の予定とは反対に俺が母上をお見送りすることになった。

「フィン」

悲しそうな母上に、俺はニッコリと励ますように笑いかけ抱きついた。

「母上。実家に帰ったら寂しくないですね。毎日お手紙書きます。また会いに行きますから。元気な赤ちゃん産めるように頑張ってください」

「えぇ、ありがとう。私もお返事書くわね。フィンもお勉強頑張るのよ。元気でね」

最後に母上のお腹にも『君も無事に産まれてくるんだよ』と囁いた。

嵐のような祖母は母上を伴って去って行った。

「母上が実家に帰ること、父上が提案したんですか？」

「打診はしていたんだ。まだ返事をもらえてなかったんだが、これで了承したと捉えていいんだろうな」

すごい返事の仕方だな。珍しく父上がため息をついている。

「フィン。君の祖母であるイザベル様は、世界でも有名な大魔法使いなんだ。ラーラは彼女の初めての子で、とても可愛がっている。ラーラの方は自由気ままな母親に苦労してるみたいだがね。でも、彼女のそばが一番安全なんだ。ラーラが出産するまでダニエル様の屋敷の方に滞在してくれるようだし、これで安心して大丈夫だよ」

「父上」

自分が王都に行くことはいい。何があっても立ち向かう決意をした。けれど、残して行く母上のことが気掛かりだったのだ。子どもの俺が残ったところで、あまり役には立てないだろうが、そばにいれば何かしらできる。遠い場所にいて、母上に何かあったらと思うと不安で仕方なかった。

「父上。ありがとうございます」

俺は父上にぎゅっとしがみついた。

「さて、私たちも出発の準備をするか。予定より遅くなってしまったしな」

「はい！」
準備が整った後、俺も父上と一緒に王都へと出発した。

「色々な噂もあるみたいだが、まさか当家の使用人の中に、そんなくだらない噂を信じてる者など、いないだろうな？」

王都の屋敷で、使用人たちを集めての父上の第一声がこれだ。疑問系だが、これは噂を信じてる奴は容赦しないぞ覚悟しとけよっていう恫喝だな。父上の体からブリザードでも吹いているのか室内の気温が低かった。集められた使用人たちは真っ青になり、中には震えている人もいる。

「今から話すことは他言無用だ。この部屋から出た瞬間から一言でも口にすれば、相応の処分を下す。解雇程度で終わると思うな。誓えない者は、今なら見逃してやる。すぐに荷物を持って、家へ帰れ」

父上の普段より低い威圧のある声に、息を呑む者はいたが動こうとする者はいなかった。誰もぴくりとも動かなかったので、父上は頷いて話し始めた。

「先日、当家の使用人の中に良からぬことを企んだ者がいた。フィンを使ってラーラに毒を盛ろうとしたのだ。幸い未遂に終わったが、これは由々しき問題である。その使用人は捕らえてあり、相応の処罰を与える予定だ。その者を雇ったこちらの屋敷の執事及び紹介したメイドは解雇、双方に損害賠償を請求することにした。その為、こちらの執事は新しい者を任命する。ハーゲン、こちらへ」

「はっ」

父上に名前を呼ばれた男性は、片眼鏡をした少し神経質そうな四十代くらいの人だった。

父上の言葉を補足すると、今回の元凶であるペトラは王都の屋敷で採用され、人員不足につき領地の方に派遣されていたそうだ。執事は関係ないのではと思ったが、採用の面接をして雇うと決めたのは執事らしい。ペトラの本性を見抜けなかったことが罪なのだと。それくらい重い決定権を執事は持っているということだ。自分が行なったことへの責任を取らせるということらしい。

「セバスチャンからの推薦もあり、ハーゲンはまだ若いが王都の屋敷の執事にと任命した。頼りにしているぞ」

「有り難き幸せにございます。誠心誠意、務めさせていただきます」

あの有能なセバスチャンからの推薦だなんてすごい。きっと優秀なのだろう。父上から任命されて、ハーゲンもとても誇らしげにしている。

「今回、使用人の中に不届き者が混じっていた事実を受け止め、少し人員を削減した。他にも違う鼠が混ざっていたからね」

すっと目をすがめた父上の背後に、般若が見えたような気がした。余程、腹に据えかねたらしい。最近では領地にいることが多く、こちらの管理が甘くなっていたことを痛感したのかもしれない。

「一度しか言わないからよく聞け。フィンは養子だが、私は実子のように思っている。それはラーラも同じだ。今度産まれてくる子どもはフィンの弟か妹で、初めての子ではない。二番目の子だ。フィンを蔑《ないがし》ろにしたり不当に扱った者は、処罰するということを覚えておけ。いいな」

「「はっ！」」

軍隊か何かかな、と思うくらいに統率のとれた返事だった。父上は満足そうに頷いている。一応、再度使用人すべてを洗い直して合格した者だけを残したと言っていた。最後の釘を刺す為の言葉だと思うのだが、脅し過ぎじゃないだろうか。誰かちびってない？　大丈夫？

「フィン」

「は、はい！」

今まで成り行きを傍観していたので、声をかけられ驚いてしまった。

「すまない。少し驚かせたかな。これでこの屋敷で過ごす分には大丈夫だと思うが、誰かに嫌なことをされたら必ず言うんだよ。いいね？」

「はい、父上。過分なお心遣い感謝致します」

「当然のことをしただけだよ。フィンから使用人たちに何か言うことはあるかな？」

室内にある全ての視線が集中して、たじろぐ。父上の言葉のせいか、まるで爆弾でも見るような視線を受け戸惑った。俺にこれをどう収めさせようというんだ。父上のばかちん。

父上に背中を押され、俺は一歩前へ出る。

「えっと、フィンです。以前、魔力検定式の時はお世話になりました。今回は長期でこちらのお屋敷に滞在予定です。父上は僕を心配して色々言ってくれたけど、前回ここに滞在した時はとても快適に過ごすことができました。僕は正直、皆さんが自分の職務を全うしてくれれば、何も文句はありません。僕は父上が信頼に足ると選んだ使用人の皆さんを信じています。父上を裏切らない行ないをしていただけることを望んでいます。貴方たちは黒の宰相と呼ばれる、ルッツ・ローゼシュバルツに認められた人たちです。どうか胸を張り、当家の使用人であることに誇りを持ってください。今日からよろしくお願いします」

思ったより長い言葉になってしまったが、言い切れたことに胸を撫で下ろす。

しかし、室内はしんっと静まり返ったままだ。先程のピリピリとした空気は薄れたように感じるが、誰も何も言わない。背中に冷や汗が流れ出す。失敗しちゃったかなと不安になり、父上の方を見ようとしたら、いきなり抱き上げられた。父上は嬉しそうに笑っている。

「フィン！　君は本当に素晴らしいな！　そう思わないか、ハーゲン」

「はい。素晴らしいお言葉でございました。使用人一同、感激のあまり言葉もございません」

本当だろうか。俺が胡乱げな目を向けると、ハーゲンは意外にも茶目っ気のある眼差しでこちらを見て『もちろん本心でございますよ』と付け足してくれた。心を読まれている。

「見ての通りフィンは優しく、物事に対して公平だ。誰かに責任を押し付けるような子でもなければ、我儘もほとんど言わない。私の期待を裏切らないでくれよ。話は以上だ。皆、仕事に戻ってくれ」

解散となり、使用人たちはそれぞれの持ち場へと戻って行った。父上もこれから仕事があるので、ハーゲンと少し話をした後に、王城へと出かけて行った。

俺は新しく自分用の部屋をもらったので、夕食まで部屋で一休みすることにした。

「あー、疲れた。エリク～、お茶入れて」

「はい。用意してございますよ。どうぞ」

どうぞと言った割には、テーブルに置くまで震えて差し出してきて、割りそうで怖い。

「ありがとう。ねぇ、エリク。前から思ってたんだけど、何でティーカップ出す時に、そんな震えてるの？　初めは緊張してるのかなって思ってたけど違うよね」

「も、申し訳ございません！」

「別に怒ってるわけじゃないから謝らないでよ。何でか理由があるなら知りたいなって思っただけ。まぁ、言いたくないなら別にいいけどさ」

俺は出してもらったカップに口をつけてお茶を飲んだ。お茶の淹れ方はきちんとマスターしているようで、いつも通り美味しい。ほっと息をつくと、エリクが決心をしたように話し出した。

「実は、割ってしまいそうで、怖くて……」

うん？　まぁ陶器だし、割れる可能性は普通にあるだろう。俺の反応に伝わってないと感じたのか、エリクは言葉を付け足した。

「フィン様はすでにご存知の通り、私は普通の人よりも身体能力に優れています。脚力もそうですが、腕力や握力も並外れて強いのです。力加減を間違えるとソーサーを粉砕してしまうので、慎重にしようとするあまり、どうしても震えてしまいます。そういう意味の割ってしまいそうで怖い、という意味です」

「あー、そういう」

すげーな。粉砕って。思ったより日常生活に不便そうな能力だったんだな。力が強いのってカッコいいなくらいにしか思ってなかったよ。ごめんな、エリク。

「うーん。それって慣れたら大丈夫になるもの？」

「はい。コツさえ掴めば何とかなると思います。必ず慣れて震えずに出せるよう努力致しますので、申し訳ありませんが、もう少しお時間を下さいませ」

「うん。頑張ってね。まだ一度も割ってないし、エリクならきっと大丈夫だよ！」

俺が笑って励ますと、エリクは安心したように頬を緩めてくれた。いつ指摘されるのかと心配していたらしい。思えば、従者になったエリクのことを何も知らない。これからはエリクが一番長い時間、俺と過ごすことになる。この機会にと、夕食の時間までエリクについて色々聞いてみた。エリクは戸惑いながらも、きちんと俺の質問には答えてくれる。そうして、王都の屋敷で過ごす初日は問題なく過ぎていった。


母上は、身重の上に体調を崩したという理由で、実家に療養に行ったことになっている。使用人には外部の者に聞かれたら、体調を崩したとしか知らないと答えるようにと通達が出されていた。

俺の方は、母上が心配すぎて塞ぎ込み、環境を変える為にしばらく王都の屋敷に住むことになった繊細な息子、という設定だ。初日から使用人に『誇りを持って頑張れ』みたいな激励を送ったのだが大丈夫だろうか。父上が作った設定と実物との差が激しすぎて不安だ。すぐに泣いてしまう涙腺の緩さだが、俺の根は結構図太い。

初日の父上の恫喝のおかげか、王都の屋敷では普通に日々を過ごすことができた。世間の噂を信じて『奥様に良からぬことをした養子』として、嫌悪の視線を向けられることも今のところなかった。たまに怯えた目で見られることはあるので、その時はそっとその場から離れるようにしている。俺の不興を買って父上に報復されることを恐れているんだろう。可哀想に。主に俺がな。まるで危険物みたいじゃないか。少し悲しくなったが、そんな父上の言葉を全く気にしない強者も中にはいた。

「ゲオ爺ちゃん、おはよう！」

「おう！　おはようさん。フィン坊、お出かけか？」

その中の一人が、この強面の老人だ。名はゲオルク。長年勤めている庭師で、緑の指をもっているらしい。この人の手にかかれば、どんな植物も生き生きと育つと、以前屋敷に滞在した際に母上から聞いた。ガサツそうな見た目なのに、植物を扱う手はとても繊細だ。それなのに、俺の頭を撫でる時はガシガシと乱暴なので毎回首が痛かった。

俺が言った言葉にも『ちっこいのに一丁前なこと言いよるわい』と大笑いしていた。

「お出かけだよ。父上と王城で待ち合わせしてるんだ」

「そうか。気をつけて行くんだぞ」

「うん！　行ってきます」

ゲオルクに手を振り、俺は馬車に乗り込み王城へと出発した。

話は数日前、父上との夕食時まで遡る。

「第二王子の遊び相手に？」

「そうだ。実は、フィンがこちらの屋敷に滞在していることを陛下が耳に挟まれてね。理由を聞かれ簡単に説明したら、じゃあ第二王子の遊び相手になってほしいと頼まれたんだ」

どんな説明をしたら、じゃあ息子の遊び相手にしようってなったんだ。関連性がさっぱり分からん。

「第二王子にはまだ遊び相手いないんですか？」

「いや、今は第一騎士団長の二人の息子が第二王子の遊び相手だ」

あの攻略対象者の二人か。

「その二人が何か理由があって、遊び相手をできなくなったとかですか？」

「それも違う。あの二人に追加してフィンにも遊び相手になってほしいそうだ。少し言いにくいんだが、第二王子は少々やんちゃでね。そこにあの二人が加わるとそれが増長して、色んな悪戯をしては皆を困らせているらしい。違う毛色の子が混じれば緩和されるんじゃないかという、陛下の思惑なんだよ」

「……」

ライオンの群れにウサギを入れたら大丈夫だろうという、よく分からない理論を話されたように感じるんだが気のせいだろうか。肉食獣の近くに草食獣を置いたらすぐにバリバリ食われてしまうと思うんだ。俺に人身御供になれと？

「どうかな？」

「……僕は一応、繊細な息子ということになっているんですが、陛下はそれも承知の上なんでしょうか？」

「説明はした。塞ぎ込んで環境を変える為に王都の屋敷に来たと。だが『そなたの息子がそんな繊細なわけないだろう』と笑い飛ばされてしまったよ。養子であることもご存知のはずなのに、何故だろうね？」

何故でしょうね？　王家には諜報員もいるだろうし、噂の件についても大体のことは把握しているのかもしれない。父上との付き合いも長いそうだから、芝居を打っていることも薄々感じているんだろう。だからと言って、俺が本来は図太いことが何故バレたのかは不明だ。

「分かりました。陛下がそう仰るなら、力不足かもしれませんが、第二王子の遊び相手をお引き受け致します」

父上は俺に対してお伺いの姿勢で話し始めたが、そもそも国王からの命令を断れるはずがない。

父上は俺の言葉に嬉しそうに頷いてくれた。

「フィンならそう言ってくれると思ったよ」

馬車から外の景色を眺めながら、どのように王子たちと接すればいいのか頭を悩ませる。フィンである俺の容姿は、大人しく、ひ弱そうな印象だ。悪戯好きな三人は、足手纏いになるであろう俺が加わることを確実に嫌がる。魔力検定式の時も双子からは関心を向けられなかった。多分、下に見られていたんだと思う。何でお前なんかと遊ばないといけないんだ、と文句を言われそうな予感に憂鬱になった。一緒に悪戯をするのが、仲良くなる一番の近道のような気もするが、それだと俺が加わる意味がない。父上から陛下の思惑を聞いた以上、その為の行動を期待されているはずだ。悪戯より楽しいことに関心を向けさせることができればいいのだろうが、今は思いつかなかった。成り行きに任せるしかない。まずは、一日でも長く第二王子の遊び相手になれるよう頑張ろう。


「お前か。母親に毒を盛ったっていう宰相の息子は」

父上に連れられ、国王とも挨拶し、第二王子とご対面した最初の言葉がこれだった。繊細なフィンちゃんだったら傷ついて大泣き案件ですよ。

「前半は違いますが後半は合ってます。初めてお目にかかります。フィン・ローゼシュバルツでございます。本日よりよろしくお願い致します」

胸に手を当て、貴族としての礼を取り挨拶する。予想以上に第二王子と後ろの双子からは敵意を感じた。ここにまで俺のよくない噂は届いているらしい。しかも一番悪い噂話じゃないか。

「嫌だね。よろしくなんてしてやるもんか。何でこんな奴を父上はよこしたんだ。お前今すぐ帰れ」

「それは出来かねます」

「俺の命令が聞けないっていうのか！」

「どうしてヴィルヘルム殿下の命令を聞く必要があるんですか？」

「何だって!?」

「おい、お前。殿下にそんな口を叩いて、どうなるか分かってるんだろうな」

「宰相の息子の割に頭が悪いんだな。あぁでも養子だっけ？　じゃあ仕方ないかもな」

まさに悪ガキ三人組といった感じだった。魔力検定式の時の立派なヴィルヘルムの姿に憧れていたし、攻略対象者である双子もゲームの時は好印象だったんだけどな。俺の中の三人のイメージが音を立てて崩れていった。

「僕はヴィルヘルム殿下の遊び相手をするようにと、国王陛下よりご命令を賜りました。陛下の命令を聞かぬということは、拷問か死罪を受けることと同義。殿下は僕に死ねと仰っているのと同じですが、そう受け取ってよろしいんですね？」

「「「‼」」」

俺の言葉に三人は口を噤み、たじろいだ。

良かった。これで『その通りだ！』なんて言われてしまったら、どうしようかと思った。人の心は持っているらしい。

「殿下？」

「そ、そんなことは言っておらん！」

「そうですか。では、これからよろしくお願いしますね」

ニッコリと笑えば、三人は悔しそうな顔をして睨んできた。はぁ、波乱の幕開けだな。

俺が殿下の遊び相手になって二週間が過ぎた。初日に釘を刺したせいか、父親に訴えてもどうにもならなかったのか、殿下が俺を辞めさせることは、まだできていない。
「フィン。殿下たちとは何して遊んでいるんだ？」
朝食の席で父上に聞かれ、俺は何と答えるか頭を悩ませる。
「追いかけっこ、とかですかね？」
正確には、嫌がらせのように三人で何処かに行ってしまうので、それを俺がずっと捜していると
いう感じだ。見つけては逃げられての繰り返しである。
そのおかげか、悪戯の数も最近では減っているらしく、陛下は喜んでいるそうだ。
残念だが、悪戯は減ったのではなく俺に集中しているだけだ。穴に落とされ、水をかけられ、罠
を仕掛けられる。昨日は罠を思い切り踏んでしまい、網に掛かって木に宙吊りにされた。通りか
かった衛兵の人に助けてもらえなければ、外で一夜を明かすことになったかもしれない。毎日駆け
回っているので、夜にはぐったりだった。
魔力量増量訓練も、可能であれば継続して行なうと、家庭教師であるユーリと約束していた。疲
れた体でするると倒れてしまう可能性がある。苦肉の策として、ベッドに入って寝る体勢になってか
ら石を持ち、決めた量の魔力を込めて、そのまま意識を失うように眠りにつく、というのが最近の
日課となっていた。
「……そうか。困ったことがあれば、ちゃんと言うんだよ」
「はい。父上」
父上は俺の現状を知っていて、わざと聞いてきたのだろう。ここで、三人の相手は無理です、と

訴えたら何とかしてくれたかもしれない。俺の限界を見極める意味もあったのだろうけど、まだ泣きつくほどではなかった。嫌がらせには精神的に堪えるものはあるが、俺がどこまで食らい付いてくるか試されてる気もする。絶対に捕まえてみせると決意し、今日も王城へ向かった。

あれから更に一週間経っても、三人を捕まえることはできていない。さすがの俺も少しずつ気持ちが萎えていく。

「ちょっと休憩しよう」

背の高い植木の陰に、誰にも見つからないように腰を下ろす。俺が近くにいるのが分かると、三人がまた逃げてしまうからだ。

こうやって隠れながら休憩を挟みつつ移動しているので、いろんな人をこっそり観察することができた。噂話をしているメイド、家族の愚痴を言いながら見回りをしている衛兵、部下には横柄な商人など、思った以上にいろんな人が行き交っている。話したことはないけど知っている顔も増えた。

でも、俺と仲良くしてくれる人はここにはいない。殿下たちが嫌がっているので、俺と話をしてくれる人は誰もいなかった。

寂しいな。じわりと涙が浮かびそうになって、ぐっと堪える。全部駄目だった時に思い切り泣けばいい。今泣いてしまうと、気持ちが完全に折れてしまう。

俺は鞄を漁ると、中から透明の瓶を取り出した。瓶の中には、四種類の色の石が入っている。俺が今まで訓練で作った手作りの魔石だ。最近はお守りのように毎日持ち歩いていた。これが増えるたび、自分の努力が実を結んでいるようで嬉しかった。訓練のおかげか、少しずつだが魔力量も確実に増えていっている。俺がやっていることは無駄じゃない。だから大丈夫。

「先生、元気かな」

あの太陽のような笑顔で励ましてほしいと思うのは、甘ったれているだろうか。でも、先生に会う時には泣き言を言うより、笑顔でいろんな話をしたいとも思う。もう少し頑張ってみよう。

気持ちを切り替えて立ち上がろうとし、思ったより近くで人の声が聞こえてきて、慌ててしゃがみ込んだ。そっと植木の間から声がした方を覗くと、捜している殿下たちだった。誰かと話しているようだ。三人が向かい合っているのは、でっぷりと肥えたガマガエルのような男と、反対にヒョロリと細い体の男の二人組だった。見たことがあるような気がして記憶を探ると、その男たちが国王陛下の側室の父親と従者であることを思い出した。

確か、第四王子を産んだ女性の父親だ。俺と同じ侯爵家で、ヴィルヘルムの母親である側室のことを嫌っていると、使用人が噂しているのを聞いたことがあった。

ヴィルヘルムの母親は、元は遠い島国出身の王族で、俺と同じで男性でありながら子どもを産める体質の人だ。

出身の島国は小さくて大して力がないこと、そして男性でありながらこの国の王家に嫁いだことが気に食わないらしい。

更には自分の娘が産んだのは第四王子で、ヴィルヘルムは第二王子だ。

第三王子を産んだのは王妃なので、文句を言えるはずもなく、すべての鬱憤をヴィルヘルムの母親へ向けていると聞いた。そんな男と殿下たちが対峙している状況に不安になり、何を話しているか聞きたくて、もう少し近づいてみる。

「卑しい血が流れていると、礼儀も分からないらしい」

聞こえてきた肥えた男の言葉に眉を顰《ひそ》めた。卑しい血とはどういう意味だろう。そっと再び植木の隙間から覗くと、男はまるで忌まわしいものを見るような視線を殿下へと向けていた。

そんな男を、殿下たち三人は射殺しそうな表情で睨んでいる。

「おい、あんた誰に何を言ってるのか分かってんのか？」

「侯爵家風情が殿下にそんな口を利くなんて、頭がいかれてるな」

お前たちもだよ！　ゴットフリートとラインハルトは伯爵家だろ。目の前の男より身分低いのに何てこと言ってるのさ！

「貴様らこそ、この方にそんな口を聞いていいと思っているのか？　父親が脳筋なら息子も脳筋だな。親子揃って、躾のなってない駄犬なだけによく吠える」

今度は従者が双子に向かって、キンキン声で馬鹿にしたように言った。

「何だと！」

「父上を馬鹿にするな！」

ガルルル、と唸ってそうな二人は、確かに殿下の番犬のようだった。いつも二人はぴったりと殿下に寄り添っている。

「落ち着け、ゴット、ライン。クリンゲル卿。貴方こそ、第二王子である私に対して、そのような態度を取るなど、ご自分の立場を理解していないようだ」

双子とは違い、殿下は険しい顔はしつつも、王子として冷静に対応しようとしている。

「理解しているさ。分かっていないのはお前の母親の方だろう。男でありながら男に抱かれたがる淫売のくせに、陛下に取り入って側室になるなど、身の程を知らぬ。おまけに子どもまで産むとは、なんて悍ましい」

あまりにも悪辣な言葉に、俺は血の気が引いた。

今、この男は殿下に対して何と言った？　子ども相手にその母親を淫売呼ばわりどころか、子どもを産んだことを悍ましいと言った。それは殿下の存在そのものを否定する言葉と同じだ。

俺が愕然としていると、バリバリバリッと耳障りな音が聞こえてきて、ピカッと閃光が走った。眩しさに腕で目を庇った瞬間、ドンっと衝撃音がして、地面が揺れる。

これは雷！

慌てて腕を下ろし、再び視線を向けると、肥えた男の近くの地面が抉れ、煙が上がっていた。殿下は頭の毛を逆立て、全身をぶるぶる震わせている。

「貴様っ！　よくも母上を侮辱したな！　許さん‼」

ぱっと殿下が手を振り下ろすと、小さな雷が大人二人の近くに次々と落ちていく。肥えた男とその従者も、さすがに顔を引き攣《つ》らせながら逃げ惑っていた。子どもとは思えない攻撃力に呆気に取られていたが、見ている場合ではない。双子は殿下の暴走に、慌てて止めようとしているが、興奮している殿下には二人の言葉が届いていないみたいだった。

ど、どうしよう！　このままじゃ殿下が誰かを傷つけてしまう。

俺が狼狽えているうちに、肥えた男の従者が、あろうことか殿下に向かって魔法を放とうとしているのが視界に入った。従者が殿下に向かって突き出している手のひらに、火の魔力が集中し始めたのが、赤い光が集まっていくことで分かった。光は丸くなり、火の玉へと変化する。雷は攻撃力は高いが、防御には適していない。俺は無意識に地面を蹴った。

丸腰の殿下に向かって、火の玉が飛んでくる。

危ない！

自分のどこにそんな俊敏な力があったのか、俺は植木から飛び出し、火の玉が当たる直前に殿下へ飛びつくことができた。殿下の頭を庇うように抱きつく。その時、殿下を守ろうと広げた腕から、先程まで持っていた手作りの魔石が入った瓶が飛び出して、宙に浮く。俺が殿下に体当たりしたのと、宙に浮いた瓶が、偶然にも火の玉に当たったタイミングが同じだった。

『殿下に当たらないで！』

俺の気持ちに応えるように、俺の魔石たちは瓶が火の玉に触れた瞬間、カッと光りを放ち、火の玉を吹き飛ばした。その衝撃波で、その場にいた者たちは立っていた場所から一斉に吹っ飛ばされる。砂埃が舞い、その場に静寂が訪れた。

「〜〜ってぇ」

最初に起き上がったのは、ゴットフリートであった。打った後頭部をさすりつつ周りを見渡し、そばに倒れているラインハルトに気づく。ゴットフリートが体を揺すって呼びかけると、ラインハルトもすぐに目を覚ました。二人はお互いの無事を確認してほっとすると、慌ててヴィルヘルムを捜し始める。

「あっ、いた！　ヴィル！」

先程立っていた場所より離れた位置で、ヴィルヘルムが起き上がったのが分かり、二人は駆け寄った。

「いたたたた。今のはいったい……というか、あいつがいきなり飛びついてきて」

ヴィルヘルムはそう言いながら、自分の下半身に覆い被さっているものに気づく。視線を向け、さっと顔を強張らせた。そこには、気を失ったフィンがいて、頭の一部が赤く染まっていた。

「おい、お前！　しっかりしろ！」

「ヴィル！　動かしちゃ駄目だ！」

「こいつ血が出てる！　早く何とかしないと！」

その時、騒ぎを聞きつけた衛兵がやっと駆けつけた。所々地面が抉れ、近くの建物の壁に亀裂が入った状態を見て驚愕している。子どもたちの姿を見つけ、怪我人を確認し、急いで医者を呼んだ。

フィンは王城にある医務室に運ばれ、緊急を要することで治癒士による治療が行われた。幸い、出血が多かったのは頭をガラスの破片で切ったからで、傷自体は浅かった。

しかし、一番近くで衝撃波を受けた影響か、治療が無事終わっても、その日のうちにフィンの意識が戻ることはなかった。

「はい。フィン様、あーん」

「あーん」

大きく開けた口に、エリクがフォークで果実をそっと入れてくれた。パクリと食いつくと、エリクはこれまたそっとフォークを引き抜く。慎重になるあまり動作がゆっくりだ。この任務を課せられた時、エリクはこの世の終わりのような顔をしていた。スプーンならまだしも、フォークだったら刺してしまう可能性があるからだ。俺の口の中を傷つけてしまったらと思うと怖いらしい。そんな大袈裟なと思うが、お茶を出す時の手の震え具合を思い出し、納得する。これればかりは慣れてもらうしかない。

俺が意識を失っていたのは、一日だけだった。治癒士に回復魔法をかけてもらったおかげで、傷痕も残らず元気である。頭部の怪我を確認する時に髪を切られてしまったので、その部分が禿げているくらいだ。髪などまた伸びるので気にしてない。

あの後、殿下と双子及び大人二人も医者に診察してもらったが、軽症だったそうだ。子どもは擦り傷と打身程度、大人二人はそれと軽い火傷らしい。

先に俺以外が事情聴取を受け、俺は意識が戻った後に父上立会いのもと、あの時のことを聞かれた。包み隠さず、すべてを話すようにと言われ、途中からだが見聞きしたことを正直に話した。

クリンゲル卿は、第二王子を襲った罪で従者と共に牢に入れられた。従者が勝手にしたことだとあの男は喚いていたらしいが、第二王子への暴言の件もある。これ幸いと攻撃させたのではないかと疑われているらしい。その他にも叩けば埃が出る人物だったらしく、この機会に余罪を調べているそうだ。

　殿下の方は一ヶ月の謹慎だ。まだ初級魔法士の資格を取得していない上に、他人へ攻撃魔法を使ったことへの罰だった。俺は知らなかったのだが、この国には魔法士という資格があり、その取得者以外は、国内で監督者がいない状況での攻撃魔法の使用は禁止されていた。初級の資格取得は十歳以上を対象に、筆記と簡単な実技試験に合格すればいいそうだ。まだ六歳であり、起こった場所が王城内であったこと、第二王子という身分であることも併せ、牢に入れるわけにもいかず、今回は謹慎と両親からのお説教で済んだそうだ。

　双子は一週間の謹慎で、そばにいながら第二王子を止めることができなかったことへの罰だった。

　最後に俺の罰だが、特に何もなかった。魔石の入った瓶が放った衝撃波のせいで、近くの建物に亀裂が入っていたらしいのだが、不可抗力という理由でお咎めなし。それどころか、陛下と母親である側室からは、息子である第二王子を庇ったことを感謝され、怪我をさせたお詫びとお見舞いの品がたくさん届いた。

　ただし、俺は父上にはこっ酷く叱られた。理由は殿下を助ける為とはいえ、火の玉の方へ飛び込んで行ったことが原因だった。無謀にも程がある。今後は絶対に無茶なことはしないこと、と約束させられた。怒鳴りつけられたわけでもないのに、ちびりそうなくらい怖かった。説教中に泣かなかったことが奇跡だ。自分が悪いのだから、叱られて泣くのだけは嫌だと、意地でも歯を食いしばった結果だ。

その為、陛下から罰が下されなかった代わりに、父上からは十日間ベッドでの謹慎を言い渡された。治癒士に治療されたとはいえ、頭に傷を負ったのだから何があるか分からない。しばらくは安静にしているようにということらしい。父上をとても心配させてしまったことが分かり、俺はその罰を甘んじて受け入れることにした。トイレとお風呂以外で床に足をつけることは禁止され、食事も自分で食べては駄目らしい。従者のエリクが食事係に任命された。

この事件は王城内で起こったこととはいえ、被害者が第二王子で加害者が第四王子の祖父だったことから、すぐにその話は世間に広まってしまった。今はその噂で持ちきりらしく、俺は第二王子を庇った勇敢な少年と言われ絶賛されているらしい。

エリクは街に買い物に出かけた際、ローゼシュバルツ家の使用人だと知られ、いろいろな人に取り囲まれて大変だったらしく、怯えて帰ってきた。仕えている主人の息子の評判に、ローゼシュバルツ家の使用人たちは鼻高々で街を闊歩している、と言っていたのはハーゲンだった。真面目な顔をして言われたので、本気か冗談かいまいち分からなかった。

これだけ噂が広がってしまったので、もちろん母上と家庭教師であるユーリの耳にも届いてしまった。母上は俺が怪我をしたと聞いて王都に来たかったらしいが、体のこともあり祖母に止められ、泣く泣く手紙と見舞いの品を送ることで我慢したらしい。先生の方からも心配する手紙と見舞いの品が届いた。先生のことだから、王都の屋敷まで駆けつけて来るかと思ったが、今回は違ったようだ。

気のせいでなければ、先生は王都を避けているような気がする。今回、王都の屋敷に来ることが決まった時、授業ができなくなることを嘆き悲しんではいたが、王都までついて来る、もしくは通って授業をするとは言わなかった。何か理由があるのだろうか。今度機会があったら、それとなく聞いてみよう。

「エリク。そろそろお腹いっぱいなんだけど、まだあるの？」

「今日のおやつはこれが最後の一切れですが、貰った果実はまだまだあります。頑張って食べましょうね」

「……はーい」

俺は力なく返事をすると、最後の一切れを口に入れてもらった。

俺がベッドの住人になって七日後、謹慎が明けた双子が父親と共に謝罪に来た。どうやら、俺を仲間外れにして虐めていたことが父親にバレたらしい。

久しぶりに会った双子は顔が腫れ上がり、あちこち痣だらけだった。軽症だと聞いていたのだが、ボロボロの姿に俺は唖然とする。

「どうしたの、その顔」

「お前をいじめてたのがバレて、父上に殴られた」

「弱い者いじめをするとは何事だ、って怒られた」

二人は不機嫌そうにそう言った。前世であったなら確実にＤＶと認定されそうな有様である。俺が謝るのも変だし、何と声をかけたらいいのかと悩んでいたら、二人から『悪かった』と言われた。

「仲間外れにして、ごめん」

「嫌がらせして、ごめん」

そう言った後、二人は同時に頭を下げた。

「ううん。僕の方こそ、初日に殿下に楯突くような態度をとって、ごめんね」

頭を上げるように二人に言うと、素直に揃って元に戻した。

「まぁ、俺たちの態度も悪かったしな」

「お前の変な噂聞いてたし、警戒しろって殿下に言われてたから」

確かに初日、殿下からは母親に毒を盛った息子呼ばわりされた。

「あの噂、嘘だから。僕は母上に毒なんか盛ってないよ」

「「分かってる」」

ハモって肯定され、驚いた。

「しばらくお前と一緒にいて分かった」

「そんなことする奴じゃないってな」

「お前、無駄にしぶといし」

「どんなにいじめても、めげないし」

「毒を盛るとか卑怯なことはしねぇ」

「やるなら真っ向勝負を挑みそうだ」

これは褒められているのだろうか。俺が微妙な顔をしているので、更に双子は言葉を重ねてくれた。

「お前、根性あるよ。見直した」

「それに殿下を庇うなんて、やるじゃん」

俺たちは近くにいたのに動けなかった、と二人は肩を落とす。

「殿下の近くにいても、突っ立っていただけだったことを知り、父上には情けないと嘆かれた」

「更には弱い者いじめをしていた罰として、剣の素振りに腕立て伏せ、腹筋と背筋運動を毎日百回ずつやるように言われた」

「だから俺たちは父上に言ってやった。あいつは決して弱くはないと」

「根性があるし諦めない強いやつだから、あれは弱い者いじめではないと」

「『そしたら、『反省が足りん！』と罰を二百回に増やされた」

「ふふっ」

情けない顔をしながら、父親とのやりとりをテンポ良く交互に話す二人の姿に、不謹慎だが笑ってしまった。俺が笑ったことに、二人は珍しいものを見たような顔になる。その顔を見て、慌てて顔を引き締め、笑ったことを謝った。

「別にいい。とりあえず、俺たちはお前に悪いことをしたと思っている」

「お詫びにしてほしいことがあればしてやる。何かないか？」

その言葉に俺は考えた。今思えば、あれは俺も三人に対して反発するような態度を最初にとったことも悪いのだ。詫びてもらう必要などない。でも、一つだけ叶うならお願いしたいことはあった。

二人は俺の言葉をじっと待っている。

「あれは僕も悪かったから、お詫びはいらない。でも、お願いしたいことは一つある」

「なんだ？」

「言ってみろ」

「……僕と、友達になってくれない？」

俺の言葉に、二人はきょとんとした顔をした。

「俺たちはお前をいじめてたんだぞ」

「それなのに友達になりたいのか」

「なりたい」

即答した俺に、二人は顔を見合わせ戸惑っている。態度が軟化しているから、もう嫌われてはいないと思ったのだが、勘違いだっただろうか。

「僕は、殿下と二人がすごく仲良しなのが羨ましかった。叶うなら仲間に入りたいなって、ずっと思ってた」

三人が強い信頼関係で結ばれているのは、見ていて分かった。終わりのない追いかけっこをしている間、三人はバラバラに逃げることも可能だったが、常に一緒に行動していた。

俺が殿下と会った時、そしてクリンゲル卿と対峙していた時、二人の言葉には殿下を馬鹿にするやつは許さないぞって気持ちがいっぱい入っていた。言葉遣いはかなり悪かったが。殿下も二人のことは信頼していたし、大切にしていた。友達っていいなって思った。

「でも、無理矢理じゃ意味がないから、二人が僕を嫌いなら別にいい」

「まだ何も言ってねーだろ」

「別に嫌いじゃないぜ。分かった。友達になろう」

「『よろしくな、フィン』」

ニッと笑った二人の顔を見て、何故か俺は泣き出してしまった。ボロボロと大粒の涙を流し出した俺に、二人はぎょっとしたように慌て出す。

「なんで泣くんだよ！」

「自分で言ったくせに嫌なのかよ！」

「うっ、ひっく、ちがっ、う、嬉しくて」

俺の言葉に、二人は呆れたような、ほっとしたような顔をした。

「フィン様」

今まで部屋の隅で、静かに成り行きを見守ってくれていたエリクが、すっとハンカチを差し出してくれた。礼を言って受け取り、涙を拭く。

「泣くほど嬉しいとか」

「お前、俺たちのことそんなに好きだったんだな」

二人にそう言われて、俺の顔は今度は真っ赤になった。二人はそれを見て、声を出して笑い始める。片方につんっと頬を突かれた。ラインハルトの方だった。二人は似ているが、よく見ると顔立ちが少し違う。二卵性双生児なのかもしれない。

「可愛いな、フィン」」

二人に優しい笑顔を向けられて、俺の心臓は射抜かれた。


双子と友達になれた日の夜から、俺は熱を出して寝込んだ。ハーゲンが急いで医者を呼んでくれたが、二日後には無事に下がり安心する。医者からは、体には問題がないので、精神的なものからくる発熱ではないかと診断された。

父上は怪我の後遺症ではないかと心配していたが、双子と友達になれたことが嬉しすぎて熱が出たと俺が言うと、苦笑していた。

体調も戻り謹慎も解けた今日、俺は双子に家に招待された。友達になれた証だって言われて、俺は嬉し過ぎて前日の夜はあまり眠れなかったけど、体調は不思議と万全だった。興奮しているだけかもしれない。

「「フィン。いらっしゃい」」

「熱出したんだって？」

「体調はもういいのか？」

出迎えてくれた双子に心配されて、俺の頬は自然と緩む。

「うん。もう大丈夫！　今日は招待してくれてありがとう。これ、うちの料理人が作ったお菓子なんだけど、良かったら食べて」

お見舞いに貰った果物は頑張って食べてもあまり減らず、料理人がそれでお菓子やジャムを作ってくれた。今日も双子の家に遊びに行くと知った料理人が、張り切って作ってくれた一品を持ってきたのだ。二人は揃って『ありがとう』と言って受け取ってくれた。

「じゃあ、さっそく遊ぼうぜ」

「今日は天気いいし、庭に行こう」

こっちだ、と言って手を引いてくれたのはラインハルトだった。

庭に出て視界に入ったものに、俺は思わず驚いた声を上げた。

「すごい！　ブランコがある！」

ブランコだけではなかった。滑り台にうんてい、鉄棒、ジャングルジムのような物から、シーソーまであった。小さな公園のようだ。

ちなみに、思わずブランコをブランコと叫んだが、意味は通じたようだ。この世界は前世と同じ名前の物もあれば違う物もあり、ややこしい。ゲームの世界であったなら、制作側の手抜きだろうか。

「五歳になった誕生日の祝いに、第一騎士団のみんなが作ってくれた」

「いっぱい遊んで鍛えて、強くなれってさ」

騎士団の屈強な男たちが、団長の息子たちのために遊具を自作してプレゼントするなんて仲が良い。普段から交流が深いのか、団長のことを団員が尊敬しているからか、二人が団員たちに可愛がられているのが分かった。

「そうなんだ。いいなぁ」

素直に羨ましがる俺に、二人は嬉しそうだ。

「さぁ、遊ぼうぜ」

「何からする？」

「じゃあ、ブランコ乗りたい！」

それからは、いろんな遊具で思いっきり遊んだ。二人は慣れているからか、どれも難なく遊んでいるが、俺は力不足でできないことも多く、ジャングルジムではラインハルトに手を引っ張って上げてもらったり、鉄棒ではゴットフリートに補助してもらって、逆上がりしたりした。二人は俺がついていけるように気を配ってくれ、俺が置いてけぼりになることはなかった。

遊び疲れて、というか俺の体力の限界がきて休憩することになった。室内に戻り、俺が持ってきたお菓子を出してもらい三人で食べる。二人は一口食べ『うまいな！』と言ってすごい勢いで食べ始め、あっという間になくなってしまった。

お茶を飲みながら話をしていると、自然とあの日のことが話題になった。

「火の玉を消し去ったのはすごかった」

「あぁ、殿下に向かって火の玉が飛んできた時は、もう駄目だと思ったぜ」

「あのヒョロ男、火の魔法使えたんだな」

「何であんなやつに使えて、俺たちには使えないんだ」

文句を言っているゴットフリートの言葉に、俺は首を傾げて聞いてみる。

「二人は火の属性なかったの？」

「「なかった」」

ぶすり、と不機嫌そうな顔で答えられた。

ゴットフリートは土と風、ラインハルトは水と風が使えるらしい。

「父上の火属性の方が欲しかったんだけどな。風の方を受け継いだみたいだ」

「母上の属性が土と水だから、もう一つはそれが分かれて受け継がれたってわけさ」

火魔法は攻撃魔法の主流で、攻撃力も高く、騎士団でも使い手は花形と呼ばれ人気らしい。二人の父親である団長も火魔法の使い手として有名で、実力で団長の座までのし上がったと、二人は自慢げに話してくれた。少々スパルタ気味だが、二人はそんなこと関係ないくらい、父親が大好きで尊敬しているようだ。数々の父親の武勇伝を交互に、目を輝かせながら楽しそうに教えてくれた。

「そういえば、フィンの属性は？」

「僕？」

「あぁ、何が使えるんだ？」

二人は興味深そうに聞いてくれた。俺は何と答えようか迷う。戸惑っている俺に、二人は顔を見合わせ、嫌なら答えなくていいと言ってくれた。

「使える属性を教えない人もいるって、父上が言ってた」

「騎士団なら入団する時に報告の義務があるけど、一般の人は隠してる人もいるんだって」

それは、欲しい属性を持たない人が持っている人に嫉妬して、揉めるケースもあるからだそうだ。

「持っている属性によって、差別されたりとか」

「魔力量の低さを馬鹿にされたりとか」

「「いろいろあるからな」」

「そうなんだ……」

まさに俺は魔力量が低く、闇魔法という差別されそうな属性まで持っている。ますます答えにくいと思ったが、せっかく仲良くなれたのだから、知っておいてほしいとも思った。

でも、全部を言うには少し勇気が足りないから、言える範囲まで言おう。ないとは思うが、すべてを話して、もし二人に嫌な顔をされたら、俺は多分しばらく立ち直れないと思うんだ。

「僕は魔力量がすごく少ないんだ」

「そうなのか？」

「魔力検定を受けた時は赤子以下だって言われた」

「マジか。ほとんどないようなもんじゃん」

「うん。それを分かった上で聞いてほしいんだけど」

「「うん」」

「僕の使える属性は、土、風、水、火だよ」

言った瞬間、二人は目を見開いて驚愕した。

「四属性も使えるのか」

「すげーな」

「でも魔力量が少ないから、ほとんど使えない」

「あー」

「確かに」

「僕も火属性持ってるけど、羨ましい？」

俺の言葉に二人は微妙な顔をした。持っているが、使えない。二人が求めているものじゃないのを分かって言ってみた。二人は正直だった。

「言っちゃ悪いけど、あんまり」

「使えないんだったらな。宝の持ち腐れじゃん」

はっきり言い過ぎだよ。むうと頬を膨らませた俺に二人は笑った。

「だから瓶に魔石を入れて持ち歩いてたのか？」

「違うよ。あれは僕が作った魔石をお守り代わりに持ってただけ」

「作った？　何のために？」

俺は家庭教師の先生と魔力量を増やす訓練をしている話をした。

「へぇ。そんな方法あるんだな」

「それやってどれくらい経つんだ？」

「んー？　どれくらいだろ。魔力検定が終わって少ししてから始めたから、半年は経ってると思う」

「毎日やってんのか？」

「意識がなかったり、熱出して寝込んだ日以外は毎日やってる」

つい先日の話だ。継続日数を数えていた俺は、それが止まってしまったことに密かに涙した。でも、先生からは無茶はしないようにとキツく言われていたので、これで良かったのだと思うことにした。元々、亀の歩みのようにゆっくりしたものだ。少し休んだところで大差はない。悲しいことに。

「ふうん。効果は出てるのか？」

「出てるよ！　毎日魔力量測定器で測って記録してるんだ。少しずつだけど、数値は上がっていってる」

「毎日？　測定器持ってるのか？」

「うん！」

俺はリヒトに測定器を貰った経緯を話した。そしたら失礼なことに、二人は大笑いし出した。

「ふっ、くくくっ、測定器が反応しないとか！」

「あはははは、どんだけ低いんだよ！」

「二人とも、笑いすぎだよ！」

俺がむくれても、二人の笑いは止まらない。余程ツボに入ったらしい。腹をかかえてヒーヒー言っている。

「笑いすぎだって！」

俺は腹が立って、近くにいた方のゴットフリートに飛びついた。

「おっ、何だ？　やるか」

のしかかった俺をゴットフリートは簡単にひっくり返した。そして俺の脇腹をくすぐり出す。

「ちょ、やめ、ふっ、くすぐったい、ふふっ、やだってば」

「ゴットだけ、ずりーぞ。俺も混ぜろ」

そう言ってラインハルトも参入してきて、三人でくすぐったり、のしかかったり、抱きついたりして遊んだ。すごく楽しかった。


楽しい時間というのは、あっという間に過ぎてしまうものだ。

「そんなにしょんぼりするなよ」

「また遊びにくればいいだろ」

帰る時間になり、元気がなくなった俺に二人は困ったような顔をする。思った以上に楽しくて、帰るのが寂しくなってしまったのだ。

「また来ていいの？」

「当たり前だろ」

「友達なんだから」

現金なもので、二人の言葉に俺はすぐ笑顔になった。

「ありがとう！　また来る！」

「……なんつーか。前は分からなかったけど」

「あぁ。フィンって反応がいちいち可愛いよな」

二人にそう言われ、俺は真っ赤になってしまった。俺は無自覚に、二人の前では素直に反応してしまうようだ。子ども同士だからだろうか。変に取り繕う必要性を感じないのかもしれない。

「ほら、そーいうとこ」

今日はゴットフリートに頭をくしゃりと撫でられた。俺は両手で顔を覆い、実感した。攻略対象者の威力が、半端ないことを。


季節が秋に変わり、俺はせっせと土を掘っていた。

「うんしょ、うんしょ、うんしょ」

大きな軍手しかなかったので手のサイズと合わず、ぶかぶかでやりにくい。けれど、自分で掘りたいと言ったのだから、あまり文句は言えなかった。

「フィン坊。そんなもんでいいだろ。ちょいと引っ張ってみろ」

「うん！」

俺は土を掘るのを止めると、目的の物から伸びている蔓をしっかりと掴んだ。しゃがみ込み、ぐっと引っ張る。

「ん〜〜っ！」

「ほれ、頑張れ頑張れ」

「ん〜〜〜〜、わっ」

いきなり手応えがなくなり、俺はコロンと後ろに転んだ。

「いたたたっ。あっ！　ゲオ爺ちゃん見てみて！　さっきより大きいやつとれたよ！」

「おぉ、やったな。フィン坊」

「えへへ」

顔と体を土だらけにして、俺は今取れたばかりの物をニンマリと見つめた。大きくてずっしりと重い、サツマイモだ。領地の方でもそうだが、王都の屋敷も裏庭の方に小さな畑があった。小さいと言っても家庭菜園にしては大きい。サツマイモが収穫時期だと聞いて、ぜひ焼き芋が食べたいとお願いしてみた。しかし残念ながら、誰も焼き芋を知らなかった。

何てこった。この世界に焼き芋がないなんて！

俺は知っている限りの知識を料理人に説明した。料理人は俺の説明を聞き、じゃあ一度作ってみましょうと言ってくれた。やったね！　上手く焼けなければ、後で蒸して火を通してもらえばいい。それでも美味しいはずだ。炭になったら泣く泣くなかったことにしよう。

今日は昼から双子が遊びに来るので、うまくできれば二人にも食べて欲しかった。初めて二人の家に遊びに行ってから、何回かお互いの家を行き来して一緒に遊んだ。殿下がまだ謹慎中なので、二人は王城に行くこともできず暇らしい。罰として言われた鍛錬は、きちんと毎日続けているようで、真面目にしていることを父親に褒められたと、嬉しそうに言っていた。

二人といると、すごく楽しい。一緒にいれることが嬉しかった。

でも、殿下の謹慎が解かれたら、また双子は殿下の遊び相手として、王城に通う日が来る。俺とはあまり遊べなくなるだろう。俺は陛下から、殿下の遊び相手はもうしなくていいと父上経由で伝言をもらっていた。元々、三人の悪戯を減らす目的で投入された俺だ。不測の事態だったとはいえ怪我もしたし、今回の件で、殿下も自身の態度を改めるだろうということだった。

それに、俺も王都にいるのは一時的なものだ。母上が出産すれば、また領地で暮らす日々に戻る。

父上が言っていたが、しばらくはあの女は手を出してこないだろうということだった。

予想外とはいえ、今回俺は第二王子を助けた少年として、陛下の覚えが良くなった。世間でも勇気ある少年と好意的に受け取られているようだ。前回の悪い噂も嘘だったという噂が一緒に広まっているらしい。大勢の好意をたった一人の人間が覆すのは無理だ。

それに、もし何か俺が困った事態になった時に、王家の助力が貰える可能性が出てきた。陛下から困った時にはいつでも相談に乗ると言われたと、父上が言っていた。つまり、今の俺は手を出しにくい状況ということらしい。

そう言われて、ほっとした。気を張って生活するのは、やはりしんどい。しばらく安全と言われて、俺は今の生活を楽しもうと考えた。離れてしまう前に、少しでも楽しい思い出を作りたかった。

その為の芋掘りである。

「フィン様。そのくらいでいいのではないですか？」

「何言ってるのさ、エリク。僕まだ大きいの三つしか採ってないよ。こんなにいっぱいあるのに」

「今年は豊作じゃからな」

ゲオ爺ちゃんの言う通り、畑にはサツマイモの葉がわさわさと生えている。葉の下には連なったサツマイモがいっぱい埋まっているはずだ。失敗した時のためにも、もう少し採っておきたいし、単純に楽しかった。

「ですが、収穫は使用人の仕事ですし、フィン様がなさる必要はないのですよ？　後は他の者に任せていただいても問題ございません」

エリクの困り顔を見て、俺が作業をすることで、使用人に迷惑がかかっているのではないかと気づいた。ゲオ爺ちゃんの他にも一緒に芋を掘ってくれている使用人が何人かいる。父上にも、何でも自分でやろうとするのは良い心がけだけど、使用人の仕事を奪ってはいけないと、前に注意されたことがあった。彼らの仕事を取るということは、極端に言えば彼らが必要ないということで、最悪の場合は解雇になってしまうからだ。俺はそんなこと望んでないし、そんな事態になったら大変だ。

だから、世話されるのは慣れないけど、使用人の仕事にはあまり手を出さないように気をつけていた。

でも芋掘りはもう少しやりたい。

「……僕、みんなの邪魔してる？」

少しずるい聞き方をしてしまった為、エリクが顔を強張らせてしまった。

「そんなことはございません！　申し訳ありません。そういうつもりで言った訳ではなく、ただ」

「そうっすよ。フィン様が邪魔な訳ないじゃないですか。好きなだけ芋掘りを楽しんでください」

「トリスタン」

エリクの言葉を遮るように現れたのは、一緒に芋掘りをしていた使用人の一人で、トリスタンという名の青年だ。薄茶色の肩まで伸ばした髪を後ろで縛り、俺と同じように軍手をしている。

初めて彼を見た時は、キャッチの兄ちゃんみたいだなと思った。そこそこ整った顔立ちに軽薄そうな雰囲気が、エリクとはまた違う感じで使用人らしくなかった。

「ほら、あっちの芋はデカそうですよ」

そう言って、さりげなくやめさせようとしていたエリクを無視して、トリスタンは俺を促す。俺はエリクとトリスタンの顔を交互に見て迷った。やりたいけど、エリクを困らせてまでするつもりはなかったのだが、変な邪魔が入ってしまった。本当はエリクにおねだりして、もう少しだけ採るために説得するつもりだったのだ。俺は専属の従者を上目遣いで見つめる。

「エリク、もう一つだけ。あっちの大きそうなの取ったら、みんなに任せるから。だからもう一つだけ採ってもいい？」

「はい。もちろんでございます。申し訳ございません。余計な気遣いでしたね。フィン様の好きなだけ、採っていただいてかまいませんよ」

エリクは優しくそう言ってくれた。

「うん。でもやっぱりちょっと疲れちゃったから、あと一つだけにするね。トリスタン、大きそうなお芋ってどれ？」

「こっちですよ。さぁ行きましょう」

そう言って俺の背を押したトリスタンが一瞬、エリクに馬鹿にしたような笑みを向けたことを、俺は見逃さなかった。

ちらりと肩越しにエリクを盗み見たが、置いて行かれる子犬のような顔を俺に向けているだけだ。トリスタンのことは気にしていなさそうだったので、俺は密かに胸を撫で下ろす。仕方ない。エリクには芋掘りは向いてなかったのだ。力が強すぎて、芋が地面から出る前に、蔓だけをすべて引きちぎってしまう。エリクに任せたら、芋は埋まったままで畑が禿げてしまうだけだった。

俺は寂しそうな従者のもとへ早く戻るために、最後の芋掘りへと向かった。


トリスタンが見つけた芋はかなり大きくて、俺は必死に土を掘る。

「手伝いましょうか？」

「ううん、大丈夫。僕はこれをとったら休憩したいから、あとはトリスタンにお願いしてもいい？」

「……分かりました。手伝いが必要なら呼んでくださいね」

「うん！　ありがとう。よろしくね」

ニッコリ笑った俺にそれ以上言わず、トリスタンは近くにある芋を掘り始めた。

背を向けたトリスタンに、俺はこっそりとため息をつく。俺の評判が良くなったことによって、父上に気をつけるように言われていたことがあった。

『甘い蜜を吸おうとする輩はどこにでもいる。態度をあからさまに変えた者や、今回のことでいきなり親しげに接してくる者がいたら気をつけるんだよ』

まさにいきなり親しげに接するように近づいてきたのが、このトリスタンという青年だった。今回の芋掘りも、俺がやると知り自ら志願して参加してきた。ハーゲンに確認してみたが、使用人としての評判は普通で、話しやすく人当たりもいいらしい。よくいろんな使用人と楽しそうに話しているのを見かける。話がうまく気が利いて、人が集まる青年のようだ。真面目で不器用なエリクとは正反対だった。

だが、俺はこの青年が気に食わなかった。何がって、エリクを馬鹿にしている態度がだ。本人は俺の前で隠しているつもりかもしれないが、そういうのは雰囲気で分かる。

俺の従者を馬鹿にするなんて、いい度胸だ。俺のエリクはすごいんだからな！　今に見てろよ！

しかし、使用人は父上が雇っているし、俺がどうこうできる問題でもない。使用人には使用人同士の付き合いもあるし、そこに主人の息子が口を挟むのも二人の関係を悪化させる要因になってしまう。

俺はエリク贔屓なんだからな！　と口に出せない不満を土を掘ることで晴らす。そこそこ芋が姿を現したので、俺は蔓を持って踏ん張り、引っ張った。

けれど、今度はちっとも動かない。何て手強いんだ。大物感に、俺は闘志を燃やす。少し休憩を挟んで再びしゃがみ込み、ぐっと引っ張った。

「ん〜〜〜〜〜〜っ！」

頑張ったが、芋の方が頑固で、俺の掴んでいた蔓がぶちっと切れてしまった。

「わぁ！」

俺は再び後ろに転倒しそうな予感に、ぎゅっと目を瞑る。

しかし、何かにぽすんっと受け止められた。誰かが後ろで支えてくれたらしい。お礼を言おうと振り返り、俺は素っ頓狂な声を上げた。

「殿下⁉」

振り返った先にいたのは、焦げ茶色の髪と琥珀色の瞳をもつ、第二王子のヴィルヘルムだった。

驚く俺の声に、他の使用人たちも殿下の登場に気付いて慌てて跪いた。殿下はそれに頷いた後、続きをするように促す。

「よい。皆、作業に戻れ」

そう言われても第二王子がいる状況では続きはしにくい。戸惑う使用人たちに、王子を案内したのであろう執事のハーゲンが指示を出した。

「第二王子のご命令ですよ。皆、作業に戻りなさい」

そう言われ、それならばと皆は作業に戻った。

俺は支えられたままだったことに気付き、慌てて起き上がる。よく見ると、いつもより簡素な服装だが、それでも高そうな生地で、俺を支えたことによりその服が汚れてしまっていた。俺は何度も転び全身が土だらけなのだ。

「殿下、支えてくださってありがとうございました。ごめんなさい、僕のせいで服が汚れてしまってます」

殿下は自分の服を見下ろし、かまわんと言うと、自ら服を叩いて簡単に汚れを落とした。だが、それで綺麗になるはずもなく、俺はどうしようか悩む。

「服は別によい。それより、お前は何をしているんだ？」

「僕？　芋を掘ってますけど」

俺の言葉に殿下は眉間にぐっと皺をよせた。

「……当主の息子なのに、働かされているのか？」

「えぇ⁉」

殿下の言葉にぎょっとした。何故そんな誤解をと思い、エリクに使用人の仕事と言われたことを思い出す。殿下にとって芋掘りは、下働きがするようなことで、当主の息子が好んでやっている作業などとは思いもしないのだろう。

「違います！　僕がやりたいって言って、やらせてもらってるだけです。決して無理矢理働かされているわけではありません」

「やりたい？　こんなことをか」

こんなことって言われた。でも、楽しいんだけどな。しゅんと俯《うつむ》いてしまった俺に、何故か殿下は咳払いをしてから、もう一度聞いてくる。

「……やりたいのか？」

「…………はい」

「なぜ？」

ちらりと見た殿下は不愉快そうでも、怒っているわけでもなさそうだった。

「楽しいから」

「楽しい？　芋掘りがか？」

「はい」

「………分かった。続けろ」

納得してくれたということだろうか。

だが、殿下はその場から動こうとしない。まさか近くで俺が芋掘りをする姿を見ているつもりなのだろうか。

「あの……」

「ほら、早くしろ。日が暮れてしまうぞ」

それは困る。双子が訪れることを思い出し、俺は殿下の言葉に甘えて作業を再開した。蔓がちぎれてしまったので、芋の全容が現れるくらい土を掘ることにする。

「フィン様、こちらをお使いください」

俺が蔓をちぎってしまった姿を見ていたのであろう。トリスタンがスコップを手渡してくれた。芋を傷つけないようにとの助言に頷いて、礼を言う。

ザクザクザクザクザク。

一心不乱に掘る俺を殿下はじっと見つめていた。

やりにくいなぁ。そもそも何故殿下はここにいるんだろう。まさか双子と同じように俺に謝りに来たとか。けれど、そんな気配は微塵もない。よく分からないが、気が散るからあっち行ってとも言えず、殿下の監視のもと、俺は頑張って大きな芋を無事掘り起こしたのだった。

エリクに宣言した通り、俺はトリスタンが見つけてくれた芋を最後に、芋掘り部隊から離脱した。あとは使用人にお任せする。

俺は自分で掘り起こした芋を持って意気揚々と裏手から厨房へ向かった。

しかし、そこで驚愕の事実が判明する。

「えっ！　今日掘ったやつは食べられないの⁉」

「食べられないことはありませんが、あまり美味しくないのです。収穫した後、乾燥させ、最低でも常温で二週間ほど保存させる必要があります。そうすることで甘みが増すのです。それから食べるのが一般的でございます」

「そんなぁ」

申し訳なさそうに、だが正直に話してくれる料理人の前で、俺はショックのあまり項垂れる。

「申し訳ありません。あまりにも楽しそうにされていたので、言い出し辛く」

エリクは知っていたらしい。確かにずっと何か言いたそうだった。知ってたなら早く教えて欲しい。俺の芋……

「別に二週間経てば食べれるんだろう。何をそんなにしょげてるんだ？」

厨房にまで付いてきた殿下は、俺が落ち込んでいる理由が分からず、首を傾げている。

「だって、今日食べたかった」

「なぜ今日にこだわる？」

「自分で掘った芋を双子に食べさせてあげたかったの」

「なるほど。だが、別に今度でもいいのではないか？」

「でも、今日焼き芋食べたい」

「ヤキイモ？」

俺は焼き芋という落ち葉の中で焼いた芋が美味しい話を殿下に説明した。それが今日できると思い込んでいて、楽しみにしていたことも。

殿下は俺の言葉に頷き、料理人に向き直った。

料理人は第二王子に見つめられて、改めて緊張したように背筋を伸ばす。

「二週間保存したサツマイモはないのか？」

「いえ！　ございます。フィン様が焼き芋を食べたいと仰られたので、それ用に数週間前に採れたサツマイモをご用意してございます」

「だ、そうだ。お前の芋は今度にして、今日は別の芋でヤキイモとやらを楽しんだらどうだ？」

殿下はそう言って俺を諭してくれた。

どうしたんだろう。今日の殿下は、我が儘暴君が鳴りを潜め、優しい王子様のようだ。いやまぁ実際、王子なのだが。穏やかな口調で言われ、俺の中にその言葉はすっと入り込んだ。

「な？」

「はい。そうします。殿下ありがとうございます」

元気を取り戻し笑顔を浮かべた俺に、殿下も、ふっと顔を綻ばしてくれた。

周りの料理人と使用人たちも、安心して胸を撫で下ろしたが、次の一言で今度はみんなが真っ青になった。

「よし。私もそのヤキイモとやらを食べてやろう」

第二王子に食べさせられるような物ではない。今日はまだ試作段階でうまくできる保証もないと言ったが、殿下は食べると言ってきかなかった。

良かった。我儘は健在だ。

「時間かかりますよ？」

「よい。今日は予定もないしな」

殿下は待つというので、仕方なく一緒に焼き芋試食会をすることになった。

俺は一度風呂に入り、汚れを落として新しい服に着替える。

殿下の汚れた服は、ハーゲンが洗浄《クリーン》という魔法をかけて綺麗にしてくれた。この世界にクリーンという洗浄魔法があったことを初めて知った。異世界あるある魔法だな。そんなに強力な魔法ではなく、簡単な汚れしか落とせないらしい。だから普段は洗濯して衣類を洗うそうだ。

俺が汚れを落としている間、殿下には応接室でお茶でも飲んで待ってもらうように、ハーゲンにお願いしておいた。それなのに、風呂からさっぱりして出てきたら俺の部屋のソファに殿下が座っていて驚く。

「殿下！　何でいるんですか！」

「お前の部屋を見てみたくて。しかし狭いな」

そりゃ殿下の部屋に比べたら狭いかもしれないが、十畳以上あるこの部屋は俺には広すぎるくらいだ。お茶はちゃんと用意されていて、殿下はそれを飲みながら待ってくれていたようだった。

「フィン様。少し休憩なさってから、始めましょう。どうぞ、水分補給なさってください。準備が整いましたら、またお声がけさせていただきます」

そう言ってエリクは俺にもお茶を出してくれると、そのまま部屋を出て行ってしまった。俺はとぼとぼと殿下の前のソファに座ると、出されたお茶を飲んだ。気まずい空気が流れる。思えば、殿下と二人きりになったことなどなかった。ちらりと視線を向けると、殿下は俺ではなく、机の上にある人形を見つめていた。俺の視線に気付き、変わった趣味だと思ってな、と殿下は気まずそうに言った。俺が好きで置いていると思ったようだ。

「こういうのが好きなのではなく、魔力量測定器の外観がこの人形なだけです」

俺はリヒトからもらった少し気味が悪い外見の人形を持って来て、測ってみせた。俺が胴体を握ると、くねくねと動き出し、笑顔になったかと思ったら、しゃんっと立った。立った!!

「えぇっ!!」

俺は驚いて大声を上げてしまい、殿下にうるさい！　と怒られた。

「ごごご、ごめんなさいっ！　でも、えっ？　あれ？　なんで？？」

人形のお尻の目盛を見たら、百のところに針があった。ＭＡＸになっている。昨日はまだ猫背で薄ら笑いだった。針は九十のままで、ここ一週間くらい伸び悩んでいたはずだ。まだ今日は訓練もしていない。芋掘りをしただけだ。まさかの芋掘り効果だろうか。

首を捻っている俺に、殿下が何をそんなに驚いているのかと聞いてきた。俺は双子にしたような魔力量の話と、最近魔力量が増えなかった話を簡単に殿下に説明した。

「お前、そんなに魔力量が少なかったのか」

そんな哀れむような顔をして、残念そうに言わないでほしい。

「それなのに、俺を庇おうと火の玉に飛び込んできたんだな」

「殿下……」

あの日の話をされて、俺はどんな顔をしたらいいか、分からなかった。

「フィン」

「はっ、はい！」

初めて名前を呼ばれた！

真面目な顔をした殿下につられ、俺も背筋を伸ばす。殿下はそのまま綺麗な仕草で、すっと頭を下げた。

「嫌がらせをしてすまなかった。それから、助けてくれてありがとう」

「!!」

殿下が、王族である殿下が謝った。それに、ありがとうって言ってくれた。あの時はただ無意識に体が動いただけで、礼を言われるほどのことではない。結果的に俺が殿下を庇ったような形になったが、下手したら二人とも大火傷を負っていたかもしれないのだ。

「殿下、頭を上げてください！　僕の方こそ生意気な態度をとって申し訳ありませんでした！」

がばりと頭を下げる。膝につくくらい頭を下げ続ける俺に、殿下は可笑しそうに笑った。顔を上げると、晴れやかな笑顔の殿下がそこにはいた。俺はその笑顔に、思わず見惚れてしまう。

「そのことはもう良い。俺も悪かったからな。変な噂がある奴が来ると知って、気が立っていたんだ。お前がそんなことをする奴ではないと、よく分かった。助けてもらったからじゃないぞ？　お前は阿呆なくらい、素直で真っ直ぐだからな」

阿呆なくらいって失礼だな。むうっと唇を尖らせる俺を見て、ははっと殿下はまた笑った。俺も可笑しくなって笑った。こうして、俺は殿下とのわだかまりを解消できたのである。

エリクが準備が整ったと呼びに来てくれたので、殿下と共に裏庭へ戻った。

「どうやって焼くんだ？」

「えっとですね。確か芋と新聞紙を濡らして」

集めてもらった落ち葉や小枝の上に薪を組み、燃やしてもらい熾火にする。できた灰の中に濡れた新聞紙で包んだ芋を入れて約一時間ほど焼く。途中でたまにひっくり返す。確かこんな感じだったはずだ。火は危ないので使用人に任せて、俺は芋をきれいに洗い、濡らした新聞紙でせっせと包んだ。それくらいしか手伝わせてもらえなかったので、熾火に芋を投入してもらうのを見届けたら、あとは料理人に任せて焼き上がりを待つことにする。

殿下は俺の後ろをついて、俺がちょこまか動いているのを見ているだけだった。

裏庭に急遽テーブルと椅子を用意してもらったので、殿下とボードゲームをして待つことになった。オセロのような二色の石をひっくり返すゲームだ。殿下と遊んでいたら、双子が到着したと使用人が伝えに来た。

「早くない？　お昼過ぎに来るって言ってたと思うんだけど」

まだ十一時くらいだった。

「俺が早く来るように連絡をとらせた。せっかくだから焼き上がりを食べたほうがいいだろう？」

確かにそうだけど、失敗するかもしれないのに。

顔に不安が出ていたのか、殿下は片眉を器用にひょいとあげると、失敗したらもう一度焼けばいいさと言ってくれた。その言葉に安心して頷く。ハーゲンが裏庭まで双子を案内してくれると言うので、殿下とゲームを続けた。しかし、なかなか来ない。

「遅いなぁ」

「何かあったのか？」

殿下も不審そうにハーゲンが出て行った方を見る。すると、やっと人が来る気配がしたと思ったら、ハーゲンは予想外の人を引き連れて戻ってきた。現れた人たちを見て、殿下がガタリと椅子から立ち上がる。

「母上！」

「えっ、殿下の母上？　あれ、父上もいる！」

俺も立ち上がり、殿下と共に駆け寄った。ハーゲンの後ろには、長い茶色い髪を綺麗に結った男性と、その周りに護衛の人、そして俺の父上であるルッツに、双子であるゴットフリートとラインハルトがいた。裏庭は一気に人が増え少々狭く感じる。

一番初めに口を開いたのは、殿下の母上だった。

「酷いよ、ヴィル。僕も行くって言ったのに置いて行くなんて」

「父上がダメだと言っていたでしょう。どうやって来たんです？」

「もちろん、陛下を説得してさ。宰相と一緒ならいいって言ってくれたよ」

そう言って艶やかに笑ったヴィルヘルムの母上とは正反対に、俺の父上は顔をげんなりと歪ませていた。きっと忙しい中、無理矢理連れて来られたのだろう。可哀想に。

父上に労りの視線を送った後、改めてヴィルヘルムの母上の方へ顔を向けた。艶のある長い茶色の髪を片方で三つ編みにしており、涼やかな目元が印象的な人だった。息子と顔立ちは似ているが、表情がすごく柔らかい。細やかな刺繍が施された長衣を纏い、立ち姿も姿勢が良く品があって、端麗という言葉がよく似合う、どことなく色気漂う男性だった。

じっくり見ていた為、ヴィルヘルムの母上と目がばっちり合ってしまった。笑いかけられて、どきりと心臓が高鳴る。

「君がフィンくんかな？　初めまして。ヴィルヘルムの母でオーランと言います。先日は僕の息子を助けてくれてありがとう」

「いいい、いいえ！　とんでもないです！　はっ初め、初めまして！　フィン・ローゼシュバルツです！」

いきなり話しかけられて狼狽え、挨拶がしどろもどろになってしまった。俺は恥ずかしさのあまり真っ赤になってしまう。それを横で見ていた殿下は、不満そうな顔になった。

「おい、俺の時のふてぶてしい態度はどうした」

殿下に肘でつつかれ、俯《うつむ》いてしまう。

うぅ、だって。

「……だって、殿下のお母様綺麗なんだもん」

緊張しちゃった、と小声で殿下に伝えたら、殿下は怒ったような、それでいて嬉しそうな複雑な顔をした。

「ふん。俺の母上なんだから当たり前だ」

綺麗なオーラン様と殿下は似ている。ただ、殿下はまだ幼いながらも凛々しい顔立ちをしているので、これが成長したら絶世の美男子になるのではないかと、俺はこっそり未来の殿下を想像した。


オーラン様や父上も食べるというので、予定より大勢での焼き芋試食会となった。オーラン様の登場に驚きながらも、使用人たちは仕事を粛々と進めてくれたので、みんなでお喋りしている間に芋は無事焼き上がった。

俺は料理人に呼ばれて出来上がりを確認しに行く。殿下はオーラン様とお話し中なので、双子が一緒について来た。

串を刺したらすんなり通ったそうなので、中にもきちんと火が通っているはずだ。真っ黒になってしまった新聞紙を開けると、熱々の芋がそこにはいた。サツマイモの甘くていい匂いがする。

双子も『すげーいい匂い！』と声を揃えて嬉しそうだ。

「どのように食べるのですか？」

「半分に割って、皮を剥いでそのまま食べるの。甘くてきっと美味しいはず！」

「なるほど。まずは味見されますか？」

「うん！」

やった！　一番乗り、と俺はわくわくと料理人が半分に割ってくれた芋を受けとり、驚愕した。

「ひいぃぃぃぃ」

俺は驚きのあまり大事な芋を手放し、背後にいたラインハルトに飛びつく。

「わっ！　何だよ？」

ラインハルトは驚きつつも難なく俺を受け止めてくれた。俺の悲鳴に、裏庭にいた全員の視線が集まる。手放した芋は近くにいたエリクが素早くキャッチしてくれて、地面に落ちることはなかった。

「どうしたんだ？」

ゴットフリートが、エリクが持っている芋と俺の顔を見て、不思議そうに聞いてくる。

「い、いもが」

「いもが？」

「いもが腐ってる！」

熱々の芋を半分に割ってもらった断面が、気味の悪い青色だった。

「はぁ？　こないだ採れた芋なんだろ？」

「だって、中が青色に変色してる！」

「変色？　この芋は元からこういう色だろ」

「そうなの⁉　でも、か、顔が」

「『かお？？』」

双子はますます不可解そうに揃って首を傾げた。俺がラインハルトに張り付いてぷるぷる震えていると、悲鳴を聞いてやってきた殿下が芋を見て吹き出した。

「お前の持ってる人形そっくりじゃないか」

そうなのだ。リヒトから貰った魔力量測定器のムンクの叫びのような、あの二つの目と丸い口が芋の断面に浮き上がっていたのだ。よく見れば芋の色の濃淡によりできた偶然の産物なのだが、初見では青色の芋に奇妙な顔が浮かんでいる、呪われたホラーな芋にしか見えなかった。何の因果だ。

しかも、外見は前世で見たサツマイモとそっくりだった為、中身が黄色だと思い込んでいて受けた衝撃が大き過ぎた。

こんなの見た目詐欺じゃないか！　俺の黄金色の焼き芋……

「お前、たまに普通のことですげー驚くよな」

それは前世と今世の普通が全然違う時があるからだ。

ラインハルトは、不思議そうにしながらも背中をさすってくれる。

「おい、しっかりしろ。もう食べていいのか？」

ゴットフリートは大したことないと判断したのか、俺の肩を揺さぶりつつ、すでに目は焼き芋に釘付けだ。

「いい匂いしてるし大丈夫だろ。早く食べてみようぜ」

ラインハルトも芋に釘付けになった。ショックを受けている俺に二人はあまり頓着しない。放置である。仲良くなるにつれ、扱いが雑になってきた。仲良くなれた証拠かもしれないが、もうちょっとかまってほしい。

「お前が食わないなら、俺らが味見してやるよ」

「いいですか？　宰相さま」

俺の悲鳴を聞いて、殿下と共に近寄ってきていた父上に、ラインハルトが訊ねた。

父上は、他の男の子に抱きついたままの俺を複雑そうな顔で見ていたが、フィンがいいならと許可してくれた。

「フィン、食うぞ？」

「……どうぞ」

エリクが持っていた方をゴットフリートが、もう半分残っていた方をラインハルトが料理人から受け取った。

あち、あっつ、と言いながらも、二人は気味の悪い青い芋にかぶりつく。

「ん～！　うまっ！」

「すげぇ！　こんな甘くなんのな！」

二人は目を輝かせて美味しそうに食べている。ちゃんと甘く美味しく仕上がって何よりだが、俺の食欲は著しく低下してしまっていた。

オーラン様と殿下も、お付きの人が毒見をした後に口にされて、美味しいと絶賛してくれた。あちらはテーブルに座って、皿に乗せられた芋をフォークとナイフで優雅に食べている。上品だな。

「フィン。せっかく楽しみにしていたのに食べないのか？」

「……」

ラインハルトから父上へと手渡された俺は、抱っこされて絶賛甘えん坊中だ。父上の肩に顔を伏せ、ふるふると首を振る。そんな親子の元へ殿下が近づいてきた。

「宰相殿、しゃがんでくれ」

「？　はい」

父上は俺を抱っこしたまま、言われた通りにしゃがみ込んだ。殿下は父上の背後に回ると、俺に声をかけてきた。

「ほら、フィン」

おずおずと顔を上げると、殿下はフォークで刺した小さい芋のかけらを口元まで持ってきてくれた。やっぱり青い、と俺が眉を顰《ひそ》めて見つめると、殿下は呆れたように言う。

「見た目が嫌なら目を閉じて口を開けろ」

殿下を見て、芋を見て、言われた通り目を閉じて口を開けた。そっと差し入れられた物は、まだほんのり暖かく、甘かった。懐かしい、焼き芋の味だ。

「どうだ？」

「あまい、です」

「あぁ。お前が言ってた通り、ヤキイモは甘くて美味しいな」

殿下の言葉に頷く。見た目は違えど、前世で食べたのと似たような味に、俺は嬉しくなった。

ちゃんと焼き芋の味と分かった俺は、殿下に手を引かれ、双子と合流して新しく渡してもらった芋にかぶりつく。殿下も今度はフォークじゃなく、そのままかぶりついた。

そんな俺たちを、心配していた大人たちは安心したように見ている。

「可愛いなぁ、フィンくん。ヴィルのお嫁さんに来てほしい。ねぇねぇ、ルッツ。どう？」

「それは、ちょっと……」

「何、僕の息子が相手じゃ不満？」

「んんっ、ごほん。いえ、そういう訳では。ただ、そのような話はフィンにはまだ早いかと」

そんな大人たちの会話は、もちろん俺たちの耳には届いていなかった。


焼き芋を楽しんだ数日後、俺は再び魔道具研究所を訪れていた。といっても、今回は研究施設ではなく事務所があるフロアの方に来ている。職員さんに案内されて部屋に入ると、積み上げられたガラクタの山があった。

職員の子どもを預けている部屋へ案内してくれると聞いていたのだが、倉庫の扉と間違えて開けたのだろうか。案内してくれた職員さんを見ると、気にせず部屋に入り、キョロキョロと室内を見回している。

「あぁ、いたいた！　フィンくん、こっち」

職員さんに呼ばれてガラクタの山に近づくと、その反対側に座っている小さな子どもの姿を見つけた。その子どもは入室者に気づくこともなく、手元にある魔道具に夢中である。

「じゃあ、何かあったら呼んでね」

「はい。案内してくださってありがとうございました」

職員さんが出て行った後、無駄かもしれないが一応声をかけてみる。

「リヒト、久しぶり！　フィンだよ！」

「………………」

「おーい！」

「………………」

反応なし。だめだこりゃ、と俺は早々に諦めた。

カールによれば、リヒトは一度夢中になると、どんなに声をかけても聞こえないらしく、集中力が切れるのを待つしかないとのことだった。

今いるこの部屋は、頻繁にカールと共に仕事場を訪れるリヒトのために、空き部屋だったのを託児所として使用できるようにしたらしい。

だが、どう見ても『リヒト魔道具研究室』みたいな感じになってしまっている。リヒトはこの部屋に一人だが、隣接している部屋から様子を見れるように、壁の一部がくり抜かれ大きなガラス張りになっていた。こちらからは、横の事務所で仕事をしている職員の姿が見れた。案内してくれた職員さんが、俺の視線に気づき手を振ってくれたので、俺も振り返す。室内に視線を戻したが、リヒトは魔道具をいじっていて、顔を上げる気配はまだない。

「すごいなぁ。全部リヒトが作ったのかな」

山と積んである道具たちは、リヒトの手によって作られた物なのか、それとも研究所の試作品をもらった物なのか。よく分からないが、下手に触って変な性能の物だとやっかいなので、触れないように少し距離を取る。仕方なく、俺は持参した本でも読んで待つことにした。

体をゆさゆさと揺すられて、自分が本に夢中になっていたことに気づく。横を向くと、小豆色の瞳と目が合った。

「フィン。おなかすいた」

「……相変わらず自由だな」

どうして俺がここにいるのかも、リヒトは気にならないらしい。普通なら『何でいるの?』とか、『ごめん、気づかなかった』とかあると思うのだが、そんな言葉は期待するだけ無駄だろう。時計を確認すると、すでにお昼を過ぎていた。俺のお腹も空腹だと気づいたようで、ぐぅ~と鳴る。

「リヒト、いつもお昼ご飯はどうしてるの?」

俺の質問に、リヒトは首を傾げた。

何故だ。分からないのだろうか。それともいつも昼抜きで魔道具いじってるのか? それはちょっと体に悪いぞ。

俺が何と問いかけようか悩んでるうちに、リヒトは頭を戻し、一つ頷いて口を開いた。

「クノちゃんがもってくる」

「クノちゃん？」

誰だそれはと聞く前に、リヒトは近くにあった何かのボタンを押した。ビーッと音が鳴り、しばらくすると先程案内してくれた職員さんが、昼食が乗ったトレイを持ってやって来た。この人がクノちゃん、正しくはクノルさんというらしい。

「はい、お昼ですよー。フィンくんも良かったらどうぞ。いやー今日は早めに気づいてくれて良かった」

声をかけてもリヒトが反応しないことが多いので、お腹が空いたと本人が自覚したら、このボタンを押すように言ってあるらしい。すごい放任主義だが、保護者からのクレームはないのだろうか。

「カール所長も似たようなものだから。昼食すぐに抜いちゃうんだよね」

あははは、と笑ってクノルさんは去って行った。父親が悪い大人の見本だったらしい。残念である。リヒトと手を洗いに行き、一緒に昼食を食べて、お腹がいっぱいになったところで俺は本題に入った。

「リヒト、これすごい役に立った。ありがとうな」

俺は鞄から魔力量測定器の人形を取り出し、測ってみせる。人形は笑顔を浮かべ、真っ直ぐに立った。

「ほら、百までいったんだ！　だから新しいの作って欲しくて、今日はリヒトにお願いしに来た」

人形が背筋を伸ばして笑う様子を見て、リヒトは満足そうに頷いた。

「フィン。えらい」

よしよしと頭を撫でられた。百まで魔力量を上げた努力を知り、褒めてくれているのだろうが、上から目線だな。一応、俺の方が年上なんだけど、そこんとこ分かってる？

「あたらしいの、すぐできるよ」

「本当？」

「うん。せっていをかえるだけ。でも、とうさんにおねがいするから、またこんどわたすね」

リヒトによると、測定する値の数値設定を変更すれば、以前よりも高い数値を測ることができる魔力量測定器になるらしい。その為には、組み込んである魔法陣の上書きが必要らしく、リヒトはまだ上手く組めないので、カールにお願いすることになった。

「今回は僕からリヒトにお願いしたから、ちゃんと対価を払うよ。代金はカールさんに父上の方から聞いてもらうね。はい、これは手付金」

「おかし！」

うちの料理人手作り焼き菓子をリヒトへ渡し、ご機嫌をとったところで、もう一つお願い事をしてみる。

「リヒト。あと、この人形の見た目なんだけどさ。もうちょっと、そのー、なんだ。可愛くとか、できないかな？」

焼き芋事件で軽くトラウマになったこの顔が、もう少し何とかならないか聞いてみる。

俺の問いかけに、リヒトの反応は芳しくなかった。

「これ、だめ？」

「いや、だめではないんだけど……」

「すごく、イケてる」

むふん、と自信満々に言われた。

マジか。リヒトの中ではこの悲壮な顔がイケてる顔なのか。感性の違いってやつを感じる。それとも、この世界の美の基準はリヒトと同じで、俺の方が変なのだろうか。前世でも、時代によって美の基準は違ったというからな。

しかし、俺はこの顔はあまり好みではないんだ。はっきり言えば、少し怖い。

「リヒトがこの顔が好きなのは分かった。だけど僕には、そう。イケメン過ぎて眩しすぎるんだ。だから、もう少しマイルドに。可愛らしい違う人形にアレンジできないかな？」

俺の言葉に、リヒトは嫌そうに眉を顰《ひそ》めた。

「ほら、カッコいいのが好きな人もいれば、可愛いのが好きな人もいるだろ。僕は可愛いのが好きなんだ。それとも、測定器の形を変えるのって難しいのかな？　できない？」

できない、という言葉にリヒトは反応した。心外だと言うように目を見開く。

「できるよ！　フィンはかわいい、がいいの？」

「うん！　リヒト可愛いの作れる？」

「ん、よゆー」

ふんす、と鼻息荒くリヒトは請け負ってくれて、俺は喜んだ。

その後、俺は迎えが来たと職員さんが呼びに来てくれたので、測定器をリヒトに預け、別れを告げる。職員さんに建物の外まで送ってもらい、お礼を言ってから迎えの馬車へ向かった。馬車に近づき、そこで待っていた人物を見た途端、俺の足はピタリと止まる。

「……トリスタン」

エリクだとばかり思っていた迎えの人は、トリスタンだった。

「お迎えに上がりました。フィン様」

「エリクは？」

「用事があって出掛けていたので、代わりに私が」

本当だろうか。

朝は父上の馬車で送ってもらったので、エリクに迎えに来てほしいとお願いした。それに対して『分かりました』と答えたエリクが、約束を違えるだろうか。そもそも俺を迎えに行くという仕事があるのに、用事を誰が言いつけたのか。ハーゲンなら、多分そんなことしないと思う。探るように見つめる俺に、トリスタンは困ったように笑った。

「本当ですよ。嘘だと思うなら、屋敷に帰ってから執事に聞いてみてください」

「……分かった」

トリスタンから視線を逸らし、俺は馬車に乗り込んだ。走り出した馬車の中で、エリクが来なかったことに、俺は自分が思っていた以上にショックを受けていることに気づく。エリクが側にいるのが当たり前になっていた。エリクは俺の従者だ。だから。

「エリクを邪魔者にする奴は許さないいんだから」


フィンが、自分の従者に思いを馳せていたその頃、オーランの離宮では王子様が憤慨していた。

「なぜ来ないんだ！」

やっと謹慎が解かれ、遊び相手であるゴットフリートとラインハルトは来たのに、フィンだけ昼を過ぎても来ない。

ローゼシュバルツ家に行った日は、まだ謹慎期間中だった。謝りに行きたいと何度も父親である国王陛下にお願いして、やっとお忍びでならと外出許可をもぎ取り特別に会えた。今までのことを謝り、助けてもらった礼も言った。わだかまりは解消できたはずだ。新たな気持ちで遊び相手として会えると思っていたのに、本人が来ない。

ヴィルヘルムの苛立った姿を戸惑うように見ていたラインハルトが、ふと何かを思い出したようにゴットフリートに話しかけた。

「でも、そういえば昨日会った時、また明日とは言われなかったな」

「確かに。また遊ぼうねとは言われたけどな」

「お前たち昨日フィンと会ってたのか!?」

「「昨日フィンが家に遊びに来た」」

ゴットフリートとラインハルトの返事に、ヴィルヘルムは何とも言えない気持ちになり、口をへの字に曲げた。双子もフィンに謝りに行き、友達になったことは知っていた。ヤキイモを一緒に食べた日も、三人は仲良くなったんだなとは感じていた。

ヴィルヘルムは基本的に許可が下りないと、この後宮から出ることができない。だから、双子の家にもまだ行ったことがなかった。立場的に仕方ないとしても、仲の良い二人とフィンが急激に接近していた事実に、どうしようもない焦りに似た気持ちが湧き上がる。それは、嫉妬という感情であるが、果たしてそれはどちらにだろうか。

ヴィルヘルムがその答えに行き着く前に、ゴットフリートの言葉が更に追い討ちをかけるように刺さった。

「なぁヴィル。もしかしてフィンはもうここには来ないいんじゃないか？」

「何だって!?」

その可能性を確かめる為、ヴィルヘルムは母親の部屋へと突撃した。

「うん。フィンくんは陛下からもう来なくていいって言われてるから来ないと思うよ」

あっさりと母親に肯定されて、ヴィルヘルムは口を開けて固まった。固まってしまったヴィルヘルムの代わりに、おずおずとラインハルトが質問する。

「それは何か理由があるんですか？」

「理由？　まぁ、怪我させちゃったしね。それに、お前たち虐めてたんだろう。これ以上続けさせるのも可哀想じゃないか」

「「!!」」

可哀想と言われてヴィルヘルムは更にショックを受けたが、酷いことをした自覚があるだけに反論のしようもない。

双子も気まずげに目を逸らした。

「でも！　ちゃんと謝って仲直りして友達になりました！」

何とか立ち直ったヴィルヘルムの言葉に、双子も同時に頷いた。

一緒にヤキイモも食べたし、仲良しになれたはずだ。もう来ないなんて嘘だろう。ヴィルヘルムは動揺のあまり、拳をぎゅっと握り締めた。

フィンが来ないことを知り狼狽える息子に、オーランは内心でほくそ笑んだ。

「友達ねぇ……あの子はきっとこの先、可愛くて綺麗に成長するよ。別にお前たちが友達にならなくても、学園に入学したらモテモテになって、フィンくんと一緒にいたい人はいっぱい現れると思うけど」

「モテモテ……」

屈託なく笑った顔を思い出す。あの笑顔を向けられたら、好きになる人は多いかもしれない。

ヴィルヘルムはフィンの未来を予想し、悩ましげに眉を顰《ひそ》めた。

「性格もいいし、頑張り屋さんだし、宰相の息子だし。もしかしたら、早々に婚約者候補がたくさん現れて、引く手数多になるかもね」

「ひくてあまた……」

たくさんの人に求愛されたフィンは、きっと困った顔をしながらも、強引な人がいたら『いいよ』と言ってしまうかもしれない。どこか抜けているところがあるフィンに、ラインハルトは心配になった。

「フィンくんには、もっと頼りになって優しい子と付き合ってほしいな。それに、意地悪でお馬鹿さんなお前たちは、今のままじゃそのうち歯牙にもかけられなくなるかもしれないよ」

「しがにも……しがって何だ？」

ゴットフリートは歯牙の意味が分からず首を傾げるが、自分たちでは釣り合わないと言われたことは分かり、口をへの字に曲げた。

「というわけで、このままではとてもじゃないが、フィンくんを遊び相手に戻すことはできないな」

そう言ってオーランは、パンパンと手を叩いた。すると、扉を開けて知らない大人が三人も入ってきて、ヴィルヘルムたちは思わず後ずさる。

「ヴィル。今まで怠けていた分を挽回するチャンスだよ。君が家庭教師を次々にクビにするから、なってくれる人がいなくて困っていたんだ。でも、宰相がいい人材を紹介してくれてね。遅れてる半年分を一ヶ月で取り戻せたら、陛下にフィンくんをヴィルの遊び相手に戻すようお願いしてあげる」

「半年分を一ヶ月で!?　そんなの無理です！」

「じゃあ、フィンくんは諦めな」

「!!」

先程まで笑っていた母親が、急に真顔になり冷たく言い放った言葉に、ヴィルヘルムは悔しげに唇を噛み締めて俯《うつむ》いた。

そんな息子をオーランは落ち着いた瞳で見つめる。

「フィンくんはここに通っている間も今も、魔力量を増やす特訓をしつつ、家庭教師から出された宿題を毎日やっているらしいよ」

「『あいつ毎日勉強してんのか』」

何度か一緒に遊んだ双子は、フィンが魔力量を増やす特訓以外でも勉強を頑張っていたことに驚いた。家庭教師は領地にいて、授業はお休み中と言っていたから、てっきり自分たちと同じように毎日遊んでばかりいると思っていたのだ。

「ヴィル。君は自分が恥ずかしくないのかい?」

オーランの言葉に、ヴィルヘルムは悔しげな顔を上げた。

「やることもやらないで、人に意地悪ばかりする。甘やかしていた僕も悪いけど、そんなことをして人に好かれるわけないだろ。余計に悪く言われるだけだ。君が何者でも、ちゃんと手を差し伸べてくれる人はいただろう?」

手どころか、体を張って助けてくれたフィン。

「ヴィル。君が、僕やヴィルのことを悪く言う人に嫌がらせをしていたことは知ってたよ。気にするなとは言わないけど、そんな人たちをいちいち相手にしてたらキリがない。そんなことをする暇があるなら、誇れる自分になれるよう努力しなくちゃ」

「誇れる自分……」

「そう。君は自分がフィンくんの横に立った時、堂々と胸を張れるのかい？」

常に努力を惜しまず、諦めず、誰かのために行動できるフィン。それに比べて自分は、とヴィルヘルムは俯《うつむ》いた。

「「ヴィル……」」

双子に心配そうに名前を呼ばれて、ヴィルヘルムはカッと頬が熱くなる。ぐっと奥歯を噛み締めて、キッと母親を見上げた。

「母上。先程の言葉、二言はありませんね？」

「半年分を一ヶ月でこなせたらってやつ？　もちろんさ」

オーランは楽しげにニヤリと笑った。

「ゴットフリート、ラインハルト。お前たちも一緒だからな」

「「マジか」」

ヴィルヘルムの言葉に、勉強が苦手な二人は嫌そうに顔を顰《しか》めたが、頑張ってるフィンに負けたくないという気持ちは芽生えていた。それに自分たちも、これからもフィンと一緒にいたい。双子の中でフィンはもう大切な存在になっていた。

「「分かったよ」」

お互いに顔を見合わせ、承知した双子と共にヴィルヘルムは背筋を伸ばす。

やる気を出した息子と双子にオーランは喜んだ。

「さぁ、ではさっそく始めようか♪」

その日からヴィルヘルムたちの猛勉強が始まった。すぐに根を上げるかと思われたが、一歩も二歩も先を進むフィンがいるせいか、その勢いは多少緩やかになりつつも止まることはなく、国王陛下とオーランが喜んだことは言うまでもない。


俺がローゼシュバルツ家へ養子に来てから、すでに一年が経過していた。王都の屋敷で年も越し、昨年の十一月には誕生日も迎え六歳になっている。今年の五月には弟か妹が産まれるので、俺は兄になる予定だ。前世では姉しかいなかったので、今からすごく楽しみである。

だからその前に、気になることはちゃんと片付けておかないとね。

「フィン様。お待たせ致しました」

「ううん。こちらこそ急に呼び出してごめんね。ちょっとハーゲンに聞きたいことがあってさ」

「問題ございません。何なりとお聞きくださいませ」

俺は、王都の屋敷の執事であるハーゲンを部屋に呼び出していた。

リヒトの元へ出かけていた日、トリスタンの言った通り本当にエリクは出かけていた。ただし、それはほんの十分程度のことだったらしい。屋敷に帰ると、強張った顔のエリクが出迎えてくれて、土下座せんばかりに頭を下げてきた。しきりに謝るエリクに、謝罪は必要ないので理由を話せと迫れば、しぶしぶ教えてくれた。

『屋敷の近くで荷馬車が脱輪して溝にはまって動けなくなったと連絡が入り、ハーゲン様より助けに向かってほしいと頼まれました。荷馬車には大量の荷物が積んであり、数人の力では動かすことは困難だったのです。すぐに戻ってお迎えに上がるつもりでしたが、帰ってきたら迎えに行く為の馬車が出た後でした。お迎えに上がれず申し訳ございません』

タイミングが悪かったというやつだ。エリクの力で誰かが助かったのならば良かったではないか。俺はそう言ったが、エリクはそれと俺との約束を違えてしまったことは別問題だと、落ち込んでしまっていた。そもそも、エリクの用事が済んでから迎えに来てくれても十分間に合ったのだ。いない数分の隙をついたトリスタンの行動に悪意を感じる。

「単刀直入に聞くよ。ハーゲンはエリクが僕の従者であることをどう思ってる？」

「エリク、でございますか？」

その言葉には、トリスタンのことが聞きたかったのではないのか、という言葉が含まれていた。

ハーゲンが気づくほど、トリスタンの行動はあからさまになってきていた。

トリスタンの仕事は使用人として、屋敷の掃除から始まり、薪割り、荷運び、買い出しなど多岐にわたる。それなのに、どこにそんな暇があるのかと聞きたくなるほど、俺の前に姿を現す。

居間で本を読んでいれば『フィン様。喉が渇きませんか？　最近人気のハーブティーです。良かったらどうぞ』と飲み物を出され、手紙を書くための便箋がなくなれば、『フィン様。新しい便箋をご用意致しました。どうぞお使いください』と持ってきてくれ、躓いて転んでしまえば『フィン様！　お怪我はありませんか？　ここは段差があります。お気をつけくださいませ』と抱き起こされる。

そのすべてが、エリクが席を外したほんの数分の間に起こる出来事であった。

もしや常に行動を監視されているのだろうかと、俺は最近自分の背後を振り返る癖がついてしまっていた。

「そう。エリクが僕の従者として相応しいかどうか、客観的な意見が聞きたいんだ」

「なるほど。率直に申し上げればよろしいのですね？」

「うん」

ハーゲンはふむ、としばらく考え込んだ後、口を開いた。

「結論から申しますと、『フィン様の』従者としてなら合格です。普通の従者としては力不足で不合格ですが、フィン様がエリクを必要と思っていらっしゃる、この一点だけで、エリクはフィン様の従者としては相応しいと、私は思います」

「うん！　そう！　そうなんだよ！」

欲しい言葉をくれたハーゲンに、俺は満面の笑みを浮かべた。エリクという、俺に対して真摯に向き合い、努力し続けている従者が好きなのだ。できないことが多くても、エリクが側にいるだけで安心するようになった。エリクという存在が俺には必要なのだ。能力の優劣で他人が成り代われるものではない。

「僕の従者はエリクしかいない。ハーゲンは分かってくれるのに、何でトリスタンは分からないいんだろう？　最近、仕事をトリスタンに取られてばかりで、エリクがピリピリしてるんだ」

ため息をつき肩を落とす俺に、ハーゲンは頭を下げた。

「使用人の教育が行き届かず、申し訳ございません。向上心のある者には分け隔てなくチャンスを与えるようにと、ルッツ様よりご命令がございました。ですが、フィン様がご不快に思われるのであれば、やめるよう注意致します」

「僕の世話を焼くことが、トリスタンのチャンスに繋がるの？」

俺の言葉にハーゲンは苦笑した。

「ただの使用人が、ルッツ様の御子息であるフィン様の従者になれれば、世間的に見れば昇進ですからね。いいところを見せて気に入ってもらおうと本人は頑張っていたみたいですが、空回りだったようです」

つまりは俺に気に入ってもらって、従者にしてもらいたかったということだろうか。

エリクに対してはライバル心から馬鹿にしたような態度をとっていたと？

逆効果だっつーの。俺に気に入ってもらいたいなら、まずはエリクの良さを理解してくれないと。

「でも、子どもの僕なんかより、父上の従者の方が魅力的なんじゃない？」

「それは分不相応というものです」

高望みしすぎってか。ランクを下げて俺ならいけると。失礼しちゃうな。

「フィン様。私からも一つ、質問をよろしいでしょうか？」

「うん。どうぞ」

「フィン様から見て、トリスタンはどうでしたか？」

「どうって？　従者にするにはどうかってこと？」

「はい。エリクという従者がいることは置いておいて。もし、いない場合、トリスタンはフィン様の御眼鏡に適いましたか？」

　俺はこの数ヶ月のトリスタンの行動を思い出す。トリスタンの行動は別に押し付けがましくはない。少し強引だなと感じたのは、エリクの代わりに迎えに来た時くらいだ。俺が不快感を表したからか、その後は強引に割り込んでくるようなことはしなかった。エリクと呼ぼうとした瞬間に、横から別の手でさっと差し出されたような、とてもスマートなやり方でトリスタンは俺の世話を焼く。気が利き、視野も広く、流行にも敏感だ。何だか、褒め言葉しか出てこないな。俺は、エリクの邪魔をするトリスタンが嫌なだけだったらしい。

「トリスタンはいい従者になるとは思うけど、僕の好みじゃないかな」

「どこら辺がお気に召しませんでしたか？」

「人を馬鹿にするところ」

「……それはエリクのことですか」

「うん。トリスタンは、何でお前みたいな出来損ないのやつが従者なんかやってるんだ、って気持ちでエリクを見てるよね。そこが一番気に食わない」

「能力以前の問題というわけですか」

「うん……えっ？　ひょっとしてハーゲンはトリスタンに僕の従者になってほしいの？」

まさかと思って聞いてみたら頷かれたので、俺は驚いてしまった。

「何で？」

「先程申し上げました通り、エリクは不器用で普通の従者としては必要最低限のことしかできません。トリスタンはすべてにおいて、従者として及第点をとれる使用人です。私はフィン様には何不自由なく暮らしていただきたいのです、という理由が一つ。もう一つは私的な理由でございますので、お許しくださいませ」

そんな言い方ずるい。気になっちゃうだろ。

「私的な理由は？　聞かなかったことにするから教えて」

「ただの私のプライドの話でございます」

「プライド？」

「トリスタンは私が見つけて、こちらの屋敷に引き抜いたのでございます。そして、エリクはセバスチャン様がどこからか連れてきたと聞きました」

えっ。つまりはエリクvsトリスタンの後ろでは、セバスチャンvsハーゲンの対立があったってこと？　判定者は俺？　何それ怖い。そんなジャッジしたくありません。

「え〜、何かごめんね。僕はエリク一筋なんだ」

「どうしても駄目でしょうか？」

理由を話したからか、更に推してきた。

「うーん。でもエリクは護衛も兼ねてるし」

「では、エリクを護衛専門にして、トリスタンを従者にしてはいかがですか？」

「僕に二人つくってこと？　それは贅沢過ぎでしょう」

どんなＶＩＰだ。ただの侯爵家の子どもだぞ。

「贅沢などではございません。黒の宰相と呼ばれるルッツ様の御子息で、第二王子を助けたという勇敢であり、使用人にも慈悲深く優しいフィン様です。どこで良からぬものがフィン様を狙っているのか分からないのですよ。十人くらいついても足りないぐらいでございます」

いきなりどうした。ハーゲンは何かのスイッチが入ったように喋り出した。ハーゲンの中で俺のイメージが神格化されているような気がしてならない。

すべては偶然の結果ですよ。しっかりして。ただの子どもに十人もつけてどうするんだ。

俺が戸惑っていると、ハーゲンはずずいと迫ってきた。

「フィン様、どうかトリスタンを従者にしていただけませんか？」

「えぇ？　いや、でも。ほら、僕が屋敷に来る前に使用人の数減らしたじゃない。人手足りないでしょ？」

「トリスタン一人抜けたところで、屋敷の使用人の仕事に支障はございません」

おい。可哀想なこと言ってやるなよ。軽そうに見えてトリスタンは仕事はきちんと真面目に頑張っていたぞ。

「でも、父上がいいって言うか分からないし」

「ルッツ様はフィン様が認めれば従者にしても構わないと仰っていました」

父上！　退路を断たないで！

「でも……」

「エリクに対しての態度は、改めるように厳しく躾けますので」

「……」

「フィン様」

「……じゃあ、とりあえずお試しなら」

しぶしぶ頷いてしまった俺に、それはそれは爽やかな笑顔をハーゲンは向けてくれたのだった。


翌朝、昨日のハーゲンの言葉を思い返していた俺は、無意識に眉を寄せていた。

『エリクはフィン様の従者としては相応しいと、私は思います』

『フィン様がご不快に思われるのであれば、やめるように注意致します』

『気に入ってもらおうと本人は頑張っていたみたいですが、空回りだったようです』

トリスタンを裏で推しながら俺の前では素知らぬ顔して、ごますってたってことだよな。

「ハーゲンがあんな狸親父だったなんて！　ごめんね、エリク。トリスタンを断りきれなくて。不甲斐ない主人で申し訳ない」

「とんでもないことでございます。フィン様は素晴らしい主です。私の方こそ、従者としてまだまだ未熟で申し訳ありません」

「エリク……」

「フィン様……」

「あのー、俺ここにいるんですけど。もしかして忘れられてます？」

エリクと見つめ合っていたら、横から間延びした声で話しかけられた。新しく俺の従者候補として加わったトリスタンだ。

父上にも一応確認をとったら、本当に俺が認めたら従者にしていいと言われた。

『ハーゲンが選んだ人材を、フィンの目でも確かめてほしいからね。せいぜいこき使ってやりなさい』

ハーゲンの人を見る目があるかどうか、トリスタンを使って俺に判断してほしいってことだよな。父上、なんて課題を出してくれるんだ。

「トリスタン。ちゃんと躾けてもらってきた？」

「躾け？　エリクを馬鹿にするなってやつですか？　大丈夫です。表には出さないことにしましたから」

全然大丈夫じゃない。内心では馬鹿にしてるってことじゃないか。

「一応確認するけど、本当に僕の従者になりたいの？　別に無理やりハーゲンに言われて来てるだけなら、僕の方から父上に相談してあげるから正直に言ってみて？」

「正直に、ですか？　フィン様の従者になれるなら願ったり叶ったりですよ。今では勇敢な少年と名高いフィン様の従者！　いい響きじゃないですか」

つまり、勇敢な少年の従者という肩書きが欲しいってわけだな。本当に正直に言ったな。

「また悪名高い御子息になるかもよ？」

「その時はまたその時に考えます」

考えるんかい。見捨てる可能性もあるってことじゃないか。やだよ、そんな従者。忠誠心の欠片もない。

「はぁ。もう何でもいいよ」

「あれ？　投げやりですね」

誰のせいだ。俺は気を取り直して、トリスタンと向かい合う。

「トリスタン。君に課題を出す。それをクリアできたら、君を正式に僕の従者にしてほしいと父上にお願いしてあげる。父上からは、僕の好きにしていいと許可はすでに出ている。だから、僕からお願いさえすれば、その希望はほぼ通るはずだ」

「できなかった場合はどうなるんです？」

「君は屋敷の使用人を解雇される」

「……え？」

先程まで余裕のあったトリスタンの笑顔が強張った。

「僕の従者にはなれませんでした残念、で終わるわけないだろ。ハーゲンも人を見る目がなかったと降格する可能性もある。責任重大だよ。まぁ、せいぜい頑張ってね」

可愛らしくニッコリと笑えば、トリスタンは頬を引き攣《つ》らせた。生半可な覚悟で俺の従者になりたいなどと言ってもらっては困る。

「君に出す課題は、エリクを一人前の従者に育て上げること。期限は今から一ヶ月間」

「はぁ⁉　俺が、こいつをですか？」

トリスタンはあからさまにエリクを嫌そうに見た。表には出さないと言った言葉はどこ行ったんだ。ダダ漏れじゃないか。

「そして、エリク。君も今回のトリスタンの課題によって一人前の従者と認められなければ、僕の従者から外されることになった。僕は甘やかし過ぎなんだって。父上からしたら、努力してることは認めるが足りないということらしい。努力しても結果が伴わなければ駄目ってことだ」

エリクも顔をさっと青褪めた。本当にとんだとばっちりだよ。でも、確かにこのままではよくないことも分かっていた。父上の言葉通りに、トリスタンをこき使ってやるさ。

「トリスタンが不合格になった場合、僕は従者を失うってわけ。三人で運命共同体だね」

俺の言葉に、トリスタンとエリクはお互いに嫌そうに視線を交わした。

「トリスタンが合格さえしてくれれば、すべて丸く収まる。そして合格した場合、二人はこれから常に一緒に働くことになる。仲良くしてよね。不仲な従者がそばにいる状況なんて、僕、絶対嫌だからね」

「「……」」

「返事!!」

「「承知しました！」」

やれやれ。まぁ、お互いを知れば何とかなるだろう。エリクは使用人の中では孤立している。この機会に他の使用人と関わる機会がもてたのはいいことだ。トリスタンの器用さがあれば、他の使用人との橋渡しにもなってくれるはず。

そしてあと一つ、伝えておかなければならないことがあった。俺は室内を見回したが、ちょうどいいものが見つからない。家具は高そうだし、万が一エリクが壊したら大変だもんね。弁償代が。

「よし、ちょっとお庭に行こう！」


「ゲオ爺ちゃーん！」

外に出るならと上着を着せられた俺は、庭師のゲオルクを見つけて走り寄った。

「おぉ、どうしたフィン坊」

「あのねぇ、いらない煉瓦とかない？　一つ欲しいんだけど」

「んー？　あぁ、この間欠けたやつがあったな。ちょっと待っとれ。えーと、おぉ、これじゃ。これでええかの？」

「うん！　返さなくても大丈夫？」

「もういらんからやるわい」

「ありがとう！」

ゲオ爺ちゃんにお礼を言った後、もらった煉瓦を持ってトリスタンとエリクの元へ戻った。待たせていた二人は、何が始まるのかよく分からない顔をして立っている。

「はい！　トリスタン。これ持ってみて！」

「え？　あ、はい」

俺の言葉に、トリスタンは言われるがまま渡した煉瓦を持ってくれた。

「これ硬いかな？」

「まぁ硬いですね」

「素手で砕ける？」

「はっ？」

「砕こうと力を込めてみて！」

早く！　と急かしたら、よく分からないなりに煉瓦を持っている指に力を入れてくれた。だが、もちろん砕けなかった。

「無理か～」

「いや、無理でしょ」

何を言ってるんだと顔を顰《しか》められた。

「じゃあ、エリク持ってみて」

トリスタンから返してもらった煉瓦を今度はエリクに渡した。俺はトリスタンの手を引き、少しエリクから離れる。

「エリク指三本でね」

俺の意図を察してか、エリクの顔が少し強張った。人前で力を使うのはあまり好きじゃないみたい。でも、トリスタンがこれから一緒にいるなら、ちゃんと知っておいてもらわないとね。

「エリク、できない？」

「いえ、できます」

「だよね！　トリスタン、エリクが持ってる煉瓦を良く見ててね！　いいよ、エリクやっちゃって！」

トリスタンがエリクの方を見てるのを確認してから、エリクに合図を送った。その瞬間、ゴッと音がして煉瓦が砕け散った。ぱらぱらと落ちる煉瓦のかけらをトリスタンは呆気にとられたように見ている。

「今の力は三割くらい？」

「いえ、少し力を込めただけですので、一割も出しておりません」

改めて思うとすごい力だな。

「トリスタン。これがエリクの長所だよ。身体能力がずば抜けてるんだ。握力に腕力、そして脚力が人並みはずれている。ただ、力加減を間違えれば食器を粉砕するし、ドアを開けようとすれば扉ごと破壊しちゃうんだよね。どうしたらいいと思う？」

トリスタンを見上げたら、すごい眉間に皺を寄せていた。

「……どうしたら？　ちょっと待ってください。もしかして、今まで皿や花瓶をすぐ割るとか、シーツを二枚に一枚は破るって言われてたのも、これが原因ですか？」

「エリク、そうなの？」

「……まぁ、はい。でも最初の頃だけです」

エリクは気まずそうに目を逸らした。

「ふうん。でも今は、そこそこ力のコントロールはできるようになっているはずだよ。ほら、去年僕が思わず手放しちゃった焼き芋をキャッチした時は、いきなりだったけど粉砕しなかったし！」

「あぁ、フィン様が悲鳴を上げた時ですね」

芋の断面に顔が浮かんでるように見えちゃったんだから仕方ないだろ。エリクが上手いこと受け止めてくれたから地面にも落ちず、ゴットフリートが美味しく頂いてました。

「このエリクの長所を理解した上で指導してあげてほしい。よろしくね、トリスタン」

「……はい。精一杯頑張らせていただきます」

「うん。トリスタンは従者として、すべてにおいて及第点をとるほどの使用人だ。彼から学べるものは多いと思うから、エリクも頑張ってね」

「はい。必ず一人前の従者になれるよう頑張ります」

「うん。一ヶ月後、二人が僕の従者でいてくれることを楽しみにしてる！」

俺の言葉に、目の前の二人は顔を引き締め頷いてくれた。

「うわー可愛い。可愛いなぁ。本当に可愛いねー。ねっ、そう思わない？　二人とも」

すやすやと眠る赤子から目を離さない俺の言葉に、後ろにいる従者二人は何度目かの相槌を打った。

「「はい、本当にお可愛らしくいらっしゃいます」」

若干棒読みなのは許してやる。毎日最低二十回は同じやりとりをしており、それに律儀に付き合ってくれているからだ。エリクとトリスタンは、すでに息ぴったりである。

トリスタンは課題を見事クリアした。腹を括った二人はお互い協力し、試行錯誤しながら頑張った。途中険悪な雰囲気になった時期もあったが、それもきちんと二人で解決し、エリクは父上が一人前の従者として認めてくれる最低ラインまで成長してくれた。今はもう、お茶を出してもらう時にカップが割れる心配もしなくて済んでいる。

「はぁ。こんなに可愛い弟が二人もできたなんて、僕は何て果報者なんだろう」

俺がうっとりと見つめている先には、一週間前に生まれたばかりの小さな赤ちゃんが二人いた。まだ少ししか生えていない母上と同じ淡い水色の髪に、父上と同じグレーの瞳を持った双子だ。何と母上は双子を妊娠していた。出産は時間もかかり大変だったが、母上は頑張って無事に二人を産んでくれた。先に生まれた兄の方がレオン、後から生まれた弟の方がラルフと名付けられた。俺はもう二人にメロメロだ。こんなに可愛いなんて思わなかった。ずっと、ずーっと見てても飽きることはないが、一日こうしてるわけにもいかない。

「フィン様。そろそろお時間でございます」

「うん。分かった。レオン、ラルフまたね。兄さまは朝のお仕事に行ってくるよ」

そう弟たちに声をかけて、俺は従者二人を引き連れ部屋を出た。まだ早朝なので、屋敷の中を静かに歩く。先程部屋にいた時も、双子を起こさないようにずっと小声で喋っていた。

母上は出産後でまだ体調が万全ではなく、寝ては起きてを繰り返している。赤ちゃんに数時間おきにお乳を飲ませないといけないから、寝不足だし眠れる時にゆっくり寝ててほしい。赤子が二人もいるので、乳母のアマーリアも世話をするのが大変そうだった。もう一人乳母を雇えたら良かったのだが、いい人が見つからなかったと聞いた。やっとできた子どもだから、変な人には任せたくない。母上も自分で育児を頑張ると言い、アマーリアと二人でということになったらしい。

貴族の子どもを育てるのは母親ではなく、基本は乳母だ。お金がなく貧乏貴族であれば、母親が自分で育てることもあるらしいが、ありがたいことにローゼシュバルツ家は裕福な家庭だった。それでも、そんな世間の常識に囚われることなく、子どもの為にと自ら頑張ろうとする母上を、俺は誇りに思う。

俺がもう少し体が大きければ、率先してアマーリアを手伝うのだが、まだ首のすわってない赤ちゃんを体格的に抱っこできない。悔しいから早く伸びてくれ、俺の身長よ。

そういえば、こちらに来る直前に会ったヴィルヘルムたちは、しばらく会っていなかったせいか同い年なのに俺より大きく感じた。一緒に焼き芋を食べて以来、王都を発つ当日までヴィルヘルムには会うことができなかった。急に勉強が忙しくなったらしく、落ち着いたら会ってやってほしいとオーラン様からは言われていたが、落ち着く気配がなかったのだ。

領地に帰る前に、せめて一度くらいは会いたいと父上経由でお願いしたら、少しだけならと面会を許してもらえて会うことができた。久しぶりなせいか、俺はヴィルヘルムに会うのに少し緊張してしまった。思えば、遊び相手として後宮にいる時は仲良くなれず、和解したのは焼き芋を一緒に食べた日で、まともに話したのは一日きりだと気づいてしまったからだ。どんな顔をしたらいいか分からず、笑顔を浮かべる努力はしたが、少し引き攣《っ》っていたかもしれない。

「お久しぶりです。殿下」

「フィン！」

ヴィルヘルムは、俺を見るなり飛びついてきた。ぎゅうぎゅうに抱きしめられて戸惑う。それを呆気に取られて見ていた双子は、我に返るとヴィルだけずるいと文句を言った。

何がずるいんだろう？　俺はよく分からないが、ヴィルヘルムに抱きしめられて、ちょっとドキドキしてしまった。

「で、殿下、どうしたんです？」

「何故そんなよそよそしいんだ。ヴィルと呼べ」

いや、ヴィルヘルムは一応王子なんだし、一歩引いた対応になるのは当たり前だろ。でも、双子がヴィルって呼んで三人で仲良さそうにしていたのが本当は羨ましかったので、お言葉に甘えることにした。

「ヴィ、ヴィル？」

呼んだ瞬間、すごく恥ずかしくなって俺の頬は熱くなった。

うぅ、名前を呼んだだけなのに何でだろう。

ヴィルヘルムはやっと満足したのか、俺の体を離してくれた。

「フィン。手紙をありがとう。返事を書けなくてすまない」

「い、いえ！　読んでいただけて良かったです」

「敬語もやめろ」

「え、あ、うん。その、元気そうでよかったで、よかった」

仲良くなった後、急にヴィルヘルムと会えなくなって気落ちしていた俺に、オーラン様がお茶に誘ってくれたことがあった。その時に、頑張ってるヴィルヘルムへ応援するような手紙を書いてほしいとお願いされたのだ。

『頑張ってるんだけど、なかなか上手くいかなくて癇癪を起こしたり落ち込むこともあってね。君からの手紙をもらったら喜ぶと思うんだ』

俺からの手紙で喜んでもらえるのかは半信半疑だったが、二つ返事で俺はその依頼を引き受けた。双子も一緒に頑張っていると聞き、三人へそれぞれ手紙を書いた。その時に何かあげたくて、特訓とは別で新たに小さな魔石を作り同封した。ヴィルヘルムには風、ゴットフリートには土、ラインハルトには水の魔石をそれぞれ、トリスタンが探してきてくれた小さな可愛い袋に入れて渡した。

俺の魔石は、三人と仲良くなるきっかけになった物でもある。大した魔力もないが御守りのつもりでと一応手紙には書いておいたのだが、透《す》き通ったそれぞれの色の魔石が三人の首から下げられていて驚いた。

「それって……」

俺の視線に気づいた三人は、照れくさそうに笑った。

「あぁ、お前からもらった魔石だ」

「ヴィルがペンダントにするっていうから俺たちも一緒に作ってもらった」

「改めてみると、フィンが作った魔石って綺麗だよな」

三人から『ありがとう』とお礼を言われ、俺は嬉しいのに泣き出しそうな変な顔になってしまった。気持ちが伝わり受け止めてもらえるというのは、こんなにも嬉しいものなのか。

「何だ、また嬉しくて泣いちゃうのか？」

友達になれて嬉しいと泣いた俺を覚えていたのだろう。ゴットフリートに揶揄われた。反論したいができず、やっぱりポロポロと俺は泣き出してしまった。本当に泣くとは思っておらず、ゴットフリートは驚いて焦ったように俺を抱きしめ宥めてくれた。

「泣かすなよ、ゴット」

「うるせー。俺が言わなかったらお前が言ってただろ」

「まぁな。いじめても泣かなかったのに、何でこんなに泣き虫なんだ？」

俺について来ていたエリクからハンカチを受け取ったラインハルトが、涙に濡れた俺の顔を優しく拭いてくれた。

その日は少ししか話せず、また会う約束をして三人と再び抱擁を交わし別れを告げた。最後に三人から『変な男には引っかからないように』と強く注意された。首を傾げながらも、三人の勢いに思わず頷いてしまったが、どういう意味だったのだろうか。

まさか、変な男に惚れたり恋人関係になったりしないようにって意味じゃないよな。だってまだ六歳だぞ。いやでも、前世で幼稚園児でも彼氏彼女がいる子をテレビで見たことがあった。おませな子はどこの世界にもいるってことか。相手が男と限定されていたのが腑に落ちないが。俺も一応男の子なんですけど。でも、同性愛も普通だから変なことでもないのか？　よく分からなくなってきたな。

「トリスタン。さっきの三人の言葉、恋愛でって意味だと思う？」

俺の言葉に、トリスタンは驚いたように目を見開いた。どういう意味の反応だそれは。

「多分そうだと思いますけど……フィン様よく分かりましたね。そういうの鈍そうなのに」

最後の一言は余計である。

「ん？　でもさっきは『何言ってるの？』みたいな顔してませんでした？」

「そりゃ、まだ六歳の子がそんなこと言うとは思わないじゃない。どういう意味で言ってるのかよく分からなかったんだよ。でもやっぱりそういう意味かー。おませさんだなぁ」

「フィン様同い年でしょ。意味の分かるフィン様もおませさんですよ」

「あぁ、まぁそうなるのかな」

精神年齢は三十を過ぎたおじさんとも言えず、俺は曖昧に頷いた。

「でも良かったですね。未来のお婿さん候補が三人も現れて。しかも一人は第二王子。将来安泰じゃないですか」

「えっ、そういう意味だったの？」

「えっ、逆にどういう意味ですか？　好きな相手じゃなかったら、そんなこと言わないでしょ」

「僕が頼りないから保護者的な意味かと」

「可愛い弟分が心配的な？　んー、どっちでしょうねぇ」

そんなことを言いながらエリクと共に三人で後宮を後にし、俺たちは王都を出発した。ヴィルヘルムたちと別れた後、そのまま俺は祖父の家に向かった。父上は仕事があるし、従者が二人もついてるから大丈夫だろうと送り出されたのだ。

お腹の大きくなった母上と感動の再会を果たし、後日無事に弟たちが生まれ、しばらくは祖父の家に滞在することになった。祖父は山の近くに住んでおり、俺の実父に家督を譲った後は、のんびり暮らしているそうだ。

初めて会った祖父は、実父と母上に面立ちが似ていた。髪は歳のせいか元からなのか白髪で、瞳は俺と同じで青い。穏やかで優しそうな人だった。

「初めまして、フィン。君の祖父のダニエルだよ。よろしくね」

祖母との初対面が衝撃的だっただけに、優しく自己紹介されただけで俺は祖父を大好きになってしまった。今日も早起きな祖父を見つけて走り寄る。

「お祖父様、おはようございます！」

「おはよう、フィン。今日も手伝ってくれるのかい？」

「うん！　もちろん！」

たくさん家畜を飼い、畑を耕して野菜を育てながら生活を送ってる祖父は、自ら率先して動く。

祖父は隠居してるようなものなので、この家はあまり使用人がいなかった。そこに俺たちが加わるのだから、人数が増えてお世話になる分、お手伝いするのは当たり前である。働かざる者食うべからずってやつだ。俺の従者二人も若い男手なので重宝されていた。

祖父と手を繋ぎ、家畜小屋へと向かった。

「じゃあ、フィンはこの籠に卵を集めてくれるかい？」

「はい！」

俺が任されたのは、ヴァハテールと呼ばれるウズラのような鳥の卵集めだった。前世のウズラよりかなり大きいが大人しい性格の鳥たちで、俺が卵をとっているのを見ても怒ることはなかった。前世で小学生の頃、ニワトリ小屋の掃除をしている際に、何度もニワトリに飛び蹴りをされた身としては、若干トラウマがあったのだが、心配するほどのことでもなかったらしい。でも、頑張って産んだ卵をもらうわけだから、なるべく見つからないように、ささっと卵をとって鳥小屋を後にした。

朝の仕事が終わると朝食だ。その前に、母上が起きたと聞いたので会いに行くことにする。

「母上！　おはようございます」

「おはよう、フィン。毎日、父様のお手伝いをしてくれてありがとう」

「いいえ！　僕にもできることがあって嬉しいです。動物さんたちも可愛くて、毎日楽しいんですよ」

母上と少しお喋りしていると、弟たちがお腹が空いたようで泣き出してしまった。母上は授乳しに行き、俺は朝食準備の手伝いに行った。祖父とご飯を食べ、休憩を挟み、今度は山へキノコ狩りに行く。

「お祖父様！　これは？」

キノコを見つけて祖父を呼ぶ。毒キノコもあるらしいので、聞いてから採るようにしていた。周りに蛇や毒虫がいる可能性もあるので、慎重に行動するようにとも言われている。

「どれどれ。あぁ、これは食べられるキノコだね。フィン、これと似てる毒キノコがあるから注意するんだよ。これは傘が内巻きだが、毒キノコの場合は反り返るように外巻きだからね」

祖父は、こうやって色々教えてくれる。本当に穏やかで優しくて、母上の父様って感じだ。どんな経緯であの自由人な祖母と結婚したのか不思議だった。

その祖母は母上の出産が終わった後、少し出掛けてくると言ったきり帰ってきていない。いつものことらしく、祖父は気にしていなかった。それに、祖母には他に六人の伴侶がいる。定期的に一人ずつと生活しているので、一緒にいないことの方が多いそうだ。寂しくないのかと祖父に聞いてみたら、少し寂しいと言っていた。でも、必ず会いに来てくれるから、その時はその何倍も嬉しいから帳消しなんだと優しく笑って言われ、俺は思わず祖父に抱きついた。

何て健気なんだ！　俺のじいちゃん最高にいい人！

祖父は俺をひょいと抱き上げてくれた。

「こんな可愛い孫にも会えて、イザベルと結婚して本当に良かったよ」

「僕も！　僕もお祖父様と会えて良かったよ！　お祖父様大好き！」

祖父の家での生活は、そんな風に伸び伸びと穏やかに過ぎていった。

だが、嵐というものは突然やってくるものだ。

「フィン。お前のために魔獣を用意したよ」

祖母はやっと帰ってきたと思ったら、開口一番そう言った。何のこっちゃ。

ちょうど午後の休憩中で、従者二人はお使いに出かけており、俺は部屋に一人だった。祖母に外へ連れ出された俺は、小さなリュックを背負わされた。

「何匹か捕まえて放ってある。凶暴なのもいるから慎重にな。野生の魔獣と間違えるんじゃないよ。最低限必要な物は鞄に入れてある。あと、これは危なくなったら助けてくれる御守りだから、ちゃんと肌身離さずつけておくように」

そう言って楕円のトップがついたネックレスを首にかけられた。

「いいかい。猶予は五日間。いいのを捕まえておいで！」

祖母は晴れやかな笑顔でそう言って、俺の肩を叩いた。次の瞬間、目の前の景色が変わった。周りは背の高い木々が生え、立っている場所は、なだらかな斜面だ。祖父の家から一転、山の中へと転移させられたらしい。そんなことよりも。

「五日間？」

背負わされた鞄に何が入っているのかは知らないが、俺は最長五日間もこの山の中に一人ということだろうか。しかも凶暴な何とかとか言ってなかったか？

「……嘘だろ」

俺は、誰もいない木漏れ日が差し込む山の中で、しばらく呆然と佇んでいた。

フィンの不在に最初に気づいたのは、買い物から帰宅した従者のエリクであった。遅れて帰ってきたトリスタンと共に屋敷や畑などを捜したが、フィンの姿がどこにもない。ダニエルやアマーリア、更には妻子に会いに訪れたルッツも加わり、フィンの行方について頭を悩ませていた時、突然ラーラの大声が聞こえてきた。

「ラーラ！　どうしたんだ！」

真っ先に部屋へ到着したルッツが見たのは、ぶるぶると震えながら立っているラーラの後ろ姿と、優雅にソファに腰掛けお茶を飲んでいるイザベルの姿だった。

「フィンを山の中に一人で行かせたって、どういうことよ！」

「どうもこうも、あの子に使い魔を持たせてやろうと思ってさ。契約する為には一人じゃないと駄目だろう？　だから場を用意してやったのさ」

あっけらかんと言うイザベルに悪気はない。だからこそ余計にタチが悪いんだとルッツたちは思い、ラーラは珍しく怒り心頭で母親に食ってかかっている。

「あの子はまだ六歳なのよ！　魔獣がいる山の中に一人だなんて冗談じゃないわ！　早く連れ戻して！」

「心配いらないさ。危なくなったら戻ってくるように転移魔法が可能な御守りも渡してある」

「そういう問題じゃないわ！　誰もが母様みたいに強い心臓を持ってるわけじゃないの！　あんな小さな子が山の中に一人だなんてっ……あぁ、フィン。止められなかった私を許して」

そう言った後、ふらついたラーラをルッツが慌てて後ろから抱き留めた。

「「今すぐ捜してきます！」」

山の中と聞いて部屋を飛び出そうとしたエリクとトリスタンに、ダニエルが待ったをかけた。

「待ちなさい。多分、この近くの山ではない」

ダニエルは、久しぶりに帰ってきた妻の前に立つと、すっと目をすがめた。

「イザベル。少々やり過ぎだよ。両親の許可も取らず、勝手に子どもを山に放り込むなど、感心しないな。ちょっと話があるから、こちらに来なさい」

「……ダニエル、怒っているのかい？」

普段穏やかなダニエルが怒ることなど滅多にない。それだけに怒ると怖いことは有名で、それをよく知る屋敷の使用人たちは、そそくさと部屋を出て行った。ダニエルの背から立ち上る静かな怒気に、エリクとトリスタンも後ずさる。ルッツとアマーリアは、ラーラを連れて双子がいる部屋へと避難した。みんなが離れていくのが分かり、イザベルも顔を引き攣《つ》らせる。そんな妻を逃すまいと、ダニエルはイザベルの腕を掴んだ。

「あぁ、すごくね。私が納得できる説明ができなければ、お仕置きだよ」


何かが、こつんっと額に当たった感覚で、俺の意識は浮上した。瞼を上げると、輝く夜空が目の前に広がっていて驚く。こんなにはっきりと、たくさんの星を見たのは初めてだった。

「すごい」

しばらくぼんやりと夜空を眺めていたが、でも何でこんな所に寝ているんだろうと不思議に思い、記憶を手繰った。

えっと、確か山に飛ばされた後に歩き始めたら、突然現れた猿にリュックを取られたんだった。それから猿を追いかけているうちに崖から落ちて……俺、もしかして死んだ？

「いや、生きてるな」

だってあちこち痛い、と俺は体を確かめながら起き上がった。体の下にはたくさんの葉っぱが絨毯のように敷き詰められており、それがクッションとなり助かったようだ。ゆっくり立ち上がり、辺りを見渡す。

「あの崖、こんなに高かったかな？」

小さな崖だと思っていたが、十メートルはありそうな絶壁を見上げ、よくあんな所から落ちて助かったなと思った。月の光のおかげか、この場所は少し明るいが、周りは真っ暗な闇が広がっている。しかも、体が震えるほど寒く、くしゃみが出た。俺は下手に動くのはよくないと判断し、近くにあった大きな木の下で一夜を明かすことにする。張り出した根の間に潜り込むと、風除けになったのか寒さがふっと和らいだ。これなら凍死することもないと、俺は体を丸め眠りについた。


朝になり明るくなって辺りがよく見えるようになると、崖下だからか少し山の雰囲気が変わったような気がした。猿と追いかけっこをしていた時に目にした木は、幹が細く背がとても高かった。今いる場所の木々は、幹が太くどっしりとした感じで、背はそんなに高くはない。

「何か違う場所っぽくないか？」

違和感を感じつつも、考えても分からないので、とりあえず食材を探しに行くことにした。猶予は五日間と言った祖母の言葉通りなら、この山であと四日は過ごさないといけない。目印をつけ歩き続けるうちに、見たことのある果実が生っている木を発見した。

「あれ、ビワっぽい」

見つけた実は、前世で食べたことのある橙色の果物によく似ていた。食べてみたいけれど、木は背が高く、よじ登るのは無理そうだ。

一つ落ちてこないかな。こないよな。はしごがあればな。それか台とか階段とか。

「階段……階段ねぇ。作れるかな？」

一番魔力が多いのは土魔法だ。魔力量増量訓練はしていても、魔法実技はまだやっていない。初っ端から魔法陣を杖で描けなかったからだ。ただ、杖や魔法陣は補助的なアイテムであり、なくても簡単な魔法なら使うことは可能なはずだ。

「魔法はイメージっていうもんな！」

何事も挑戦だと、試してみることにした。木の幹に足をかけられる所まで階段みたいなのが作れたらいい。ほんの少し木から離れ、地面に手をつけてみた。魔力を出しすぎても力尽きて倒れてしまうので、量の調節も必要だ。でも大丈夫。それは練習済みだ。目を閉じて集中する。

階段。土が少し盛り上がるイメージ。高さの違う台が連なる。あの木の幹が分かれている所まで。

じわじわと手のひらが熱くなってきた。地面の土がボコボコ動き出し、盛り上がり出す。

「うわっ、ととと！」

足元の地面が、俺を乗せてぐんぐん伸び上がっていく。股のように分かれている幹近くまで来たので、手を土から慌てて離した。

ふっ、と土の動きが止まる。

「お、おぉ～。ちょっと思ってたのと違うけど、できた！」

階段というよりは、そのまま地面が伸び上がった感じになったが、木の枝付近まで近づけたので成功ということにしよう。慎重に木に移り、果実を入手することに成功した。

無事食料を手に入れたので、次は水を探すために歩き始めた。

しかし、少し歩いて異変を感じて立ち止まる。

「何か、臭いな。変な臭い……何だろう？」

臭いの元がどこにあるのだろうかと辺りを見回しながら歩き、何かの塊を見つけた。

「うぇ。何あれ、死骸？」

それは手足と尾が長く、巨大な猿のような獣に見えた。毛が赤黒い血だらけで虫が湧き、死んでいるようだ。首元の血がすごいから、咬み殺されたのかもしれない。山の中だから、この近くに熊や狼などの猛獣がいる可能性はあった。急に怖くなって、俺はその場から離れようとした。

その時、死骸から少し離れた位置で、何かが動いた気配がして心臓が跳ねる。悲鳴をあげそうになり慌てて両手で口を押さえ、近くの木の陰に隠れた。そのままじっとしていたが、特に何かが動き回る様子はない。気のせいだったのだろうかと、木からそっと顔を出して窺ってみる。

何もいなさそう。見間違いだったのだろうか。

そう思った時、葉っぱに埋もれている小さな生き物がいることに気づいた。木の陰を移動し、少しずつ近づいてみる。それは、ふっさりとした太い尻尾と三角の耳を持つ、白い狐のような姿の獣だった。まだ子獣に見え、伏せの形でぐったりと寝そべっている。耳がピクピク動き、よく見ると呼吸で体が上下に動いていた。生きているみたいだが、酷く弱ってるように見える。片足の毛が赤く染まっているので、怪我をしているようだった。先程の猿と同じように、猛獣か何かに襲われたのかもしれない。

「どうしよう……」

野獣に下手に手を出すことはできない。姿形は可愛くとも凶暴な獣はいるので、特に野獣には注意するようにと先生に教えてもらったことがある。それに、子獣の近くには必ず親がおり、近づくと子どもに手を出したと思われて、親に襲われるケースもあるとも言っていた。

でも、このままでは死んでしまいそうだ。

悩んでいると、俺の視線に気づいたのか、子獣が目を開けてこちらを見た。俺を視界に入れた途端、上半身を持ち上げ牙を剥いて唸り出す。

「ヴゥ〜ッ！」

「ひっ！」

今にも飛び掛かられそうな殺気を放たれ、俺は慌てて逃げた。走りながら振り返るが、追っては来ないようで速度を緩めて立ち止まった。

「はぁ、はぁ、はぁ。うぅ、怖かった」

小さいのにめっちゃ怖かった。祖母も凶暴なのがいるから慎重にと言っていたことを思い出す。じゃあ、あれが祖母が放ったという魔獣のうちの一匹だろうか？　もしかしたら、何匹か放ったという魔獣同士で喧嘩したのかもしれない。祖母にもらった鞄を奪われた丸腰の俺には、魔獣に対応できる術はない。ちゃんと生きて家に帰る為には、魔獣狩りなど、とてもじゃないができなかった。何を思って俺に魔獣を捕まえさせようとしているのか、祖母の意図が俺にはよく分からないが、生きて帰れたら絶対文句を言ってやると決意し、俺は来た道を引き返すことにした。

「威嚇できる元気があるなら大丈夫かな」

少し気になるが、俺は襲われてはたまらないと、その場を後にした。

しゃり、と果実を齧る。葡萄のような見た目なのに梨のような食感で瑞々しいが、淡白なお味だ。

「塩味が恋しい……」

土魔法は初回にコツを掴めたのか、果実を入手することは問題なくできるようになった。魔力は手からしか出せないのだろうかと足でも何度か試したら、手を地面に付けずとも土を盛り上がらせることに成功した。

俺、魔法を使いこなせてる！　としばし感動に震え『すごいではないか！　流石は私の教え子だ！』と先生ならとっても褒めてくれると想像し、会いたいなと切なくなった。

今日は山に来て三日目で、あと二日もあるのかと憂鬱になる。

「あの子、どうなったかな」

昨日見た子獣がやはり気になっていて、ふとした瞬間に思い出す。親が近くにいるなら安心だが、あそこに一匹で動けないなら飢え死にしてしまうかもしれない。でも、近づいて噛みつかれでもしたら、こっちが大怪我するか最悪死んでしまう。けれど、威嚇された時は上体しか起き上がらせず歩けなさそうだったし……などと葛藤した結果。

「ちょっとだけ。ちょーっと様子を見るだけ」

そう自分に言い訳をし、俺は昨日彷徨った道を思い出しながら歩いていた。猛獣が近くにいる可能性もあるので周囲を警戒しつつ、子獣がいた場所まで向かう。無事到着すると、木の陰から昨日の場所をこっそり覗いてみた。あの子獣はまだいた。しばらく様子を見てみたが、ピクリとも動かない。

死んでしまったのだろうか。

俺はキョロキョロと何度も執拗に周囲を見て、意を決して少しずつ子獣に近づいた。

あ、呼吸はしているみたい。良かった。

そう思った瞬間、子獣の瞼が上がり昨日と同じように睨みつけられて、俺は焦った。慌てて手にしていた物を地面に置き、一目散に逃げる。様子を窺っていた場所まで戻ると、木の陰から子獣の方を見た。やはり動けないようで、子獣はこちらを睨んではいるが追いかけては来なかった。

「しまったな。中途半端なとこに置いてきちゃった」

もしも動けないならと、今日収穫した葡萄のような見た目の果実をお裾分けに持ってきたのだ。だが、持って行く途中で見つかってしまい、子獣から少し離れた位置に置いてしまった。まだ子獣はこちらを睨んでいるので、これ以上近づけない。残念だが、今は諦めて退散することにした。

子獣の元を離れ、俺は昨日とは違う方向に歩き出した。昨日は結局、川や湧水を見つけることはできなくて、食べた果物の果汁で凌いだのだ。歩き回り、やっと川を見つけたのだが、俺はその川を見てショックを受けた。

「何これ。すごい濁ってる」

透明感がなく、白と紫が混ざったような色の水だった。何かに汚染されているのだろうか。これでは怖くて飲めず、もっと上流の方へ行くか湧水を探すしかなさそうだった。

「はぁ。つらい」

あまり弱音は吐きたくなかった。言葉にすると、どんどん悪い方向へいってしまいそうだし、心も体も重くなる。山の中に転移させられて以降、人生で一番かと言うほど歩いているし、心細いし一人きりで寂しかった。俺は肩を落とし、とぼとぼと来た道を戻る。

「そうか！　なければ出せばいいんだ！」

土魔法が少ししか使えない俺が何故こんな山の中に一人、とネガティブループに陥《おちい》っていたが、突如閃いた。考えてみれば、自分は水属性の魔力も持っているではないか。赤子以下と言われていた魔力量は最初の頃だけで、訓練のおかげで魔力は着実に増えている。今なら水魔法も多少は使えるはずだ。俺は倒れている木を見つけると、その上に座り、水魔法を試してみることにした。

「えっと、どうすればいいんだ？　手のひらに溜めるイメージでいいのかな」

水《ウォーター》と呪文も唱えてみる。呪文も魔法を使う方法のうちの一つだった。俺は目を閉じて集中する。

手のひらから湧き上がる水。みず、みず、水！　たっぷりと透明で綺麗な、お水！

俺の渇望具合が伝わったのか、ぶわわっと急に手から水が溢れ出した。

「もったいない!!」

あわあわと自分の手のひらに顔を突っ込み、久しぶりに感じる水を味わった。

水問題が解決して上機嫌になった俺は、やっぱり様子が気になり、帰りに性懲りも無く子獣の様子を見に行った。

「あっ！　なくなってる」

少し離れた位置に置いた大きな葉っぱの上の果実がない。葉の近くに子獣が移動しており、そこまで這いずった跡のようなものがあった。

あいつガッツあるな、と俺は嬉しくなった。


翌日。寝床として使わさせてもらっている木の根の上で、俺は眉を顰《ひそ》めながら工作に精を出していた。

「うーん。こうかな。違うな、こうか？」

大きな葉っぱを数枚集め、平たい器を作ろうと折り紙のように折っていた。ここに水を溜め、子獣に飲ませてやりたい。今日も果実を差し入れに持っていくつもりだ。何とか歪な長方形の箱型の器が完成し、俺は意気揚々と子獣がいる場所へ向かった。

抜き足、差し足、忍び足。そろ、そろろ、そろそろろ。

寝そべっている子獣へと近づいていく。あと少しの所で再び子獣に見つかり、ぴゃ、と慌てて逃げた。

あ～、水、ちょっと溢れちゃった。

がっくりとお馴染みの木の陰で肩を落としたが、子獣は今日は唸ることなく、俺をじっと見ただけだった。

更に翌日も同じように水と果実を持って行った。子獣はまだ同じ場所に寝そべっていたが、今日は起きていて俺の姿を見ると顔を上げた。じっと見られ、俺は躊躇する。

近づいていいものか。

子獣は俺を警戒して見てはいるが、威嚇はしてこない。少しでも子獣が動こうとしたら逃げるつもりで慎重に近づいていったが、子獣が動くことはなかった。すぐそばまで初めて近寄り、そっと葉っぱに乗った果実と水を置いて離れる。俺が離れてしばらくすると、子獣は起き上がり果実の匂いを嗅いで食べ始めた。水もピチャピチャと舐めて飲んでいる。

きっと、もう大丈夫だ。

「元気でな」

多分、俺がここに来るのはこれで最後だ。俺が山に来て今日でやっと五日目だった。猶予が終われば祖母が迎えに来るか、強制的に帰されるはずだ。少し心を許してくれたような子獣との別れは寂しいが、帰れる嬉しさの方が大きい。俺は子獣の所から寝床にしていた木の元へと戻り、帰れるのを待つことにした。

「いつ頃迎えにきてくれるのかな」

午後の休憩中に祖母に転移させられたから夕方には帰れるはず、と俺は気長に待つことにした。

「帰ったら、まずお風呂に入りたい」

ずっと体も洗ってないし、頭も痒かった。やりたいことや食べたい物を想像し、時間を潰す。

「遅いなぁ」

夕陽が見え、夜が近づいてきていた。

「きっと、転移した場所から離れちゃったから捜してるんだな。早く見つけてほしい」

しかし、日が暮れ、真っ暗になり、月が見え出しても人が来る気配はなかった。

「なんで……」

しんっとした山の静けさに、俺は立てた膝に顔を埋め、泣いた。ぐすぐすと鼻を啜り、木の根の間に潜ったが、その夜は眠ることができなかった。


話は、イザベルがフィンを山に転移させた日にまで遡る。

イザベルは、こってりとダニエルに絞られた後、フィンの魔力量が赤子以下であることを聞いて驚愕し、急いでフィンを連れ戻すために動き出した。

フィンの捜索に、ルッツはユーリにも助力を仰いだ。ユーリは、今でこそ家庭教師をしているが、その前は王家直属の特別部隊に魔法士として所属していた経歴をもつ。魔法士で最も取得するのが難しいと言われている特級魔法士の資格も持っており、数年前に突然起こった魔物大量発生事件でも、最前線で処理にあたるほど有能な人物であった。

フィンが転移させられた山の中で捜索が始まり、ユーリの魔犬が辿り着いた場所には小さな崖があった。ここで匂いと魔力が途切れているようだ。

「ここまで来たようだが」

辺りを見回すが、人のいる気配はしない。

「まさか、フィン様ここから落ちたりしてないですよね？」

ユーリと共に行動していたトリスタンは、怖々と崖下を覗く。フィンが倒れている姿はなく安心したが、その時に何か歪んだものが視界に入り、首を傾げた。

「シュトラオス様、あれ何でしょう？」

ユーリは身を乗り出し崖下を覗く。一見、木や岩しかないと思ったが、トリスタンが指差した先をもう一度辿って見て、その正体に気づき目を見開いた。

「あれは、じ」

「時空の歪みじゃないか！」

後ろから大声を出されて、トリスタンとユーリは驚いて危うく崖下に落ちそうになった。何とか地面にしがみつき落下を免れる。二人が振り返ると、イザベルが険しい顔をして立っていた。

「何でこんなところに……」

「時空の歪み？　突然現れて、そこに落ちたら他の場所に転移させられるっていう、あの」

三人の視線の先には、景色の中に僅かな歪みのようなズレた場所があり、閉じかけのようで、もうほとんど残っていなかった。トリスタンの言葉に、ユーリも難しい顔をして頷く。

「そうだ。自然に現れ、いつの間にか消える。発生場所は予測不可能。入ってしまえば、転移先もバラバラで、再び入っても同じ場所には戻れない」

転移という言葉に、三人の顔が同時に青褪めた。

「トリスタン」

「わっ！」

いきなり背後から呼びかけられたトリスタンは、その場で飛び上がった。振り返ると、背後に立っていたのはエリクで、難しい顔をしている。

「これ見てくれ」

そう言ってエリクが差し出してきたのは、四肢を一纏めにされた猿だった。キーキーと鳴いて歯を剥いて怒っている。猿がどんなに体を揺すって唸っても、エリクの手はびくともせず、がっちりと猿を掴んで離す様子はない。暴れている猿の背中の物を見て、トリスタンは怪訝な顔になった。

「その猿、鞄を背負ってるのか？」

猿の背中にちょうど良いくらいの、小ぶりなサイズのリュックだった。まるで子どもサイズの鞄だなとトリスタンが思った時、再びイザベルが叫んだ。

「それはフィンに渡したリュックじゃないか！」

「「何だって！」」

ユーリとトリスタンは同時に驚きの声を上げ、エリクは予想していたのか顔を痛ましげに歪めた。

幼い子どもが山の中に一人というだけでも危険なのに、何も持っていないなんて。その上、時空の歪みに落ちた可能性もあり、フィンの捜索は思わぬ形で行き詰まった。

結局、その後も再び山の中を捜し回ったが、その日の内にフィンを見つけることはできなかった。翌日以降も捜索は難航し、日々は過ぎてゆく。

俺は山での六日目を迎えた。長い間泣いていたので目が腫れてしまい、視界が狭く感じる。明るくなっても丸まって木の根に隠れていたが、盛大にお腹が鳴り出してしまい、のそのそと這い出た。

「こんな時でもお腹が減るなんて、良いのか悪いのか」

俺は日課となりつつあった果物狩りをし、もくもくと食べ、自分で水を出して飲んだ。

「あの子にも持って行こうか」

少しでも気分を紛らわせようと、昨日こちらから一方的に別れを告げた子獣に会いに行くことにした。ところが、子獣がいたはずの場所には何もいなかった。

「うそ」

ぼんやりしていたから場所を間違えたのだろうかと思ったが、俺が作った葉っぱの器は残っており、子獣がこの場所を去ってしまったことに気づく。

動けるほど元気になったなら、良かったではないか。

そう思おうとしたが、昨日からの悲しみがぶり返し、子獣にも置いていかれたようで、再びホロホロと涙が零れ落ちてきてしまった。頬を濡らしたまま佇んでいたが、子獣が現れる様子はない。

俺は諦めて踵を返す。数歩足を進めた所で、背後から葉の揺れる音がした。もしかして子獣が戻って来たのかも、と期待して振り返った俺は、その先にいたものを目にして、身を固くする。

「あ……」

「グルルルッ」

そこにいたのは、涎を垂らし唸っている熊だった。成獣ではなさそうだが、俺よりは確実に大きく、腹が減っているのか殺気立っていた。

俺は我に返ると、手にしていた果実を放り出し、慌てて逃げた。熊に遭遇したら、死んだふりとか背中を見せてはいけないとか、知っているはずのいろいろな知識が頭から吹っ飛び、反射的に体が動いた。熊は唸り声を上げ追いかけてくる。あっという間に距離を縮められ、焦った俺は、あろうことか躓きこけてしまった。熊はその好機を逃さず、飛び掛かってくる。万事休す、と俺は腕で頭を庇い目を閉じた。痛みを予想して身構えたが、熊の牙や爪が俺に当たることはなく、何かが鈍くぶつかり合ったような音がした。

「お前……」

目を開けると、俺のそばに、あの子獣がいた。四本脚で立っており、ふさふさの尻尾をぴんっと立たせている。その向こうに、俺に飛び掛かってきていたはずの熊が、頭を押さえ蹲っていた。熊は頭を振り起き上がると、咆哮をあげ再び襲いかかってきた。俺は転倒した時に腰を抜かしたのか、足に力が入らず立てなかった。子獣は、殺気立っている熊が向かって来ているのに、身を低くした体勢のまま唸っていて逃げる様子がない。

「おい！　早く逃げろ！」

そんな小さいくせに、俺を庇おうとでもいうのか。

子獣は、俺と熊との間に立ち塞がっていたと思ったら、素早く熊に向かって走り寄り跳躍し、熊の首元へ噛み付いた。まさに一瞬の出来事で、呆気にとられた俺は、その様子をただ見ていることしかできない。子獣の力が余程強かったのか、熊は飛びかかられた勢いのまま横にどっと倒れた。

肉が引きちぎられる、ぶちぶちっという嫌な音がして、ぶしゅっと血が吹き出した。熊は悲鳴を上げ少し暴れていたが、しばらくして力尽きたのか、動かなくなった。子獣は、動かなくなった熊にしばらく噛み付いたままじっとしていたが、死んだのが分かると、一度牙を抜いた。

俺は、やっと力が入るようになった足でよろよろと立ち上がり近づこうとしたが、子獣が再び熊に噛み付き出して、その場に立ち止まった。まだ生きていたのだろうかと焦り後ずさったが、熊が動く気配はない。

「……？」

子獣は熱心に熊に噛み付いている。何をしているのだろうと、ゆっくり近づきよく見てみると、子獣は熊の毛皮を噛みちぎり、中身をガツガツと食っていた。

「ひっ！」

ぶち、ぐちゅ、ぐしゃ。

小さな獣が口元を血だらけにし、生肉を頬張る姿に恐怖し、俺はその場から逃げ出した。

「もう、やだ。帰りたい」

俺は寝床にしている木まで戻る気力もなく、少し走ったら力尽きてしまった。近くにあった木の下で、膝を抱えて座り込む。熊には追いかけられ、子獣には生肉を食す生々しい光景を目撃させられてしまい、俺の許容値は限界を突破した。

「うっ、ひっく。帰りたい。帰りたいよう。母上、父上ぇ」

俺は再び、さめざめと泣いた。ぐずぐずと泣き続けたら今度は喉が渇いてきた。俺は手のひらに水を溜め、鼻を啜ってから水を飲んだ。

そして、ふと目の前を見たら子獣がいて、俺はその場で硬直した。肉食獣だと分かった今は、子獣のことが怖くて堪らなかった。竦み上がる俺に構うことなく、子獣は今度は自ら俺に近づいてきた。

「えっ、何なに!?」

座っている俺の体に乗り上げてくる。胸に引き寄せた手のひらを舐められ、俺も食われるのだろうかと体を震わせ、ぎゅっと目を閉じた。ペロペロと舐められ、味見されているのだろうかと震えていたが、一向に噛み付いてくる様子はない。子獣は熱心に濡れた俺の手のひらを舐めている。そっと片目を開けて窺うが、子獣は俺の手を舐め続けているだけだった。

「もしかして、水が飲みたいのか？」

水を出して飲んだばかりの俺の手のひらには、水滴がまだついていた。子獣はそれを熱心に舐めているようだ。近くに水場がなかったから、喉が渇いているのかもしれない。先程の光景を思い出し、生肉は瑞々しかったのではないかと思ったが、それを慌てて打ち消した。俺は舐められている右の手のひらを上に向け、器になるように軽く丸めた。手のひらに水が溜まるようなイメージを浮かべ、ゆっくり水が湧き出すように念じながら魔法を使う。じわじわと手のひらに水が溜まってきて、子獣は嬉しそうにピチャピチャと水を舐め始めた。前肢を俺の右手に引っ掛けて、逃げられないよう防御された。ふさふさと目の前で尻尾を揺らされ、俺の頬が自然と緩む。子獣が満足するまで水が飲めるよう、俺は魔力調整に集中した。

膝の上で丸まっている子獣を撫でながら、俺は地面に木の枝でガリガリと文字を書く。

「うーん。きゅって鳴くからQちゃん……そのまま過ぎるか。九からとってナイン。いや、格好良過ぎるな。お前、可愛い系だし。九……ここのつ、ココ。うん、ココはどう？」

声をかけると子獣は顔を上げ、ふさりと尻尾を揺らした。

「きゅ！」

「お、気に入ってくれた？　よし、今からココって呼ぶな。俺の名前はフィン。よろしく」

怪我をしていた子獣のココと俺は仲良くなった。熊から助けてくれたココは、警戒心が解かれると、とても懐っこかった。

山に来て七日目になっていた。迎えが来ないのは、何か不測の事態が起きたのかもしれないと、俺は前向きに考えることにした。父上たちが絶対に捜しに来てくれると信じ、一日でも生き延びる為に、俺はココと一緒に食料の調達に勤しむことにする。

「わぁ。滝だ！」

ココが先導してくれた先には小さな滝があった。その下に川があり、水は透明感があって綺麗な上、魚も泳いでいる。ココは喉が渇いたのか、川の水を舐めて飲み出した。俺も手ですくって飲んでみる。

「うん。大丈夫そう」

今日は滝の近くで野宿することにした。食事もこの近辺で探すことにして、川に入る。

「わっ」

バシャっと跳ね上がった水が、顔にまともにかかった。掴んだと思った魚が逃げてしまい、俺は肩を落とす。

「難しいなぁ」

魚掴みに挑戦だと頑張っているのだが、なかなか上手くいかない。魚は深い所にたくさんいる。浅瀬に浸かり、手を突っ込んで水魔法を試みた。水の流れを操り、魚をこちら側に引き寄せ、近くに寄って来たところを捕まえる作戦だ。

ココは、屈んだ俺の背中に乗り、肩からそれを興味深そうに見ている。俺が動いても体の上を移動し落ちることはない。素晴らしいバランス感覚だった。

ピチピチ跳ねる魚を何とか掴もうとしている時、地面が揺れるような音が聞こえてきて、俺は周囲を見回した。何かが倒れたような音だ。目を凝らすが、ここら辺ではなさそうで特に変化はない。

「何だったんだろ？」

「きゅ」

肩に乗っていたココが、俺の背中を伝って下りて、音のしたであろう方向へ走り出した。

「ココ！　見てきてくれるの？」

俺の言葉に、ココは一度止まりこちらを振り返って『きゅ！』と鳴いた。ちょっと待ってて、と言われた気がする。

「気をつけてね」

ふさり、とふさふさの尻尾を揺らし、ココは軽やかに走り去って行った。

「すぐ戻ってくるかな？」

それまでに今日の夕食分は確保しなければと、俺は改めて気合いを入れた。


一方、やっとフィンが飛ばされた山を見つけたダニエル、エリク、トリスタンは、途中で何度も魔獣に遭遇し足止めを食らっていた。今は五頭の三つ目狼に囲まれている。

「何でこう次から次へと」

トリスタンは近づいてくる狼に冷や汗を流している。戦闘はあまり得意ではないのだ。剣を構えているが、実戦経験は少ない。

「気をつけなさい。来るぞ」

ダニエルの言葉と同時に、まずは三匹の狼が一斉に襲いかかってきた。エリクは自分の方に来た狼を素早く避けると、狼の胴体を掴み、トリスタンが対峙している狼へと放り投げた。

「ぎゃん！」

見事ぶつかり合った狼二匹は、そのまま近くの木まで吹っ飛び、当たった木をへし折って共に倒れた。もう少し近ければ巻き込まれていたトリスタンは、それを見て背筋を震わせる。

ダニエルは氷魔法で氷柱を作り狼に向けて放つが、素早く避けられてなかなか当たらない。エリクとトリスタンがダニエルの元へ加勢に行こうとしたが、まだ残っていた残りの二匹に行く手を阻まれた。

「「ダニエル様！」」

ついに氷柱を掻い潜った狼が、ダニエルに向かって飛びかかる。狼が大きく口を開け、鋭い牙で襲いかかろうとしたその時、まるで弾丸の様に小さな塊が狼の首元へ当たった。狼はその勢いに負け、横に吹っ飛ぶ。

「きゃん！」

倒れた狼が、全身をのたうち回しながら暴れ出した。苦しんでいるようだ。跳ねるようにしばらく暴れたかと思うと、いきなりぐったりと動かなくなった。

「な、何だ？」

ダニエルは、何が起こったのか分からず、呆然と動かなくなった狼を見る。すると、狼の首元に蹲っていたものが、ぴょこんと頭を上げた。小さな獣だ。

「あれは、まさかフックス？」

ダニエルは、その姿を目にして警戒した。フックスは見た目は大人しそうだが、顎の力が強く、熊でも一噛みで殺してしまう。軽やかな身のこなしで素早く獲物に近づくので、一度狙われたら逃げるのは困難だと言われていた。見たところまだ子どものようだが、それでも一撃で狼を仕留めてしまった。エリクとトリスタンに襲いかかっていた狼は、フックスが現れると驚いたように後ずさった。尻尾を下げ股の間に挟み、怯えているようだ。ぴょん、とフックスが倒れた狼の体から飛び降りると、残りの狼は一目散に逃げて行った。

トリスタンは、それを呆気に取られて見送る。

「えっ？　何で？」

「フックスに怯えたんだろう」

「あの小さいのに？」

「フックスを知らないのか？　あれは見た目は可愛いが猛獣だぞ」

「……マジ？」

「君たち、動くんじゃないぞ」

動こうとしたエリクとトリスタンをダニエルが制す。フックスは、敵意を向けたり腹が減ったりしていなければ襲いかかってこないはずだ。殺した狼を食べないところを見るに、腹は減っていないと思われる。狼を襲った理由は不明だが、興味を失えば去っていくはずだ。

フックスは、地面をふんふん嗅ぎ回って少しずつダニエルに近づいてきた。ダニエルの周りを嗅ぎ、足を嗅ぎ、体をよじ登ってきてもダニエルは冷や汗をかきながら耐えた。エリクとトリスタンは、固唾を飲んでそれを見守る。フックスは何かを見つけたのか、ダニエルの上着のポケットに顔を突っ込んで、ごそごそし出した。やっと顔を出したと思ったら何かを咥《くわ》えている。フックスが咥《くわ》えていた物を見て、エリクが思わず叫んだ。

「フィン様のボタン！」

それは、捜索中に見つけたフィンの服のボタンだった。フックスは、目的の物を見つけたとばかりにダニエルの体を飛び下りると、ある方向へ走って行った。

「待て！」

「おい、エリク待てって！」

「君たち！　待ちなさい！」

フックスをエリクが追いかけ、エリクをトリスタンとダニエルが追いかけた。エリクの足は誰よりも速かったが、木の間をすり抜けるように走って行く小さなフックスに追いつくのは難しかった。

フックスは、軽やかに斜面を駆け上がり登り切ると、その姿をふっと消した。

「くそっ！　どこいった？」

フックスが消えた位置まで行くと、そこから下り坂になっており、進むと小さな滝が見えた。その下には川があった。川の近くには人がおり、背が低く、子どものようだ。

エリクはその姿を見つけた瞬間、心臓が高鳴り目頭が熱くなった。遠目でも分かる。見慣れたミルクティー色の緩く癖のある髪。いなくなった日に着ていた空色の上着のままで、その子は焚き火の前に座っていた。

先程追いかけていたフックスが、その子どもに擦《す》り寄るのが見える。フックスに気づいたその子が振り返り、優しい笑顔を浮かべた。あぁ、やっと。

「やっと、見つけた」

最初は空耳かと思った。家に帰る夢を何度も見ては、起きて木の根の中で眠っている現実に落胆する。

「フィン様」

いつも控えめな、でも凛とした優しい声。俺は、恐る恐る振り返った。山の中には似つかわしくない使用人姿の従者が、そこにはいた。

「エ、リク……？」

「フィン様」

ちゃんと聞こえた。自分を呼ぶ、優しい声。生真面目な顔は、今は泣きそうに歪んでいた。俺は立ち上がり、自分の従者へと向かって駆け出した。

「……っ！　うわあぁぁぁぁぁん！　エリクー!!」

「フィン様！」

俺は焦るあまり石に躓いた。でも、転けそうになったところを、駆け寄ってきたエリクが抱き止めてくれる。俺は大粒の涙をボロボロと零しながら、その体にしがみついた。

「うえぇぇぇ、うっ、エ、エリク、遅いよ～！」

「申し訳ありません。フィン様。ご無事で良かった！」

珍しく力強く抱きしめられ、俺はこれが現実だと分かり、全身に嬉しさが広がっていく。俺がエリクの腕の中で、ぐすぐす泣いていると、トリスタンと祖父も現れ、二人にも力一杯抱きしめてもらった。

「さぁ、帰ろう」

「はい！」

「きゅ！」

祖父の言葉に元気良く返事をしたら、ココも一緒に返事をした。迎えに来てくれた三人が複雑そうな顔で俺の横にいるココを見る。

しまった。見つけてもらえた嬉しさで、すっかりココの存在を忘れていた。俺は膝を突きココと向かい合う。

「ココ。僕はお迎えが来たから、家に帰ることになった。ココはこれからどうする？」

せっかく仲良くなれたのにお別れは寂しいが、野生の獣を勝手に家に連れ帰るわけにはいかない。ココにはココの生活があり、山の中だから、たまたま一緒にいれただけだ。多分これきりでお別れだろうな、と残念に思っていたら、ココは俺の膝から肩へと乗り上がった。

「きゅ！」

ん？　えーっと。

「一緒に行くって言ってるの？」

「きゅ！」

「でも、僕の家はこの山のように広くはないし、ココが食べるような獣もいないよ？」

「きゅ！」

大丈夫！　と言っているような気がするが、本当だろうか。そりゃ、ココと一緒に帰れるなら俺は嬉しい。

「お祖父様、ココを一緒に連れて行くことは可能でしょうか？」

「フィン。その子獣とずいぶん仲良くなったようだが、その子が猛獣だと分かっているのかい？」

俺は、その言葉にあまり驚かなかった。熊を倒した後、ココはその熊肉をガツガツと食べていたのだ。その光景を見て、俺が少しビビってしまったことは内緒である。

「熊を倒して食べていたので、何となくですけど。そうじゃないかなって思ってました」

「熊を……そうか。まず、猛獣を飼うにはそれなりの許可がいるし、危険な獣を簡単には連れていけない。他人を襲ったら大変だからね。だが、一つだけ方法がある。その獣と使い魔として契約することだ。契約すれば、その獣は契約により主に対して絶対服従を強いられる。獣が暴走しても主が制御できるので、一緒に連れていくことは可能だ」

「使い魔として……」

「ただし、それは同時に獣の自由を奪い縛ることにもなる。よく考えて決めなさい」

自然の中で好きなように走り回り、気ままに生きている野生のココ。俺は肩にいるココを地面に下ろし、再び向き合って問いかけた。

「ココ。今の話分かった？　僕の使い魔になる契約を結べたら、一緒に行けるんだって。でも、それをしたら僕の命令を絶対きかないといけなくなる。なるべくココに不自由な思いはさせたくない。縛られるのが嫌なら、拒否してくれてもいいいんだよ。拒否しても、僕はココと友達だと思っているし、またココに会いにこの山に来るよ」

ココは俺の話をじっと聞いていたが、少しずつ耳と尻尾が垂れていった。

「きゅ～……」

悲しげに鳴かれて戸惑う。まるで、僕と一緒は嫌なの？　と聞かれているようだ。

嫌なわけない。ただ、ココの一生を左右するようなことを、俺の一存で勝手に決められないと思っただけだ。あぁ、でも。俺は自分の気持ちをココにまだ伝えていなかったことに思い至る。ココにだけ思いを言わせて、一方的に選択を迫るのはフェアじゃないよな。

「本当はココとお別れだと思うと、すごく寂しいし悲しい。我儘かもしれないけど、僕はずっとココと一緒にいたいと思ってる。だから、ココさえよければ僕の使い魔になってくれない？」

「きゅ！」

ココは俺の言葉に、下げていた耳と尻尾をピンっと立たせた。腕を広げると飛び込んできたので抱きしめる。

「ありがとう、ココ」

「きゅ」

お互いに納得したということで、祖父に契約方法を教えてもらい、ココと使い魔の契約を結んだ。

最後に額を合わせ、お互いの魔力を少し交換する。ココは火属性の魔力を持つ魔獣だった。

エリクに背負われ帰る道すがら、時空の歪みの話や、この山がローゼシュバルツ領にあることなどを教えてもらった。俺は自分で気づかぬうちに、祖母が転移させた山から別の山に転移してしまっていたらしい。五日を過ぎても迎えが来なかった理由が分かり安堵したと同時に、みんなが頑張って捜してくれていたことを知り、胸が熱くなった。

その日は領地の屋敷に帰宅することになり、俺が父上たちと会えたのは翌朝になってからだった。

「あのねぇ、ベルちゃんはいきなり過ぎるんだよ」

俺は、父上たちと感動の再会を果たした後、一緒に訪れた祖母に、この七日間の鬱憤をぶちまけていた。

「使い魔を与えてやりたいっていう気持ちは、そりゃありがたいよ。でもさ、説明もなしに子どもを一人で山に飛ばすとか、ないから」

「きゅ！」

「仰る通りで」

「それに、用意してくれてた鞄の中の魔道具も、使い方教えてくれなきゃ使えないと思わない？魔獣狩りだって、初心者の僕がやり方なんて知ってるわけないしさ！」

「きゅ！」

「本当に配慮が足りず」

「僕、本当に大変だったの！　死ぬかと思ったの！　だから、ベルちゃんは今後いっさいサプライズ禁止！　他人には一から十まで言葉で説明して伝えることの義務化！　何かをする時は第三者に相談することを必須とし、本人の承諾を必ず得てから実行に移すこと！　以上!!」

「きゅきゅ!!」

「誠に申し訳なかった」


腕を組みぷんぷん怒っているフィンと、土下座して謝っているイザベルの姿を見たルッツたちは、頬を緩ませる。

「フィン。強くなって戻ってきたんだな」

「あの母様が頭を下げるなんて」

「イザベルもこれに懲りて少しは大人しくするだろう」

ダニエルの言葉を聞き『少し？』とエリクはうんざりした気持ちになった。フィンが行方不明な状況が再び起こることだけは勘弁してほしい。これからはイザベルを警戒対象とし、あまりフィンに近づけてはならぬとエリクは心に決めた。そう決意しているエリクの横で、笑いそうになるのを我慢していたトリスタンが、こっそりとエリクに話しかけた。

「世界でも有名な大魔法使いが、六歳の孫と猛獣のフックスに説教されてる状況って何かすげーな」

「そうだな。フィン様だからな」

フィンは、あまり物怖じしない。どんな相手にも平等に向き合い、真摯に対応しようとする。それに優しく、驚くほど懐が広い。あんな目に遭わされても、たくさん文句を言った後は、あっさりとイザベルを許してしまうのだろうな、とエリクは思った。その証拠に、フィンは言いたいことを言った後は、すっきりとした顔でイザベルと話をしている。

「ベルちゃん、これ返すね。何度かピンチはあったのに全然反応しなかったんだけど。壊れてるのかな？」

御守りにと首にかけられたネックレスは、結局使われることはなかった。崖から落ちたり熊に襲われたりしそうになったが、何も起こらなかった。

フィンの話を聞いて、イザベルは返された魔道具を見ながら自分の見解を述べる。

「多分、フィンはギリギリのラインを歩いていたんだろう。崖から落ちた時は時空の歪みに、熊に襲われた時はフックスに、魔道具が発動する一歩手前で助けられた。それがいいのか悪いのかは別として、あんたは運の強い子だね。それに、そんな状況だったにも関わらず、私の言ったことも成し遂げた」

「ベルちゃんが言ったこと？」

「送り出す時に『いいのを捕まえておいで』って言っただろ。フックスを使い魔にするなんてすごいじゃないか」

フィンは、肩に乗っているフックスと顔を見合わせる。

「捕まえたっていうか、ココとは友達になったような感じだし。ココは猛獣で危ないってみんな言うけど、フックスってそんなに危険な魔獣なの？」

「一度狙われたら危ないって話さ。俊敏で顎の力が強く、一度噛みつかれたら致命傷を負うからね。しかし、どうやって仲良くなったんだい？　フックスは警戒心が強く、あまり人には近づかないはずだよ」

「えーっと、それは」

「フィン。その話は父上たちにも聞かせてくれないか？　フィンが山の中でどうやって過ごしていたのか、私たちも聞きたいな」

ルッツの言葉に、フィンとイザベルもソファに座り、改めて話をすることになった。


膝の上に移動して丸まっているココを撫でながら、俺は山での生活をみんなに話した。話してるうちに、半分以上がココの話になった。熊から助けてもらっただけでなく、一人の寂しさも、ココを気にかけることで紛らわせることができた。ココに出会えたから、俺は山で一人でも頑張ることができたのだ。

「でも、何であの時ココは助けてくれたんだろう。ただお腹が減ってただけなのかな？」

「それもあるだろうが、あんたに恩でも感じてたんじゃないかい？　見つけた時は動けなかったんだろ」

「うん。でも果実を食べて水を飲んで、日増しに元気になっていったよ。フックスってすごい回復力だよね。昨日もね、ココを洗う時、怪我してる脚どうしようかなって思ってたんだ。それで脚を確認したら、一昨日はあった歯型の噛み跡がもうなくなってたんだ。すごいよね」

その言葉に、祖父と祖母は顔を見合わせた。

「いや、そんな話は聞いたことないが」

「それはフックスがすごいんじゃなくて、フィンの魔力のおかげだろ」

「ん？　僕の？？」

「あんたが出した水に光魔法の魔力が込められていて、飲んだフックスに回復魔法がかかったのさ」

「何言ってるのベルちゃん。僕は光魔法は使えないよ？」

「あんたこそ何を言ってるんだい。光属性の魔力持ってるじゃないか」

「？？？」

何か勘違いをしているのかと首を捻ったが、言葉足らずな祖母に代わって祖父が助け舟を出してきた。

「フィン。イザベルは、他人の体から出ている魔力のオーラを見ることができるんだよ。多分、フィンの体から光属性の魔力のオーラが出ているってことじゃないかな」

「えっ！　そうなんですか⁉」

「そうさ。うっすらと微量だけどね。確かに出ている」

目を細めて、じっと祖母は俺の全体を見つめる。

「でも、魔力属性検定式の時に光属性は入ってませんでしたよね？　父上、母上」

「あぁ、入ってなかったな」

「そうねぇ。でも、私もフィンの後ろから見ていたけど、見えにくかったから。もしかしたら見落としたのかもしれないわね」

母上の言葉に、俺はあの日のことを思い出した。透明の玉の中に現れた色の違う米粒みたいな光の玉たちを。光属性の魔力の色は黄色だ。玉の中に現れた黄色い光が、小さすぎて玉の色の透明と同化して見えなかった可能性はある。検定士の人も目を凝らしながら、何度も角度を変えて確認していたではないか。ということは、俺はまさかの六属性持ちだったということか。

祖母は、まだ俺をじっと凝視したままだ。他にも何かあるのだろうか。

「フィン。あんたは魔力量が赤子以下だと聞いたが……私からは、あんたは人並みに魔力があるように見えるよ」

「えっ!?」

思わぬ爆弾発言をされ、俺は目を白黒させた。

どういうことだ。特訓の成果が出て、いつの間にか俺の魔力は人並みになってたってことだろうか。でも、リヒトからはまだ一般で販売されている魔力測定器は早いと言われ、俺専用の測定器を作ってもらっていた。行方不明になる前に測った時は、その測定器の四分の一の目盛しか出ていなかったはずだ。山で魔法を使った効果だろうか。でも、実際に魔法を使ったからといって、そんな簡単に魔力量が増えるとは思えない。俺があれこれ考えていると、祖母がポケットから何かを取り出し、テーブルに置いた。

「これは私が作った魔石だ。手に取って見てごらん」

それは赤い魔石で、火属性の魔力が込められているものだった。余程魔力が込められていたのか、持った瞬間、ぶわっと熱気が全身に広がる。膝にいたココが驚いたように起き上がり、カッと目を見開いた。ココにも魔石から放たれる魔力が伝わってしまったらしい。

「ココ。大丈夫だよ」

俺は落ち着かせるように、ポンポンっとココを宥める。頭から尻尾までゆっくり撫でると、驚きで膨れ上がったココの毛も徐々に萎んでいった。

「手作りでこの魔力量って、ベルちゃんどんだけ魔力込めたの？」

「若い頃に人と勝負した時に作ったものでね。当時、手作りの魔石作りが流行った時期があったのさ。その時に出せる全力を込めた」

えっ、この魔石やばくない？　俺、手に持ってて大丈夫かな。

「それと、この魔石を比べてごらん」

もう一つ、コトリとテーブルに置かれた魔石を見て、俺は怪訝な顔になる。

「それは、僕の魔石？」

手に取ると、やはり自分が作った魔石だった。祖母の魔石と同じ、火属性の魔力を込めた魔石だ。二つをテーブルに置いて見比べてみた。手に持った時の魔力量はもちろん違う。石の大きさも俺の方が少し小さい。あとは……

「何か、色が違うね。ベルちゃんのは原色に近い赤って感じ。僕のは透明感があって、明るい赤って感じだね」

「そう。これは透明感の違いだ。手作りの魔石はこれが顕著に現れる。この透明感の違いは、人が持っている魔力の質に関係してくる」

「魔力の質？」

「魔力にも純度ってやつが本当はあるのさ。まぁ、ほとんどの人が他人とあまり変わらないから、それを重要視する人は少ない。これは生まれつきのもので、努力次第でどうこうできるものでもないしね。だが、たまにフィンみたいに、質の良い魔力を持った子が生まれてくる」

「僕？」

手作りで魔石を作った時、その石の透明度が高いほど魔力の質は良いらしい。

「魔力の質が良いとどうなるの？」

「極端に言えば、魔法を使う際に、他人が十の魔力量を必要とするならば、フィンは一の魔力量で済むって話さ」

なんと！　めっちゃエコでお得じゃん。質が良い、つまり純度が高いと、一の魔力そのものの力が強いってことだそうな。ちなみに、魔力量測定器は本当に量だけを測る測定器なので質については感知しなく、言うなれば重さだけを測るらしい。だから、俺の魔力量が低いのは本当で、祖母が見えるオーラは力の強さも分かる為、質が高い俺の魔力のオーラは多く見えるそうだ。何かややこしいな。

「まぁ、そう見えるようになったのも、あんたが努力して魔力量を増やしたからだね。どれだけ質の良い魔力だったとしても、カスみたいで一にも満たなければ使いようがないし見えないからね」

カスて。赤子以下だと言われましたけども、言い過ぎだと思う。ぷうっと頬を膨らました俺を気にすることなく、祖母は話を続けた。

「最初の話に戻るが、意図せず回復魔法で助けてもらったこと。そして、フィンの魔力を気に入ったことが、そのフックスがフィンを助けた理由だろうね。魔獣は質の高い魔力を好む。あまり甘やかして与え過ぎるんじゃないよ」

魔獣は、人間から与えられた魔力で空腹を満たし、怪我の治癒力を高め、自分の能力を上げる為の糧とすることができるそうだ。

ひょっとして、俺はココに餌認定されてる？

「ココ、僕が美味しそうだったから付いてきてくれたの？」

「きゅ!?」

ココは心外だとばかりに俺の腹に頭突きをしてくれた。手加減してくれているのだろうが急所に入ってしまい、俺は『ぐふっ』と変な声が出て腹を押さえた。それを祖母が呆れたように見る。

「早とちりするんじゃないよ。助けた理由って言っただろ。懐いたり、使い魔になった理由はまた別だろうさ」

「な、なるほど。ココ、疑って悪かった。ごめんな」

「きゅ」

許してくれるそうで、ほっとした。

その後は違う話題になり、みんなで夕食を共にした後、祖父と祖母は一緒に帰って行った。

「あの子は子どもらしくないねぇ。色々話したが、ちゃんと理解しているようだった」

帰り道で呟いたイザベルの言葉に、ダニエルも頷く。ダニエルは、山の中でフィンを見つけた時のことを思い出した。エリクにしがみついて泣いているだけで、大きな怪我もなく無事だったことに安心した。一週間も山の中で一人だったこともあり、心に傷を負っているのではないかと思ったが、それも杞憂に終わった。フィンは、イザベルに説教するほど元気で、けろりとした顔で山でのことを楽しそうに話していた。その逞しさは隣にいる妻そっくりだと、ダニエルは内心で笑う。

同じことを思ったのか、イザベルもクスリと笑い『私に説教するなんて、あの子が初めてだよ』と楽しげに言った。

「良かったじゃないか。フィンに許してもらえて」

「本当にね。優し過ぎる子だよ。だから余計に心配だね。変な奴に目をつけられなきゃいいけど」

「フィンの魔力のことかい？」

「あぁ。今はまだ人並み程度の魔力しかないし、フィンの魔力の質に気づく奴はいないだろうけど。鍛え上げれば一流の魔法士になれるだけの素質がある。ちょうどあの子が大人になるのと結界が緩む時期も重なるし。これから先、魔物や魔獣も増えるから、いい戦力になると欲しがる奴は出てくるはずだ。鼻の良い魔獣も魔力につられて寄ってくるだろうしね」

それを躱すだけの能力を、フィンは身に付けていかなければならない。

イザベルと話して、その必要性をフィンはきちんと理解したようだった。稀な魔力持ちだということ、そして新たに分かった光属性、元々持っている闇属性についても、これから先は安易に他人には伝えないことを、フィンは皆の前で約束していた。世間には、四属性持ちで魔力量が少ないと思わせておいた方が、何かと都合が良い。自分で対処できるようになってから、その能力を公開するかしないか決めても遅くはないのだ。

「魔獣の方はココがいるから大丈夫だろう。あのフックスはフィンが大好きだから守ってくれるはずだ。魔力については良い先生もついてるし、私たちが心配しなくても大丈夫さ。困った時には手を差し伸べてあげられるように見守ってやろう」

ダニエルの言葉に、イザベルは笑って頷くと、大好きな夫の手を握った。

「そうだね。フィンが困った時は全力で助けてやるさ」

そわそわと玄関ホールで待機していたら、がちゃりと扉が開き待ち人が現れて、俺は満面の笑みを浮かべた。

「せんせー！」

「フィン！」

俺は久しぶりに会えた自分の家庭教師である先生、ユーリ・シュトラオスに駆け寄った。先生は、俺をしゃがんで受け止めてくれた後、抱き上げてくれる。

「フィン。無事で良かった」

「心配かけてごめんなさい。先生も捜してくれたって聞きました。ありがとうございます。この通り、元気に帰ってきました！」

「うむ！　さすが私の教え子だ！」

二人で笑って再会を喜んだ後、俺の部屋まで先生は抱っこしたまま連れて行ってくれた。先生に抱っこしてもらうのは、久しぶり過ぎてちょっと恥ずかしい。部屋に戻ると、お昼寝をしていたココが顔を上げてこちらを見た。先生を警戒しているようで、ココ専用の籠からは出て来ず、その場からじっと先生を凝視している。先生はそんなココを面白そうに見た。

「あれが使い魔にしたというフックスか？」

「そうです。名前はココで火属性の魔獣なんです。ココ、この人は僕の家庭教師の先生だよ」

先生はいきなりココに近づかず、俺を床に下ろして、その場からココに挨拶した。

「ココ殿。お初にお目にかかる。フィンの家庭教師をしているユーリ・シュトラオスだ。今後も頻繁に訪れるので、よろしくお願い申し上げる」

そう言って先生は優雅にお辞儀をした。ココに対して丁寧に挨拶してくれるなんて、さすが先生だと俺は感心した。

ココも敵とは思わなかったようで、その場から一声鳴いてから、再び眠る為に顔を伏せた。短いが、ちゃんと挨拶を返したようだ。

俺は先生とソファに座り、エリクにお茶を入れてもらって、会えなかった間のいろんな話をした。

今日は授業再開に向けて内容の打合せなので、授業はなしだ。

「ふむ。山で魔法を使えたのか。しかも杖なしとは、やるではないか！」

「えへへ」

先生は手放しで褒めてくれた。祖母からは、先生には俺の魔力について話しても大丈夫だと言われている。指導してもらうのなら変に隠さずしっかり伝えて、今後の対策も一緒に考えてもらえばいいとアドバイスされていた。先生は魔法の使い手として優秀で、祖母も信頼しているようだった。

「先生って、前は魔法士として働いていたんですよね。特級魔法士の資格も持っているって祖母から聞きました。先生ってすごい人だったんですね！」

俺はニコニコと何気なくそう言った。てっきり『それ程でもないさ！』と笑ってくれると思った先生は何故か眉を下げてしまい、俺は戸惑う。どうしたんだろう。触れて欲しくない話題だったのだろうか。

「先生？」

「はっ！　すまない。それ程でもないさ！　いや、それ程でもあるか？」

どっちだ。先生は首を傾げる俺に苦笑すると、魔法士時代はあまり良い思い出がなかったんだと教えてくれた。

「恩師を亡くしたのも魔法士をやっていた時期でね。私が家庭教師になったのは、その人の影響さ。人生で一番尊敬していて、私の人生に彩りを与えてくれたのもその人だった」

先生は懐かしそうに目を細めて、その人のことを語ってくれた。余程その人が大切で大好きだったんだろう。

「もしかして、王都を避けているのも、それが理由ですか？」

「気づいていたのか？」

「何となくですけど……」

「そうか。フィンにはお見通しだったか。それが理由というか、前の職場から戻ってこいと再三言われているので、あまり近づきたくないだけだ。そろそろ諦めてくれたらいいものを、未だにしつこく言われて困っている」

先生が家庭教師になって何年も経っているのに、まだ戻って来てほしいと誘われるなんて、先生は本当に優秀な人だったらしい。

「それは僕も困ります。先生には教えてほしいことが、まだまだたくさんありますから。もし今度勧誘が来たら、僕も一緒に追い返しますね！」

俺の言葉に先生は、ぱっと笑顔を浮かべると、感動のあまりか体をぶるぶる震わせた。大丈夫？

「フィン！　私が君の家庭教師を辞めるはずがないだろう！　私だって君に教えたいことは山程ある！」

そう言って先生は、今後の授業計画案を十通り考えてきたと紙を見せてくれた。多過ぎると思ったが、それほど俺の事を考えてくれたのかと思うと嬉しくなった。

「フィンは何か希望はあるか？」

「希望というか……先生、話しておきたいことがあります。僕の魔力についてで、他言無用でお願いしたいんですけど」

先生に誰にも言わないと約束してもらい、俺の魔力の質と、新たに分かった光属性の話をした。更にその事で、祖母から注意するように言われていることも伝えておく。

「なるほどな。六属性持ちに純度の高い魔力体質。まさに魔法使いの原石のようなものだな。フィンはその体質を知ってどう思ったのだ？」

「どうとは？」

「前は複数の属性持ちでも魔力量が低過ぎて、普通に魔法が使えるようになればいいと思っていただろう？」

確かにそうだ。危険なイメージが付き纏う闇属性の魔力も、使えなければ問題ないと思っていた。しかし、訓練していないはずの光属性の魔力が、祖母が可視化できるほど増えていた。その事実を知り、それは闇属性の魔力にも当て嵌まるのではないかと思った。それぞれの魔法が使える最低値まで魔力量が上がった今、自分がどうなりたいのかを決める必要が出てきた。このまま魔力量だけを上げ続けるのは危険だし、使いこなせなければ意味がない。

「この体質を知った時は、少しの魔力量で魔法が使えるのは便利だと思いました。その後、魔獣が純度の高い魔力を好むことを知り、危険に遭う可能性があることも感じました。そして、本当はこれ以上魔力を増やさない方がいいのかもしれない、ということも」

「フィン……」

先生は心配そうに俺を見た。

俺は自分の手のひらを見つめる。何の変哲も無い、子どもの小さな手だ。

「でも、僕は山で魔法が使えた時の、あの感動が忘れられない」

熱が集まり、土と繋がることができて、思い描いた通りに土が動いてくれた。水場がなくても自ら水を出して喉の渇きを潤し、無意識だけど弱ったココを元気にすることもできた。

「僕は、この力を怖がるのではなく使いこなせるようになりたい。人の役に立てるように力を磨いてみたい。そう思いました。だから先生。僕も先生のような優秀な魔法士になる為に努力したいです。協力してくれますか？」

顔を上げると、先生は涙を流していて俺は驚いた。

「先生どうしたんです？　お腹でも痛いんですか？」

「違う！　フィンの言葉に感動したのだ！」

そこまで感極まるようなことを言ったつもりはないのだが。先生は涙を拭うと、高らかと俺のお願いを受け止めてくれた。

「その願い、しかと受け取った！　私がフィンを世界一の魔法士にしてみせようじゃないか！」

世界一とはまた大きく出たな。でも、先生は絶対できると信じているようで自信満々に笑うと
『覚悟しておくように』と言った。それにつられて俺も笑顔を浮かべる。

「はい！　よろしくお願いしますね、先生！」

この日から、魔法を重視した先生のスパルタ教育が始まった。

だが一年が経った頃、先生は珍しく弱音を吐いた。火、水、風、土の四属性は一般的な魔法なので教え続けることは可能だが、闇魔法と光魔法は特殊で、先生では限界があるようだった。

「基本的なことなら教えてやれるが、応用や高度な魔法になると、きちんとした指導者から学んだ方がいいかもしれん」

学校でも、闇魔法と光魔法はそれを使用でき、専門的に学んだ人が実技を教えるものだそうだ。

「でも、学園に入学してからその科目を選択するとなると、闇属性と光属性持ちだということが知られてしまいますよね？」

「そうなるな。その授業を選択した時点で、使えることを公表するようなものだからな」

「うーん」

別で専門の先生を雇うとお金もかかるし、かといって学園に入学して科目を選択し、宰相の息子が闇魔法を学んで良からぬことを企んでいると変な噂が立つのも困る。何より、ヴィルヘルムたちにまだ知られたくなかった。あの三人が、俺が闇魔法を使えたからといって急に態度を変えるとは思えない。思えないが、可能性はゼロではないのだ。知られて嫌われ距離を置かれてしまったらと想像すると、胸の奥がスッと冷えてしまった。俺が一人で想像に悲しんでいると、先生が何かを思いついたのか、ぽんっと手を打った。

「そうか！　別のところで学べばいいのだ！」

「別のところ？」

「隣国なんてどうだ？」

「隣国!?」

いきなりグローバルな話になり、俺は驚いた。先生の知り合いに闇魔法使いと光魔法使いがおり、二人とも隣国に住んでいるそうだ。一人は学校の先生なので、その学校に入れば必然的に授業を受けられる。

「留学して他国で学べば、こちらの国では使えることをあまり知られずに済むと思う。それに、学校に事情を話し偽名を使い、見た目を変えて身分を変え入学すれば、侯爵家のフィンだとはバレないだろう」

学校によっては学びたい人には寛容なので、そこら辺の事情を汲んでくれる場合があるそうだ。先生は隣国に絞って、知り合いがいる学校以外も留学制度がある学校を調べてくれた。俺は悩んだ末、留学して学ぶことを決意する。先生は留学の試験に合格する為の長期的な勉強を計画してくれ、早い段階から父上とも留学について相談してくれた。聞いた当初は難色を示した父上も、先生と俺が何度も説得した結果、条件付きで留学を許可してくれた。

留学に向けてとシフトチェンジし、俺が日々勉学に励み続けているうちに、寒い冬の季節がやってきた。

「わぁ、すごい。エリク見てみて。すごい雪だよ！」

部屋の窓から見える真っ白い景色に、俺は興奮して、その場でぴょんぴょん跳ねた。

「はい。積もりましたね」

エリクはそう言って一緒に窓の外を見てくれた後、着替えが途中だった俺に、冷えるのでと暖かい上着を着せてくれた。朝食を食べる為に食堂へ行くと、すでに父上と母上が席についている。

入ってきた俺に気づくと、二人ともニッコリ笑ってくれた。

「父上。母上。おはようございます！」

「おはよう、フィン」

「おはよう。今日は朝から元気ね」

「だって雪！　雪がいっぱい積もってましたよ！」

「あぁ、昨日の夜、結構降っていたからな」

馬車から見たと父上は言っているが、それは何時ごろの話だろうか。

今、俺たちは王都の屋敷に滞在している。年が明けて新年の挨拶などの為、家族みんなで王都に出てきているが、父上は相変わらず多忙で、ちっとも屋敷にいない。昼は挨拶回りに、夜は王城で遅くまで仕事をしているようだ。領地から通っている時は通勤に時間がかかるからと、早めに仕事を切り上げていたらしい。今は近い分、ギリギリまで仕事を詰め込んでいるようだ。領地にいたで領主の仕事も山積みで、いつか体を壊すんじゃないかと心配になる。

よし。今年の目標は父上が領主としてどんな仕事をしているか知り、少しでもお手伝いできるようになること！　可能であれば一緒に視察に連れて行ってもらおう。

新年の目標を立てて一人で意気込んでいると、食堂のドアが開いてアマーリアが入ってきた。そのそばには小さな幼児が二人おり、アマーリアと片方ずつ手を繋いでいるのを見て、俺の口元が綻ぶ。

「レオン、ラルフ。おはよう！」

「あー」

「よー」

舌足らずな言葉で、二人は俺に向かって返事をしてくれた。二人合わせて『おは・よう』と言ったのだろう。何という可愛さ。

二人は、オムツをした大きなお尻をふりふりしながら歩いてきた。俺は、しゃがみ込んで腕を広げ、二人が到着するのを待つ。ぽすんっと二人同時に腕の中に入ってきた。

「二人とも、上手に歩けたね」

ぎゅっと二人を抱きしめると、きゃーと嬉しそうに笑った。

「にー」

「にー」

はい！　にーにですよ！


「フィン。寒いから、これをかぶって行きなさい」

朝食を食べた後、今日はヴィルヘルムたちと遊ぶ為に俺は王城に行く予定だった。玄関まで見送りに来てくれた母上が、マフラーを巻いただけの俺に毛糸の帽子をかぶせてくれる。てっぺんに大きなボンボンがついた帽子だ。

「また編んでくださったんですか？」

「えぇ。少し形が歪なのは許してね」

すでにかぶせられたので見えないが、俺には分からない程度の歪みだろう。首に巻いているマフラーも『網目が少し乱れてしまったの』と言われたが、俺にはどこか全く分からなかった。母上は結構、完璧主義で心配性だ。

「そんなの大丈夫です。頭がとっても暖かくなりました。母上、ありがとうございます！」

母上に抱きつくと、そっと母上も抱き返してくれた。

「ラーラ、私には？」

母子のやりとりを大人しく見ていた父上が、寂しげに声をかけてきた。

「ルッツも帽子が欲しいの？」

「欲しい」

「僕と同じボンボンがついたやつですか？」

「もちろん」

俺と母上は、ぱちくりと目を合わせた後、二人でくすくすと笑った。

「この帽子のデザインはルッツには可愛い過ぎるから、違うものを編んであげるわ」

「ありがとう。楽しみにしてる」

そう言って、行ってきますの口づけを二人は交わした。母上は俺の頬にも、ちゅっとしてくれたので、恥ずかしいけど俺も母上の頬に口づけを返した。

「ヴィルー！　ゴットー！　ラインー！」

後宮にあるオーラン様の離宮の中庭では、三人がせっせと雪を集めて何やら作っていた。

「やっと来たのか。遅いぞ、フィン」

ヴィルヘルムは、いっぱい着込んで耳当てまでしているのに、鼻が真っ赤になってしまっている。寒いもんね。

俺は走って行って、勢い良くヴィルヘルムに抱きついた。

「ごめんね。何作ってるの？」

「まずは雪人形だ」

雪人形。雪ダルマではないのか。あぁ、この世界にはダルマがないんだな、きっと。

「フィンが来たなら、先に雪合戦する？」

ゴットフリートは、大きく丸めた三つ目の雪玉を重ねている。三色団子でも作るつもりだろうか。

「いや、先に雪人形完成させようよ」

ラインハルトは、大きく丸めて重ねた二つの玉の横に、中くらい、小くらいと同じような形の物を作っている。可愛い。兄弟かな。

「そうだな。雪人形を完成させた後に、皆で雪合戦しよう。フィン、お前も何か作れ」

「うん！」

俺も雪を集めて丸めて、小さな雪だるまと雪うさぎの形を作った。葉っぱや木の枝、南天のような真っ赤な木の実は後宮内に生えているらしく、使用人の人に言ったら分けてもらえたので、最後に飾り付けをして、できあがりだ。

うむ。なかなかのクオリティ。

横を見ると、ヴィルヘルムは四本足の馬のようなものを作っていた。ちゃんと鬣も作っていて、細かいなと感心する。みんなの分が完成した後、お互いの作品を見て品評会をし、雪合戦へと突入した。雪合戦は三交代してペアを組み変えて行ない、一巡した後で休憩を挟んだ。

「あったかーい」

室内に入り暖炉の前に密集する。四人とも、手や顔、耳が真っ赤だ。暖かい飲み物を出されたので、ありがたく頂戴する。飲むと、内臓がじんわりと温まるのを感じた。

おー、冷えとりますな。

こんなに体が冷えているのに、ゴットフリートとラインハルトは、早くも外に出たそうに、うずうずしている。

「次、何する?」

「まだ雪いっぱいあるしな」

今年一番の積雪量らしく、まだ中庭には真っ白な雪がたくさん積もっていた。こんなに雪があるなら、あれを作ってみたい。

「かまくら作ろう!」

俺の言葉に、三人は首を傾げた。

「カマクラ、って何だ?」

俺は三人に、雪を積み上げて固めて中に入れるように掘り広げ、小さな部屋みたいにする、と説明した。

「へぇ。面白そうだな。じゃあ、カマクラを作ってみるか」

三人とも賛成してくれたので、かまくらを作るために再び中庭に出た。

「はっくしゅん！」

暖かい所から寒い所に来たせいか、俺は外に出た途端に盛大なくしゃみをした。ずずっと鼻をすする。先程の雪合戦で帽子が濡れてしまい、今は何もかぶっていない。頭に冷たい風が吹き付けてきた。

うー、やっぱ寒いな。

そう思った瞬間、ぽすっと頭に何かつけられた。耳が暖かい。振り返ると、ヴィルヘルムが後ろに立っていた。

「寒いんだろ。これでも付けてろ」

ヴィルヘルムが先程までつけていた耳当てがなくなっている。

「でも、これヴィルのでしょ。ヴィルが風邪ひいちゃうよ」

「これくらい平気だ。ほら、早く作るぞ」

そう言って、ヴィルヘルムは俺の手を引いた。無理矢理返すのも悪い気がして、俺はヴィルヘルムの優しさに甘えることにした。

「へへっ、ヴィル。これ、とっても暖かいや。ありがとう」

あぁ、と返事をしたヴィルヘルムは、寒さのせいか耳が真っ赤になってしまっていた。

かまくらは大掛かりなものなので、一緒に来ていたエリクやトリスタン、離宮にいる使用人たちにも手伝ってもらった。エリクは力持ちだから、どんどん雪を集めて積み上げていってくれ、あっという間に、かまくらは完成した。

「おぉー！」

「すげー！」

ぽっかりと空いた入り口から、まずは双子が中に入る。

「いい感じだ！　ヴィルとフィンも来いよ！」

興奮気味にゴットフリートに呼ばれて、俺とヴィルヘルムも一緒に中に入った。四人入ると少々せまいが、まるで秘密基地に皆で集まったようで、わくわくした。使用人が古い敷物を持ってきてくれたので、一度外に出て、中に敷いてから再び入って座ってみる。今度はランプも持ってきてもらい、中でつけると明るくなったので、四人でカードゲームをすることにした。しばらくすると、誰かがカランカランっとベルを鳴らすような音が聞こえてきた。

「はーい。差し入れですよー」

「母上？」

ヴィルヘルムの母親であるオーラン様と使用人が何やら持ってきてくれた。甘ったるい匂いが、鼻をかすめる。配られた器を受け取り、中身を見て俺は驚いた。知っているものより少し赤みが強いが、これはもしかして。

「おしるこ？」

「フィンくん知ってるの？」

「えっ⁉　あ、いや、何かの絵本で見たことあるなって思って！」

「へぇ、そうなんだ。これは僕の故郷の食べ物なんだ。甘くてとっても美味しいよ」

どうぞ召し上がれ、と勧められ、渡されたスプーンで一口食べてみる。

「美味しい！」

「すっげぇ、甘いな」

「でも、あったまる」

「とても美味しいです。母上、ありがとうございます」

「「オーラン様、ありがとうございます！」」

「ふふ。どういたしまして」

その日は、たわいないことしかしていない一日だった。けれど、数年後には留学して国を離れる予定の俺にとって、とても楽しい思い出の日となった。


もうすぐ十歳の誕生日を迎えようとしていたある日、俺はリヒトから不可解な手紙を受け取った。

『お腹すいた』

その一文のみで、裏返してみても何も書いていない。

どうして遠く離れた俺に手紙で空腹を訴えてくるんだ。翌日以降にしか届かないんだから、そういうことは身近な人に言いなさい。そう思いつつも、俺は料理人に頼んでバスケットいっぱいに食料を詰めてもらった。

王都で食糧難とか、父親であるカールが失業してお金がないという話も聞かないが、心配なので俺は領地から王都へすぐに飛んでいった。

「フィン、お腹すいた」

「まだお腹すかせてたの!?」

久しぶりに会ったリヒトの口から手紙と同じ言葉を聞いて愕然とした俺は『今日はまだ何も食べてない』と続いた言葉に脱力した。

紛らわしいわ！

食事は毎日三食取らないと駄目だと小言を言った後、俺は持参したサンドイッチをリヒトに振舞った。魔道具研究所の事務所にある休憩スペースで、俺も一緒に遅い昼食をとる。夢中で食べているリヒトに、何であんな変な手紙を寄越したのか聞いてみた。

リヒトは思い出そうと考え込んだ後、はしょったと言った。本当は『渡したい物があるけど、忙しいからこっちまで取りに来てほしい』と書きたかったそうだ。

しかし、連日魔道具作りに没頭していて、手紙を書いている時は流石に疲れて眠くて『お腹すいた』と思ったらしく、面倒臭くなってはしょったと。

それはもう、はしょったなんてレベルではないし、色々混ざってるし、肝心な部分が一言も入っていない。それなのに、俺を呼び寄せることに成功したというミラクル。

「はい。これあげる」

リヒトは俺に一枚のチケットをくれた。そこには『レヴェナンの館　特別プレオープンご招待券』と書かれている。

「レヴェナンの館？」

それは何ぞや、と俺が首を傾げていると、お茶を出しに来てくれたクノルさんが説明してくれた。

「魔道具研究所若手チームが企画から製作まで行なった新しいアトラクションなんですよ」

幼いながらもリヒトもチームに加わり、アトラクションに使用する魔道具作りに励んだそうだ。

ちなみに、それは数ヶ月前の話で、今は違う魔道具作りに忙しいらしい。

「フィンくんも、ぜひ体験してみてください。あ、これアンケート用紙です」

クノルさんから渡された紙には、体験後の感想を書く項目がズラリと並んでいた。その中にあった『恐怖度』という文字が気になる。お化け屋敷か何かだろうか。

「フィン。楽しんできて」

たくさん食べて満足そうな顔になったリヒトは、最後に『それ、誕生日プレゼント』と言った。

もらったチケットは、一枚で一組が入場可だった。クノルさん曰く、レヴェナンの館は屋敷一つ丸ごとアトラクションとなっており、複数人で屋敷内を探索して楽しむそうだ。

「普通の屋敷みたいだな」

ラインハルトは、待合室となっている部屋の室内をキョロキョロ見回している。絵画が飾ってあり、テーブルにソファ、暖炉まであった。

「他にも招待客はいるのか？」

ソファに座っているヴィルヘルムは、出されたハーブティーを優雅に飲んでいた。期待せずに誘ってみたら、外出の許可を取って来てくれたのだ。

「うん。知り合いで、興味ありそうな人にチケット配ってるって言ってたよ」

「フィンは、こういうの好きなのか？」

ゴットフリートは、室内にあったプレートアーマーを眺めていた。槍と盾を手に持っており、突然動き出さないかと俺は内心でドキドキしている。

「まぁ、割と好きな方かな。どんな仕掛けがあるか楽しみだし。最上階まで上がってアイテムをゲットできたらクリアで、最後には商品も貰えるみたいだよ」

魔道具が使われてるとなると、ただ単に屋敷内を探索するだけではないような気もするし、楽しみだった。体験は予約制で時間制限があり、他の組とは鉢合わないようになっている。

『お待たせ致しました。フィン・ローゼシュバルツ様御一行、ご入場ください』

どこからともなく部屋に声が響き渡ると、暖炉が音を立てて横に動き出した。暖炉の後ろから一枚の扉が現れる。ここから入場するようだ。

「では、行くか」

「うん！」

ヴィルヘルムを先頭に、四人で期待に胸を膨らませて扉をくぐったのだが、開始早々、俺の顔からは笑顔が消え失せた。

「何あれ何あれ何あれーーーっ！」

俺は、石で作られた通路を全力疾走で走っていた。どんなに走っても通路を抜け切ることができない。何か仕掛けがあるようで、延々と同じ景色が続いていた。そこはまだいい。問題は、後ろからジュラシックなパークに出てきそうなトカゲのデッカいのが追いかけてきていることだ。

「デュフデュフデゥフゥ」

「ヒィィィ」

気持ち悪いおっさんのような不気味な鳴き声を聞かされて、ぞぞぞっと鳥肌が立ち、俺は涙目になった。

「うぅー！　みんなどこー！」

俺はスタートした直後、床にあった転移魔法陣を踏み、一人はぐれてしまったのだ。もう無理、と体力の限界が近づいた時、上から声が降ってきた。

『問題です。高等火炎魔法陣を新たに五つも発明した世界でも有名な魔法使いの名は？』

これは知ってる！

「ベルちゃ、んんっ！　イザベル・シュタイフ‼」

大声で答えると、ピンポーンと軽やかな正解音が鳴り、俺はシュッと真横にあった石壁に吸い込まれた。

「わっ！」

屋敷の廊下に戻されたと思ったら、目の前に人がいた。抜群の反射神経で受け止めてもらえる。俺をキャッチしてくれたのはゴットフリートだった。

「フィン⁉」

「ゴット⁉　うわぁぁぁんっ！　ゴットー！」

再会できた喜びと安心感で、ぶわわっと泣き出した俺に、ゴットフリートは驚く。

「どうした？　何があった？」

「ひっ、く、おっ、追いかけら、て、ぐすっ、へ、変なトカゲの、おっさ、みたいなっ」

「変なトカゲのおっさん？　変質者か⁉」

「ちがうぅぅ」

気持ち悪い鳴き声をしたトカゲに追いかけられたと説明すると『そりゃ怖かったな』と言って抱きしめてくれた。優しい手に、動揺していた気持ちが少しずつ落ち着いてくる。冷静になると、泣き喚いてしまったことが恥ずかしくなってきた。俺、格好悪い。

「ゴット、ありがと。もう大丈夫」

「そか。じゃあ、行くか」

「うん」

今度は離れないようにと手を繋がれた。俺が消えた後、ヴィルヘルムとラインハルトも順番に忽然と姿を消し、ゴットフリートだけ取り残されてしまったそうだ。仕方なく、一人でみんなを捜しながら歩いていたら、突然俺が飛び出してきたというわけだ。

ゴットフリートと罠を避けつつ上の階に進んでいくと、二階で巨大モグラ叩きをしていたラインハルトを見つけ、三階でナマズとの電撃対決に勝利したヴィルヘルムに会えた。変な部屋ばっかりだな。

「それにしても、屋敷内がこんなに広いとは思わなかったな」

ヴィルヘルムの言葉に三人で頷く。色んな場所に罠や転移魔法陣があり、何階にいるのかすら分からなくなりそうだった。

「まぁでも、魔法陣を踏みまくって色々見て回るのも面白そうだけどな」

ラインハルトは、そう言ってニッと笑った。ただのお遊びの施設だから危険はないのだろうが、精神衛生上よろしくない。巻き込まれては堪らないと、俺はヴィルヘルムの背後に避難した。それを見たラインハルトは、笑いながら冗談だと言ったが、半分くらいは本気だったのではないかと俺は疑っている。

四人で三階の部屋を探索していると、棺がズラリと並べられた薄暗い部屋を見つけた。部屋の空気は冷たく、棺の列の奥には上へ続く階段があり、最上階の四階へ行けるようになっていた。

これ絶対、通り抜けようとしたら棺からゾンビや骸骨が出てくるってパターンだよな。

偽物と分かっていても苦手で、俺は想像しただけで体が震えてくる。怖がっている俺とは違い、ヴィルヘルムと双子は平然とした顔をしていた。肝が据わっている。何て頼りになるんだ。

「フィン。いけるか？」

今はヴィルヘルムと手を繋いでおり、俺の体の震えが伝わったのか、心配そうな顔でこちらを見てきた。

「何か出てきたら俺たちが倒してやるから」

「そうだぜ。心配すんな。何なら手を引いてやるから、目を閉じてるか？」

俺がホラー系が苦手なことを知っている双子も、安心させるように声をかけてくれた。

「んっ、大丈夫！」

三人からの優しい気遣いに、怖がってばかりはいられないと勇気が出てきた。

でもやっぱり少し怖いから、早めに部屋は抜け出したいです。

「よし！　じゃあ行くぞ！」

「「おう！」」

最上階へと、俺たちは走り出した。

そして結果は……

「はーい。こちら参加賞のペロリンキャンディーでーす。惜しかったですね。またぜひ参加してください！」

係の人から受け取った棒付きキャンディーはトカゲの形をしており、嫌がらせではないかと俺は思った。俺たちは結局クリアできなかった。四階へ続く階段の手前で罠にかかり、一階へと戻されて時間切れになってしまったのだ。

「まぁ、それなりに楽しめたな」

「また来ようぜ」

「今度こそクリアしたいしな」

三人が楽しめたなら良かった。俺はそう思いながら、アンケート用紙には『トカゲのおっさんはトラウマになるので排除希望』と力強く書いておいた。


十歳を過ぎ三月になると、俺は初級魔法士資格取得の試験を受けに王都へ出てきた。

広い部屋に整然と並べられた席には、子どもから老人まで幅広い年齢層の人たちが座っている。

室内では、カリカリと筆記をする複数の音が響いていた。俺は持っていたペンを置き、改めて問題を見直す。

うん。大丈夫そう。

回答欄を全部埋められ手応えを感じた。

資格取得の試験は春と秋の年に二回行われている。ヴィルヘルムたちは秋の時点で十歳になっていたので、先に試験を受けて三人とも合格していた。俺だけ落ちるわけにいかないと、やる気に火がついたのは言うまでもない。

筆記試験に合格した後に実技試験が待っているが、今では魔力量も増え、試験には問題ないレベルまで到達している。大きなミスさえ起こさなければ合格できるであろうと、先生からは太鼓判を押されていた。

合格発表は後日行われるので、今日は試験を受けるだけで終わりだ。

この後、ヴィルヘルムたちと待ち合わせをしており、一緒に町を散策する予定だった。

この国の建国記念日は三月にあり、王都では毎年お祭りが行われる。今日はそのお祭りが開催される三日前で、町は期間限定の出店などが出て賑わっているのだ。

試験が終わり待ち合わせ場所へ向かっている途中で、俺は見慣れた銀髪の二人組を発見した。

「あっ！　ゴッ」

大きな声で名前を呼ぼうとし、俺は慌てて自分の手で口を塞いだ。ゴットフリートとラインハルトだったのだが、二人だけではなかったのだ。複数の子どもたちに囲まれ、二人は楽しそうに談笑していた。年は近く親しげな様子に、俺は思わず建物の陰に隠れてしまった。

「いや、別に隠れる必要ないよな」

そう一人ごちたが、隠れた後に出て行くのも何か気まずい。そっと様子を見ると、双子が屈託のない顔で笑っているのが目に入り、チリっと胸が痛んだ。

「？　何だろ？」

「どうした？」

「っ!!」

自分の胸元を掴み首を傾げていると、耳元で声をかけられ俺は息を呑んだ。振り返ると、ローブのフードを目深に被ったヴィルヘルムが後ろに立っていた。お忍びスタイルである。

「ヴィ」

「しぃー」

ヴィルヘルムは、俺の口を手のひらで塞ぎ大声を出すなと睨んできた。

『ご、ごめん』

小声で謝ると、ヴィルヘルムは手を離してくれる。

「何を見ていたんだ？」

そう言ったヴィルヘルムは、俺がさっきまで見ていた方向へ顔を向けた。双子を見つけ、その周りにいる子どもたちを見て『少年部の奴らだな』と呟いた。

「少年部？」

「騎士団が運営している十二歳以下限定の騎士候補生訓練施設、騎士団少年部だ。ゴットたちも、たまにそこで訓練してるから知り合いなんだろ」

「ふぅん」

知らなかった。騎士団で訓練している話はよく聞いたが、同じ年頃の子どもたちの話はあまり聞いたことがない。思えば、あの双子が親しげにしている人を、ヴィルヘルム以外に見たのは初めてだった。自分たち以外に友人はいないと勝手に思い込んでたことを自覚し、俺は恥ずかしくなる。考えれば不思議なことではない。これから先、学園にも通うようになれば更に友人は増えるだろう。あの双子は目立つし、騎士団長の息子だから親しくなりたいと思う人も多いはずだ。今のように、学園で多くの人に囲まれている二人が簡単に想像できてしまう。その場に、きっと俺はいない。同じ学園に通わないと決めたのは自分だから、寂しく感じるのは身勝手だ。けれど、少し胸がスカス力するのはどうしようもなかった。

「フィン。どうかしたか?」

気落ちしている俺に気づいたヴィルヘルムが声をかけてくれる。出会った頃より柔らかい印象が強くなった王子様。ヴィルヘルムも学園に入ったら、人気者になるのかな。

三人が制服を着て学園に通う姿も、やっぱり見てみたかった。そう思ってしまった心に、俺は蓋をする。欲張りは、よくない。

「ううん。何でもないよ。先に待ち合わせ場所に行こっか」

懐かしい夢を見た。まだヴィルヘルムたちと仲良くなれず、俺はいろんな所を走り回って三人を追いかけている。

『待って!』

呼びかけても、誰も振り返ってくれない。走り続けているのに全然追いつけず、ついに三人の姿が見えなくなってしまった。どちらに行ったらいいのか分からず、俺は立ち止まる。悔しくて悲しくて、涙を堪えながら唇を噛み締めた。

『置いていかないで』

「……い。おい、フィン」

「んっ……」

「こんな所で寝るな。日射しがきつい。バテちまうぞ」

肩を揺すられ、俺の意識は浮上した。瞼を上げると、銀色の短髪に緑色の瞳をした少年が、こちらを見下ろしていた。

「……ゴット？」

「あぁ」

名前を呼んだら、ちゃんと答えが返ってきた。

「ゴット」

「うん？　寝ぼけてんのか？」

不思議そうに俺を見る眼差しは優しい。夢で見たゴットフリートより、ずいぶんと成長していた。その顔を見るうちに、少しずつ頭がはっきりとしてくる。今の俺は十二歳だ。もうあの頃のように、三人から仲間外れにされ、逃げられることも無視されることもない。王都に来たら必ず会いに行き、領地にいる時は手紙を送り合うほど大切な友達になっていた。

七月になり、俺は二週間前から王都の屋敷に滞在している。今日は、四人で城下町にこっそり出かけた後、王城へ戻ってきてから遊びついでに剣の打ち合いを始めた。俺は早々に体力の限界がきて離脱し、その後に少し休憩と思って寝転んだ長椅子の上で寝てしまっていたらしい。太陽の位置が変わり、日陰がなくなってしまっている。

「暑い……」

「だろうな。汗だくじゃねぇか。起きて何か飲め」

ゴットフリートに手を貸してもらい起き上がる。長椅子に腰掛けると、ヴィルヘルムとラインハルトが剣の打ち合いをしているのが見えた。激しい打ち合いに見えるが、二人にとっては軽く手合せ程度らしい。刃が潰してある練習用の剣だが、俺には重すぎてあんなに早く振り回せない。何年経っても、三人との体力差はあまり変わらなかった。

俺がぼんやり座っていると、氷が入った桶の中から瓶を取り出したゴットフリートが、水をコップに注いで手渡してくれた。

「フィン。ほら、ちゃんと水分とれ」

「ありがとう」

受け取って飲むと冷たく、柑橘系の爽やかな香りが鼻を抜けた。檸檬のような果実をいれた水で、俺が作って持ってきた物だった。前世で飲んだことのある檸檬水を真似して作ったものだ。以前、三人に作って飲ませたら高評価だったので、たまにこうして作って持ってきている。マジックバッグにさえ入れてしまえば、重さも量も気にならない。母上から貰ったマジックバッグを、俺は今でも愛用していた。二杯目は自分で注ぎ、今度はゆっくり飲んでいると、こちらを見ているゴットフリートの視線に気づいた。

「ゴットも飲む？」

「いや、いい。それより、こんな所で寝ちまうなんて珍しいな。疲れてんのか？」

「んー、どうかな。明後日からまた領地の方に帰らないといけないからさ。やってしまいたいことが多くて、昨日は夜更かししちゃった」

「そういえば、また弟か妹が生まれるんだっけ？　何人目だ？」

「四人目だよ。今度はどっちかな」

母上は初めての出産で男児の双子を産んだ後、再び妊娠して今度は女児を出産していた。そして、今年また新たな命が生まれようとしている。ここ数年で一気に家族が増えて賑やかになり、父上も大喜びだった。

「次はいつこっちに来るんだ？」

「さぁ、分かんない。ヴィルの誕生日パーティの時には一度来る予定だけど」

ヴィルヘルムは八月生まれで、第二王子だから王城で盛大なパーティが開かれる。俺は侯爵家の息子として、父上と共に毎年参加していた。

「……お前、本当に中等学園行かないのか？」

ヴィルヘルムの十三歳の誕生日が過ぎ九月になると、中等学部の入学式があった。前世の日本とは違い、この国の学校は九月から始まる。俺たち四人は同い年で、ちょうど中等学部に入学する年齢だった。

この国に義務教育という制度はない。学校に通うのも、王族や貴族に裕福な平民くらいだ。その他の平民は、教会などで読み書きを教えてもらいながら、幼い頃から働いていると聞く。王都には王立中等学園と王立高等学園があり、幼い頃から家庭教師をつけられ勉学に励んでいた王族や貴族の子どもたちは、この両方に入学するのが通例となっていた。

だが、別に通わなくても問題はない。学校に通わなくとも、専門で学びたいことがあるなら、その道に修行に出るなり個別に学ぶなり好きにすればいい。

「王立中等学園には行かないよ。三人は入学するんでしょ？」

「まぁな。お前もくればいいのに」

ゴットフリートの顔には、つまらないと書いてあった。俺がいないことを残念に思ってくれるなんて、と嬉しくなる。夢でみたあの時、歯を食いしばって頑張って本当に良かったと思った。たまらずゴットフリートに抱きつく。

「ごめんね。僕、したいことがあってさ」

「何だよ、したいことって」

ゴットフリートは、抱きついた俺の腰に腕を回し引き寄せた。すぐに離れるつもりだった俺は、がっちりと抱き込まれて焦る。自分から抱きつくのと、相手から抱き寄せられるのは違う。自然と頬に熱が集まった。そんな俺を、ゴットフリートはじっと見下ろしてくる。年々と体格差は開き、四人の中で一番体格が良く力が強いゴットフリートに捕まると、俺はいつも逃げられない。双子で似てはいても、ラインハルトの方が少し背が低く細身だった。

「お前さぁ、ずっと何か隠してるだろ」

「えっ！」

「今回王都に来てから、たまに何か考え込んでる。その『したいこと』と関係あるのか？」

ゴットフリートに気づかれるくらい、最近の俺は気もそぞろだったらしい。三人の中では、ゴットフリートが一番無頓着で、好きなことにしか関心を持たない。他人は他人、自分は自分と切り離した考え方をしている。相談したら話を聞いてくれるが、基本的には自ら手を差し伸べることはせず静観する姿勢だった。感情の機微にはラインハルトの方が敏感で、俺が困っている時など、さりげなく聞き出しアドバイスしてくれたりする。

ゴットフリートから指摘されると思わず、俺は素で驚いてしまった。真剣な瞳で見つめられ、俺は思案する。

ゴットフリートに相談してみようか……

チラリと、まだ剣の打ち合いをしている二人に視線を向けた。第二王子であるヴィルヘルムには相談できない。とはいえ、双子のどちらかにお願いするのは何だか不公平なような気がして躊躇していたのだ。いつも双子は一緒にいて、片方だけと話すタイミングもあまりない。ある意味、これは絶好のチャンスなのではないかと思った。ただ、簡単にできる話でもないのだ。

「あのね」

「うん」

「したいことに関係してて、悩んでることはあるんだ。だけど、ここじゃちょっと言いにくくて……だから、ゴット明日空いてる？」

相談に乗ってくれるなら、明日ラインハルトに内緒でローゼシュバルツ家の屋敷まで来てほしい。俺のお願いに、ゴットフリートは何も聞かず『分かった』と頷いてくれた。

約束を交わした翌日の昼過ぎに、ゴットフリートは屋敷を訪ねて来てくれた。ラインハルトを引き連れて。

「ゴット……」

眉を下げて責める俺に、ゴットフリートは頬をかいて罰が悪そうに視線を逸らした。

「悪りぃ。バレちまった」

「フィン。俺を仲間外れにするなんて酷いよ」

そう言ってラインハルトは笑った。本気で悲しんだり怒ったりしているわけではなさそうだが、俺にも話を聞かせろという圧のかかった笑顔であった。常に一緒にいる二人だ。片方だけを呼び出すのは難しいと思ってはいたので、俺は仕方ないと諦めた。部屋に案内し、エリクにお茶を出してもらう。三人だけで話をしたいからと、エリクには退室してもらった。

「ラインハルト、ごめんね。別に仲間外れにしようと思ったわけじゃないんだよ。ただの成り行きでさ」

「じゃあ、俺にも話してくれるよな。フィンが最近悩んでいたことくらい、俺だって気づいていたさ」

そりゃ、ゴットフリートが気づいて声をかけてくるぐらいだから、ラインハルトも当然気づいていたのだろう。そして、多分ヴィルヘルムも。いつ聞き出そうかと、三人ともが様子を窺っていたのかもしれない。

「心配かけてごめん。ただ、相談しにくい内容で、二人に同時にお願いすることでもないしって悩んでたんだよね。かと言って、ヴィルヘルムにはお願いできないし」

「ヴィルにはお願いできないこと？」

「いったい何に悩んでるんだ？」

首を傾げた二人に、俺は腹を括って話し出した。

「結論から言うと、僕は今、婚約者候補になってくれる人を探してるんだよね」

「「婚約者候補⁉」」

俺の言葉に、二人は驚愕して同時に椅子から腰を浮かせた。

「フィン！　お前もう結婚相手決めたいのか⁉」

「いや、別に」

ラインハルトが言った言葉をあっさり否定すると、二人は何だそりゃ、と椅子に再び腰を下ろした。

「何でまたそんなの探してるんだ？」

ゴットフリートの質問は当然で、俺は初めから話さないと分からないよなと、最近の悩みを打ち明けた。

「んーっとね。順を追って話すと、僕は今年の九月から隣国に留学するんだけど」

「「留学⁉」」

「試験には合格して、行く学校は決まってるんだ。だけど、留学をするには父上から出された条件をクリアしないといけなくて。あと残ってる条件っていうのが、国内で婚約者候補を作るってことなんだ」

二人は俺の話に、どこから突っ込めばいいのか分からず固まっている。留学は何年も前に決めていたことだが、四人でいる時にその話題を口に出したことはなかった。二人にとっては、まさに寝耳に水というやつだろう。衝撃から立ち直った二人は、むすりと不機嫌そうな顔をした。

「留学するなんて聞いてないぜ」

「それに、何でまた留学の条件が婚約者候補を作ることなんだ？」

「留学することを身内以外に言ったのは、今が初めてだよ。婚約者候補については、父上曰く悪い虫除けだってさ」

「あぁ」

「なるほど」

二人に納得されてしまい、複雑な気分になる。目の前の二人やヴィルヘルムならいざ知らず、俺がモテるはずないんだけどな。

「架空の人物だと、ボロが出たり本当に調べられた時に困る。だから、きちんとした婚約者候補を決めてからなら留学してもいいって言われたんだ。誰かに迫られた時に断りやすいだろう？　って言われて頷いてはみたものの……そんな簡単に婚約者候補になってほしいなんて誰かに頼めないよな、って悩んでたんだよね。期限もあと二ヶ月を切っちゃったし。それで、どうしようって最近ぐるぐる考えてたんだ」

「「そんなの、俺がなってやるよ」」

話し終わったタイミングで二人から同時に言われ、俺は目を見開いた。ゴットフリートとラインハルトは、ハモってしまったことにお互い嫌そうな視線を交わす。

気持ちは嬉しいが、どちらかなんて俺には選べない。この話をした時点で、優しい二人が申し出てくれる可能性は予想できた。どちらかを選ぶのも、自らどちらかにお願いするのも気が引ける案件だ。そもそも、俺は留学する為に婚約者候補になってほしいとお願いするわけで、本気で好いて結婚を前提にしたお付き合いを申し込むわけではない。捉え方によっては失礼な話でもある。

他の国は知らないが、この国には婚約者候補というものがあり、主に女性に複数の男性を選ばせ、一人でも多くの人と結婚し子を産んでほしいことから始まったとされている。婚約者候補になるには正式な手続きが必要で、解消する際も、当人同士で話し合いの場をもち書類にサインをしないといけない。そんな面倒な手続きが必要だと知ったのは、父上が出した条件に首を縦に振った後だった。口約束でちょっと婚約者候補のふりをしてほしい、などとお願いするのとは重さが違う。

俺が悩んでいるうちに、二人は言い争いを始めていた。

「ゴットは長男だから将来女性と結婚しなきゃいけないし、ここは俺がなるよ」

「はぁ？　双子なんだし、長男とか次男とか関係ないだろ。別にラインが女性と結婚してもいいだろ。それにフィンは元々、『俺に』相談を持ちかけてきたんだ。俺がなるのが当然だろ」

「当然？　フィンはさっき『成り行きで』お前に相談する流れになったみたいなこと言ってたじゃん。別にそれは俺になっていた可能性もあるわけで、お前じゃなくてもいいだろ」

「俺が声をかけたから相談する気になっただけで、ラインが言ってたら違ったかもしれないだろ」

「何だって⁉」

「何だよ!?」

待て待て待て。本当に結婚する前提みたいな話の成り行きになっている。今にも掴み合いが始まりそうな雰囲気に俺は焦った。

「二人とも！　ちょっと落ち着いてよ！」

睨み合っていた二人は、ばっとこちらを振り向くと、バンっとテーブルに手をついて身を乗り出してきた。

「「フィンはどっちを選ぶんだよ！」」

ひぇ！　だから選べないんだってば!!

二人の勢いに俺がビビっていると、突然ふさふさの物が顔を覆った。

「ぶっ」

「「うわっ！」」

二人の驚いた声がした後、バシンっと何かを叩く音がした。

バシバシバシバシバシバシバシバシっ！

何？　何が起こってるの!?

俺はもがきながら、視界を邪魔している物から顔を出した。

「ぷはっ」

「きゅ」

黄金色の瞳と目が合う。

「ココ！」

俺の顔を覆っていたのは、ココの胸毛だったみたいだ。ココは成獣になり、体長二メートル近い大きさまで成長していた。ココは俺に覆い被さる形でソファに乗り上げており、尻尾を高速で動かして、俺の向かい側に座っていた二人に往復ビンタをかましている最中だった。

「こ、こら！　ココ！　やめなさい‼」

ココの尻尾を押さえて止めさせ、エリクとトリスタンを呼び二人の手当てをお願いした。ココは不満げに鼻に皺を寄せ、俺の体を囲うように座り込んでいる。尻尾を揺らしては、時折ソファにパシンっと打ち付けていた。その数、一、二、三本。

「ココのやつ、また尻尾増えてやがる」

「しかも威力も増してるし、いててっ」

二人の頬は赤く腫れ上がっていた。エリクとトリスタンが冷やす物を用意してくれ、二人の頬に当ててくれている。エリクは平気そうだが、トリスタンはココの不機嫌な様子に顔が若干引き攣っていた。俺は落ち着かせるように、ココをゆっくりと撫でる。

「ココ、僕は虐められてたわけじゃないから。二人ともごめんね。大丈夫？」

「あぁ」

「平気」

そう言って、忌々しげにココの方を睨む元気はあるようだ。幼い頃、ココを紹介した時から二人と一匹の仲はあまり良くない。バチっ、と双子とココの間に火花が散ったような気がした。

「ココ。お話の邪魔するなら、僕の影に戻ってるか、ちょっと遊びにでも行っておいで」

「きゅ！」

ココは嫌がり、俺の膝に顔を伏せてしまった。ココは大きくなるにつれ行動範囲も広がり、魔力も増していろんなことができるようになっていた。契約している俺の影に隠れることができるのもその一つで、先程まで大人しく潜んでいたが、俺が困っているのを察して飛び出してきたようだ。

ありがたいけど、ちょっとやり過ぎだよ。

俺は溜息を吐き、ココの機嫌をとるように頭を撫でながら改めて双子に向き合った。

「さっきの話だけど、僕はどっちかなんて選べないよ」

「「フィン」」

ココのビンタで二人とも落ち着いたのか、お互い困ったように顔を見合わせた。

「ごめん。僕は、留学する為に婚約者候補を探してるっていう不純な動機なんだ。真剣に結婚相手を探している人や、僕のことを好きって言ってくれる人には気を持たせてしまうようなことだし、お願いできない。正直、僕はまだ結婚相手を決める気はないし、留学する間だけ婚約者候補のふりをしてくれる人を探してる状況なんだよね。やっぱりこんな失礼なこと頼めないや。今聞いた話は」

「「それはだめだ！」」

なかったことにしてほしいという言葉を二人に遮られた。同時に二人に身を乗り出され、俺はソファの上で後ずさる。ココがヴヴッと唸った。やめなさい。

「お前、留学諦める気はないんだろ？」

「う、うん」

「俺たちを断るってことは、他になってくれる奴を探すってことだろ？」

「まぁ、そうだね」

「「そして、それはヴィルではない」」

「そりゃ、ヴィルは第二王子だし、正式に結婚するつもりがなきゃ申し込めないよ。まぁ、申し込んででも受けてもらえないだろうけどさ」

「「……」」

二人は何とも言えない顔になっていたが、目を伏せた俺は見えてなかった。第二王子の婚約者候補になりたいなどと、そんな恐れ多いこと、とてもじゃないが冗談でも言えない。ヴィルヘルムのことは好きだけど、今のところは恋愛って意味じゃないし。好きな人がいれば『俺と結婚を前提にお付き合いしてください！』ってお願いできて、オッケーしてもらえたら婚約して問題解決なんだけどな。難しい。

俺がうんうん唸っていると、それまで従者として静観していたトリスタンが口を出してきた。

「どっちか選べないなら、どっちも選んだらいいんじゃないですか？」

「「……」」

「あれ？　だめですか？」

「おい、トリスタン。余計なこと言うなよ」

エリクに注意されても、トリスタンは口を閉じなかった。

「だって、エリク。考えてもみろよ。他の変な奴がフィン様の婚約者候補になるよりは、お二人になってもらった方が安心だろ。フィン様も、ルッツ様が選んだ候補者の中から相手を選びたくなくて、お二人に相談されたんでしょ？」

「うん。まぁ、そうだけどさ」

恋愛のレの字もない俺に、いきなり婚約者候補を探してこいというのは乱暴な話で、父上は条件を満たしている相手をリストアップし、必要ならこちらから打診してお願いするとまで言ってくれていた。

しかし、それではもう婚約者『候補』ではなく、正式な婚約の申し込みで政略結婚ではないか。父上の気持ちは嬉しいが、俺はそれを丁寧に辞退した。

「それに、婚約者候補になったからといって絶対に結婚しなきゃいけないわけではないです。確かに手続きは面倒ですが、解消することは可能ですし、実際に婚約者候補の契約をした後に解消している人もいます。または、三人と婚約し同時に四人で結婚された方もおられました」

「そうなの？」

複数婚あるあるなのだろうか。

俺がトリスタンと話している間に、双子は何やらこそこそと相談していた。

『おい、ゴットお前は？』

『まぁ、ラインが相手なら別に』

『俺もゴットならまぁ』

お互いに頷くと、先程とは違い双子は仲良さそうにニヤリと笑った。

「「よし。じゃあ俺たち二人でフィンの婚約者になってやるよ」」


仮とはいえ、第一騎士団長の御子息二人とも貰い受けるわけには、などと言った俺の言葉は、あっさりと団長本人に否定された。

「別にいいですよ。結婚相手などは本人が好きに決めればいいですし、候補でもなんでもフィンくんなら大歓迎です」

「……そうですか」

「ほらな。心配ないって」

「父上は別に反対しないって言っただろ」

「でも、お母様の方は大丈夫なの？」

「母上は結婚できるなら何でもいいって言ってた」

「最近じゃ結婚相手を見つけるのも大変だからとも言ってたな」

もう完全に結婚前提な話になっている。

分かったよ。結婚できなさそうなら、まとめて俺が二人のお嫁さんになってやるよ。幸い、俺は妊娠可能な体質だから、うまくいけば二人の血筋を途絶えさせることもない。俺は覚悟が足りなかったんだな。婚約者候補になってもらうなら、ちゃんと将来を見据え、二人のことをこれから真剣に考えよう。フリなどしてもらおうと思っていたのが間違いだったんだ。俺だって二人のことが大切で、まだ友達としてだけど大好きだし。

父上と共に双子の家を訪れていたので、その場で契約を交わした。未成年なので、父上と団長が保護者としてのサインをし、俺たち三人がその後にサインをする。

「ありがとう。二人とも。僕の我儘に付き合ってくれて」

二人は笑ってくれたが、俺はその笑顔を見て一抹の不安が胸を過った。忘れていたが、二人はゲームの中で攻略対象者だった。舞台は王立高等学園で、ゲームの設定では二人に婚約者候補などいなかった。

留学期間は三年。終わったと同時に婚約者候補を解消すれば、ゲームのシナリオ通りになり二人はフリーだ。

けれど、もしそのままで正式に婚約することになったら、どうなってしまうのだろう。

ここはゲームの世界か、それとも似て非なる世界なのか。

俺は微かに芽生えた不安を、無理矢理胸の奥に押し込んだ。

無事に婚約者候補を決め、留学の条件を全てクリアした俺は、その日のうちに領地にある屋敷へと帰宅した。一番初めに出迎えてくれたのは、元気いっぱいな双子の弟たちだ。

「「兄さま！　お帰りなさい！」」

「ただいま。レオン、ラルフ」

母上と同じサラサラの淡い水色の髪、父上と同じグレーの瞳の二人は、一卵性双生児らしく瓜二つだった。身を屈め、走り寄ってきた二人を抱きしめ頬を擦り寄せると、くすぐったそうに二人は同時に笑った。

「あー！　ずるい。ロッテも！」

二人の足に追いつけなかった妹も混ざり、四人で団子のようになる。妹のシャルロッテは母上と同じ青い瞳で、父上譲りのアッシュ色の髪にはゆるい癖があった。伸ばしている髪はふわふわと揺れて可愛い。

「ロッテもただいま。元気にしてた？」

「うん！　フィン兄さま、だっこして」

「よし。おいで」

シャルロッテを抱き上げ、双子を纏つかせ居間に入ると、大きなお腹の母上がソファに座っていた。

「母上、ただいま戻りました」

「おかえりなさい、フィン。出迎えられなくて、ごめんなさいね」

「いいえ。無理しないでください。もうすぐ予定日でしょ」

シャルロッテを床に下ろし、母上を抱きしめて、ただいまの口づけを頬に送る。途端に『母上だけずるい！』と抗議の声が三つ聞こえた。母上は可笑しそうに笑っている。俺は、我が儘王子とお姫様にも両頬にただいまの口づけを送った。

部屋に荷物を置き、部屋着に着替えてから、改めて居間で母上とお茶をする。広い部屋でソファも複数あるはずなのに、両側にレオンとラルフがぴったり座り、膝の上にロッテが乗っていて少々狭い。王都と領地の屋敷を定期的に移動しているにも関わらず、三人とも慕ってくれて嬉しい限りだ。少し暑苦しいのは、まぁご愛嬌だな。

「フィン。頼んでいた服が出来上がったみたいで届いてるわよ」

「もう？　早いですね」

「今回は去年のうちにデザインを伝えてあったから、採寸さえ済めばすぐに取り掛かってくれたらしいわ。また後で確認してね」

「はい。ありがとうございます」

「兄さま、これおいしいよ」

母上との会話が途切れたタイミングで、レオンが話しかけてきた。小さな手で差し出してきた焼き菓子を、礼を言って口にする。幼い頃から食べ親しんだ料理人が作る菓子の味に、頬が緩んだ。美味しいね、と笑い返せば、レオンも嬉しそうに笑う。

「兄さま、こっちもおいしいよ」

「フィン兄さま、こっち！　こっち先にたべて！」

ラルフとシャルロッテが俺の口元に同時に菓子を持ってくる。それを公平になるように両方受け取り齧った。味は混ざるが美味しいのは同じなので、問題ない。少々行儀が悪いが、二人が喧嘩をすると長いので苦肉の策だ。

五人でお茶を楽しんだ後、弟妹を連れて庭で一緒に遊んだ。室内に戻ってからは、絵本を読んだり、積み木やボードゲームなどをして、その日は遊び相手をして終わった。

「つ、疲れた～」

自室に戻り、俺がソファにぐったりと横たわろうとしたら、ココがすかさず間に挟まってきた。ココクッションである。毎日ブラッシングするので、ココの毛並みは艶々で柔らかく、ふさふさだ。ココがまだ子獣の頃は、俺の上にココが寝そべっていたのに、今では完全に逆になってしまっている。

「ココ、重くない？」

「きゅ」

大丈夫、と言われ、胸元にもふもふの尻尾を差し出された。遠慮せずに抱き締め頬擦りする。あぁ、癒される。

ココの尻尾は初めは一本だったのだが、今では三本もある。ある日突然、二本目が生えているのを発見した時は仰天した。一瞬、分裂したのかと思ったが、調べてみると、魔獣であるフックスは魔力が高まるにつれ尻尾の本数が増えていく生き物らしいことが分かった。前世で読んだ本に出てくる妖狐のようだ。最高で何尾になるのか楽しみである。

しばらくココと戯れて、風呂に入り早目に就寝したが、夜中に母上が予定より少し早く産気づいた。エリクに起こされて慌てて母上の部屋に行くと、アマーリアに付き添われた母上は陣痛に苦しんでいた。俺が来たことに気づいたアマーリアが場所を代わってくれる。母上の手を握ると、物凄い力で握り返してきた。母上は苦痛に顔を歪めており、何度立ち会っても出産というのは壮絶だと実感する。俺は、不安になりそうな気持ちを打ち消すように、両手でぎゅっと母上の手を握り返した。

「母上、もうすぐ医者が来ますよ。父上も。だから、頑張ってください」

母上が無事出産できることを祈りながら、父上が来るまでの間、俺は母上を励まし続けた。翌日の昼過ぎに、ローゼシュバルツ家の屋敷では赤ちゃんの産声が上がった。元気な男の子だった。

「フィン。これも持って行くか？」

俺は、先生から渡された本を手にして顔を輝かせた。

「えっ！　いいんですか？」

「私はもう使わないからな」

「じゃあ、遠慮なく。ありがとうございます！　この辞書使いやすいから嬉しいです」

俺の喜びように、先生は嬉しそうに笑ってくれた。今日は、先生の家に遊びに来ている。ド派手な見た目の先生は、外見に似合わず小さなこじんまりとした家に住んでいた。使用人は通いの年配のお爺さんが一人だけで、質素に暮らしているそうだ。優しそうなお爺さん、トトさんはお茶を入れてくれた後、買い物に出かけて行った。

「それにしても良かったな。留学の条件をクリアできて」

「はい。せっかく先生と頑張って五年も前から勉強していたのに無駄になるところでした」

俺の言葉に、先生は眩しいものでも見るような眼差しを向けてきた。

「本当によく頑張ったよ。フィン、君は私の自慢の生徒だ」

「先生……」

しんみりと言われ、もうすぐ先生ともお別れなのだと実感し、じわじわと涙が溢れてきた。俺は一人で隣国へ行く。勉強する為に行くと自分で決めたから後悔はないが、それとは別で、今まで一緒にいてくれた人たちと離れてしまうのは凄く寂しかった。うるうるしている俺を見て、先生はクスリと笑った。

「泣き虫は変わらないな。おいで、フィン」

「先生！」

俺は椅子から立ち上がり先生の横へと移動したが、途端に先生に膝抱っこされ驚く。

「せせせせせせせっ、先生！」

涙も引っ込んだ。

「ふむ。大きくなったな」

「当たり前でしょう！　僕はもう十二歳です！」

ぷんぷん怒ると、先生は声を上げて、ははははっと笑った。

「ほら、お食べ」

トトさんが用意してくれたお菓子を先生に差し出され、反射的にパクりと食い付く。しまった！と思った時には、先生はくくくっと楽しそうに笑っていた。俺はもぐもぐとお菓子を噛んで飲み込むと、お返しとばかりに先生にもお菓子を差し出した。

「はい。先生、あーん」

先生は、面白そうにひょいっと眉を上げると、素直に俺の言葉に応じる。

「ふふっ。ありがとう」

そう言うと、先生は余裕の笑みで俺にお菓子を食べさせてもらった。何だか負けた気分である。

俺は、むうっと唇を尖らせて、こつんっと先生の肩に頭を預けた。

「先生。何だか最後のお別れみたいな感じになってますけど、留学するまでまだあと一ヶ月はあるんで。また会ってくださいね」

「もちろんだとも。学校の入学に向けて、また勉強もしているんだろう？　家庭教師期間は終了したが、分からないことがあれば、いつでも聞きに来なさい」

「はい。ありがとうございます」

そうやって少しの間、先生の膝の上で甘やかされたことは、弟と妹には内緒である。


ヴィルヘルムの誕生日パーティが近づき、俺は再び王都に戻ってきた。

「これなんてどうかな？」

「わぁ、綺麗な髪飾り！　オーラン様にぴったりですね！」

淡い黄色の花弁と銀色の葉を綺麗に重ね合わせてある花の髪飾りだった。中心には真珠のような玉がついており、右下には小さな白い花が二つほど添えられている。

オーラン様は、今日は長い髪をハーフアップにしており、数種類ある髪飾りを耳元に当てては、俺に意見を求めてきた。どれも職人の技が際立った精巧な作りで、見ているだけでも楽しい。すごくお高そうだけどね。

「じゃあ、これにしようかな」

オーラン様はそう言って、最後に見せてくれた黄色い花弁の髪飾りを選び『メインはこれにして。あとは任せるよ』と侍従に依頼している。ヴィルヘルムの誕生日パーティーの時につける髪飾りらしい。オーラン様と初めて会ってから七年は経つのに、変わらずお綺麗で、俺はその横顔をうっとりと眺めた。それに気づいたオーラン様がクスリと笑う。

「フィンくんは本当に僕の顔が好きだね」

「はい。この世のものとは思えぬ美しさです」

ありがたや、と両手を合わせる。会うたびに、あまりにも見つめる回数が多いので、オーラン様はすぐに気づいてしまった。オーラン様は、俺がオーラン様のお顔を好きなことを知っても嫌がることはせず『こんな顔でいいなら、いくらでもどうぞ』と言って見る許可をくださった。容姿に自信があるってことだな。俺なら、そんなに見つめられたら恥ずかしくて顔面マスクを付けたくなる。優しくてお茶目だし、とても素敵な方で、俺は顔だけではなくオーラン様という人が好きだった。

再び優しく笑うオーラン様を、ほうっと見惚れ始めたら、誰かに頭を掴まれた。

「おい。いつまで母上に見惚れてる気だ」

父上に言いつけるぞ、と言ったヴィルヘルムは、俺の頭を掴んでいる手にギリギリと力を込めてきた。

「いたっ、いたたたたっ！　頭がもげちゃう！　分かった！　分かったから離してよヴィル！」

「こら、ヴィル。乱暴しないの」

母親にも窘《たしな》められ、ヴィルヘルムは鼻を鳴らすと手を離してくれた。俺が座っていたソファの横にどさりと腰を下ろす。

「フィン。お前、俺に時間を作ってほしいと言っておきながら、待てど暮らせど来ないとはどういうことだ？」

「えっ？　あ、うそ、もうこんな時間！」

ヴィルヘルムの言葉を聞き、時計を見て約束の時間を大幅に過ぎていたことに気づく。来ないから捜して迎えに来てくれたらしい。先にオーラン様に用事があった俺は、ヴィルヘルムと約束した時間より一時間前には後宮を訪れていた。オーラン様とお喋りしているうちに、髪飾りを一緒に選んでほしいと言われ、見ているうちに時間のことをすっかり忘れてしまっていた。待たせてしまった申し訳なさに、俺はヴィルヘルムに頭を下げる。

「ごめんね、ヴィル。つい、オーラン様に夢中になっちゃって」

俺の言葉に、オーラン様は吹き出し、ヴィルヘルムは頬を引き攣《つ》らせた。

「正直に言い過ぎだ！　せめてお喋りに夢中になったと言え！　まったく。ほら、行くぞ」

ヴィルヘルムに腕を掴まれ、強引に立たされた。

「別にここで話したらいいんじゃない？」

俺たちを可笑しそうに見ていたオーラン様がそう提案してくれたが、ヴィルヘルムはそれを断る。

「いえ、ここでは俺が落ち着かないので。失礼します」

ヴィルヘルムに腕を掴まれたままの俺は、そのまま歩かされ、慌ててオーラン様にお礼を言った。

「オーラン様。今日はお時間をいただきありがとうございました。失礼致します」

「うん。またね」

ひらひらと手を振られ、俺も手を振り返し、部屋を後にした。


「ヴィル、約束してたのにごめんね」

「もういい。それより、話ってなんだ？」

「うん。実はね」

改めてヴィルヘルムの部屋のソファに二人で腰を落ち着け、俺は来月から留学することを伝えた。

ヴィルヘルムは驚いていたものの、学びたいことがあると説明した俺に『そうか』と頷いただけだった。そんなこと聞いてないぞ！　とか文句を言われると思っていた俺は、あっさりした反応に拍子抜けした。引き止めてほしい訳ではないのだが、何だかちょっと寂しい。

「……それだけ？」

「他に何と？　反対してほしいのか？」

「ううん。応援してほしい」

「まぁ、頑張ってこいよ」

「心がこもってない」

「催促しといて文句を言うな。我が儘なやつめ」

そう言って、ヴィルヘルムは横に座っていた俺の頬を、むぎゅっとつねった。力は込められていないので今度はそんなに痛くない。謝れば、すんなりと手を離してくれた。

「だいたい、フィンは一度こうと決めたら絶対諦めないだろ。留学することだって、あの宰相がすんなり認めてくれたとも思えないし、どうせ説得して勝ち取ったんだろ？」

何と、ヴィルヘルムに見透《す》かされている。俺のこと良く分かってるなと感心した。

「うん。その通りだよ。父上が出した条件をクリアできたから、やっと最近留学することが正式に決まったんだ」

「ちゃんと長期休暇には戻ってくるんだろ？」

「うん。またその時は会いに来るね」

「あぁ。ならいいさ。どのみち、フィンとは年に数回しか会えないから俺にとってはそんなに変わらん」

確かにそうかもしれない。俺は、胸に引っかかっていた心配事がとれ、出してもらったお茶にやっと手をつけた。お菓子にも手を伸ばし食べている俺を、今度は何故か難しい顔でヴィルヘルムは見てきた。

「フィン」

「なあに？」

「お前、母上と何の話をしていたんだ？」

「オーラン様と？　ヴィルに話したことと一緒だよ。留学の話をして、ヴィルの誕生日パーティーの話になって、その話の流れで髪飾り選びを一緒にしてたんだ。そしてヴィルとの約束の時間を忘れちゃった」

「………………それだけか？」

うん？　まだ何か話したっけ。あぁ、そういえば。

「もしかして、ヴィルの婚約者候補の話？」

「そうだ」

「誕生日パーティーで婚約者候補の発表があって、一緒にダンスを踊るんでしょ。候補者になりたいって、複数の貴族や他国の王族からも申し込みがあったって聞いたよ。すごいよね」

ヴィルヘルムと俺は今年で十三歳になる。生まれる前から婚約者が決まっている王族もいると聞くが、この国の王族は、当人たちの意向を重視するのか、ある年齢になってからでないと婚約者を決定しないらしい。第一王子ほどではないが、ヴィルヘルムにも結婚したいという男女から複数の申し込みがあったとオーラン様が教えてくれた。そして、十三歳から本格的に将来の伴侶を決める為に、その候補者たちとお付き合いを始めるらしいことも。俺の言葉に、ヴィルヘルムは更に眉間に皺を寄せた。

「そうじゃない」

「えっ？　申し込みなかったの？」

「いや、それはあった」

「なら、良かったじゃない。素敵な人だといいね」

「だから、そうじゃない！」

「？？？」

何がそうじゃないのか分からず、俺は首を傾げる。ヴィルヘルムは何と言ったらいいのか分からないみたいに、悩ましげな顔をした後、思い切ったように言った。

「だからっ、母上から、お前にもその候補者にならないかと打診があっただろ！」

「えっ⁉　僕がヴィルの？　そんなこと言われなかったよ？」

「何だって⁉」

ヴィルヘルムは俺の手を掴むと、再びオーラン様の元へ向かった。バァーンとノックもせずに入ってきた息子に、オーラン様は呆れたような顔を向ける。

「ヴィル。ちゃんとノックをしてから入りなさいと、いつも言ってるだろう？」

「そんなことより！　母上！　フィンに候補者の話をしなかったというのは本当ですか？」

「本当だよ」

「何故です⁉」

「だって、条件が合わなくなっちゃったんだもの」

「条件？」

俺は何のことか分からず、目を白黒させた。

とりあえず座りなさい、とオーラン様から言われ、向かいのソファにヴィルヘルムと共に腰を下ろした。

「ごめんね。フィンくんは何のことか分からないよね」

そう前置きしてからオーラン様は説明してくれた。まず、オーラン様は俺にもヴィルヘルムの婚約者候補になってほしいと思っておられたそうだ。しかし、俺の父上である宰相に打診したが、首を縦に振ってはもらえず、それならばと、今日俺に直接お願いしようと思っていたらしい。

「でも昨日、婚約者候補になる為の条件に、フィンくんが合致してないことが判明してね。結局、話自体をしなかったんだよ」

へぇ、そうだったんですかー、と軽く流すのは横にいる人が許してくれなさそうなので、俺は恐る恐る質問した。

「その条件って、どんなことかお聞きしても？」

「まずは家柄、貴族であること。もう一つは年齢、十歳以上であること。そして最後に、他に恋人や伴侶、婚約者がいないこと」

オーラン様はそう言ってニッコリと笑った。身に覚えあるよね、と表情が物語っている。

おおお。つまり、最後の条件に引っかかったということか。

まだ俺の手を掴んだままだったヴィルヘルムの手に、力が入った。

「侯爵家であり同い年のお前は、初めの二つはクリアしている。これが変わることはほぼない。ということは、三つ目……フィン。お前、恋人か婚約者ができたのか？」

声が低くて怖いよ。俺はどう答えようかと、視線を彷徨わせる。

「フィン？」

「えっと、その～」

俺が歯切れ悪く、もごもごしていると、ヴィルヘルムは手を離して、がしっと両肩を掴んできた。

「じゃあ質問を変える。恋人ができたのか？」

「ううん。できてない」

俺は正直に、ふるふると首を振った。

「それじゃあ、婚約者の方か。誰と婚約したんだ？」

「婚約者っていうか、婚約者候補なんだけど……」

「どっちでも同じだろ。いったい誰なんだ、その相手は」

「そ、その相手は」

「その相手は？」

ずいっと顔を寄せて迫られ、俺は後ずさる。オーラン様と似ているヴィルヘルムの顔にも、俺は弱かった。好みの顔が身近にあって、頬に熱が集中する。俺は、ヴィルヘルムの顔を見続けることができずに俯《うつむ》いてしまった。

「…………ヴィルも知ってる人」

小さく呟いた俺の言葉に、ヴィルヘルムは息を呑んだ。俺とヴィルヘルムの共通の知り合いなど、限られている。

「知って……？　もしかしてあの双子か！　おい、どっちと婚約したんだ！」

「どっちも」

「どっちも⁉」

ヴィルヘルムが素っ頓狂な声を上げた。双子の両方ともと婚約したなんて、そりゃあ驚くよね。

今更、優柔不断な自分が恥ずかしくなった。

「うん。どっちかなんて選べなくて」

「選べなかったって……あの二人から迫られたってことか？　いつの間にそんなことに！　聞いてないぞ！」

そんな話になったのは、あの一日だけだったので、ヴィルヘルムが知らなくて当然である。

「ごめんね。黙ってて。本当にここ最近の話だし、何かこういうのって言いにくくてさ。それに、正式に結婚したわけでもないし、あくまで婚約者候補だから」

言わなくても済むなら、言いたくなかったし。四人で仲良くしていたのに、その三人がそういう仲になったなんて、言いにくいじゃん。仲間外れにしたみたいだしさ。

「オーラン様も。申し訳ないです。そんな、俺には勿体ないお話を用意して下さっていたのに無駄にしてしまって」

俺の言葉に、オーラン様は苦笑して、気にしなくていいよ、と言って下さった。

「まぁ、これぱっかりはね。僕は、フィンくんみたいな子がヴィルのお嫁さんに来てくれたらいいなって思ってただけで、無理強いしたかった訳じゃないから。他に好きな人がいるなら仕方ないよ」

他に好きな人。そういう意味での好意があるから結ぶ約束事なので、そう思われても仕方がないのだが。本当は違いますとも言えず、俺は再び、すいませんと謝った。


「ヴィル」

「…………」

「ねぇ、ヴィルってば。いい加減、機嫌直してよ」

「嫌だ」

顔を覗き込もうとしたら、ぷいっとそっぽを向かれた。俺たちは、再びヴィルヘルムの部屋に戻って来ていた。先程の話を聞いて拗ねてしまった王子様は、今は部屋の隅で壁の方を向き、膝を抱えて座り込んでしまっている。俺は後ろから、ペッタリとヴィルヘルムにくっついた。

「ごめんってば。黙ってて」

「許さない」

「そんなこと言わないでよ。悲しくなっちゃうじゃない」

俺は、ヴィルヘルムの腹に手を回し、ぎゅっと後ろから抱きついた。どうにか機嫌を直してもらおうと、いろいろ話しかけるが効果はなく、完全にヘソを曲げてしまっていた。

「ねぇ、ヴィル。どうしたら許してくれるの？　僕、ヴィルと喧嘩したまま留学したくないよ」

ヴィルヘルムとは、元々会う機会が少なく、今度の誕生日パーティーでも、主役であるヴィルヘルムは忙しいので喋る機会などほとんどない。ヴィルヘルムの誕生日パーティーは八月の下旬にあり、それが終われば、俺は数日後にはこの国を出発してしまう。どうしたらいいのか分からず、ヴィルヘルムに抱きついたまま、ため息をついた。

しばらくそのまま途方に暮れていたが、やっとヴィルヘルムが身じろぎして、こちらを振り返ってくれる。そして、何かポツリと呟いた。けれど、声が小さすぎて聞き取れない。

「えっ？　なんて？」

「だから、俺とも婚約しろ」

「それは無理だよ」

さっき条件に合わないって言われたばかりだ。それなのに、ヴィルヘルムは納得いかないというように、むっと顔を顰《しか》めた。

「何であいつらは良くて、俺は無理なんだよ」

「ヴィルとは、さっきオーラン様から言われた通り、僕が婚約者候補の条件に満たしてないから無理って意味だよ。ヴィルが嫌って意味じゃない」

「それは、お前が俺の婚約者候補になる場合だろ。俺がお前の婚約者候補になるなら問題ないはずだ」

つまり、俺に対して結婚の申し込みをする側、選ばれる側にヴィルヘルムが参加することは可能ということらしい。

いやいやいやいや！　王子をキープくんみたいに扱うなんて、そんな恐れ多いことできるわけない！

「それこそ無理だよ！　君は王子なんだよ！　結婚の申し込みもたくさん来ているのに、それを蹴って僕に跪くような真似をさせるわけにいかないよ！」

「何でだ！　他のやつなんて関係ないだろ！」

「何でそんなに僕と婚約したいのさ⁉」

「お前のことが好きだからに決まってるだろ‼」

好きだからに決まってるだろ。

「えっ」

「あっ」

大きく目を見開いた俺を見て、自分の言った言葉に気づいたヴィルヘルムが、顔を真っ赤にした。

それを見て、俺の顔も赤くなる。

「………」

「………」

す、好きって言った？　ヴィルが、俺を？

俺は、自分の体勢が今更まずいことに気がついた。ヴィルヘルムに後ろから抱きついて、自らぎゅっと密着しており顔も近い。俺は力を抜き、そーっと腕をヴィルヘルムの脇から抜こうとして、気づいたヴィルヘルムに、脇を締められ阻止された。

「逃げるな」

「だ、だ、だって」

狼狽える俺に、ヴィルヘルムは悲しそうに眉を下げた。

「……俺に好かれるのは、迷惑か？」

「そ、そんなことない！　けど。ただ、どうしたらいいのか、分かんないだけ」

告白などされたことがない。俺が戸惑っているだけと分かり、ヴィルヘルムは、ほっと息を吐いた。

「本当は、お前が俺の婚約者候補になってくれたら、気持ちを伝えようと思っていた」

それなのに、その話すらできず他の奴と先に婚約してしまうなんて、と嘆かれた。

そんな計画があったことなど露知らず。えっと、何か、すいません。

しょんぼりとした背中に、俺は不覚にも、きゅんと胸が締め付けられた。そんなに俺のこと好きだったのか。好意的に見られていることは自覚していた。だけど、そういう意味で、本気で好かれているとは思っていなかったのだ。

「いつからだ？」

「えっ？」

「いつから、あの二人とそういう仲になっていたんだ」

いいえ、まだなっていません。留学したくて、父上から出された条件をクリアする為に、婚約者候補になってもらっただけなんです、と正直に言っていいものか。でも、婚約者候補になるなら、これから真剣に二人のことを考えようとは思っているわけだし、いずれはそういう仲になる可能性だってある。悩んだが、あまりヴィルヘルムに嘘はつきたくなかった。

「ヴィル。内緒にしてほしいんだけど、実はね」

ヴィルヘルムは、俺が父上から出された留学の条件の為に、婚約者候補を探していて、双子がそれに応えてくれたという話を黙って聞いていたが、最後にむっつりと文句を言った。

「どうして、俺に頼まない」

「何度も言うけど君は王子なんだよ。フリとかそんなふざけたこと頼めるわけないじゃない。それに、僕のことをす、好きっていうなら尚更、気を持たせるような行為できないし」

「じゃあ、双子と結婚する気はないんだな？」

「今は恋愛感情はないけど、この先は分からないから何とも言えない、かな。二人が義理でなってくれたのか、僕のことが本当は好きでなってくれたのか、分からないし」

「あいつらが、お前のことを好きって言ったら、お前はその気持ちに応えるつもりか？」

「その時は、真剣に考えようとは思ってる」

「……やっぱり、俺と婚約しろ。フィン」

ヴィルヘルムは体を反転させ、俺と向き合うと手を取り、真剣に見つめてきた。俺は困ったように、俯《うつむ》く。

「だから、それは」

「正式にできないのは、もう分かった。だから、これは二人だけの約束だ」

「二人だけの？」

「そう。俺も双子と同じ土俵に立たせろ。俺をそういう意味で見ろ。時間がかかってもいい。待ってるから」

「ヴィル……」

「なっ？」

頼むよ、と懇願され、俺は観念した。

「正式な契約は交わせないけど、それでもいいなら。ヴィル。ヴィルヘルム・クロネス・モント様。僕の婚約者候補になってください」

「あぁ、よかろう。フィン・ローゼシュバルツ。俺は、今からそなたの婚約者候補だ」

鷹揚に頷かれ、俺は可笑しくなって、クスリと笑った。ヴィルヘルムもやっと笑顔を浮かべてくれた。

「では、誓いの口づけを」

「えっ!?」

「正式な契約を交わせないんだ。それくらい約束の印としていいだろ」

よくない。よくないよ。本気なの？　ヴィルヘルムはいたって真剣な顔をしているので本気らしい。しかも、俺から申し込んだから俺からしろと言われ、大いに戸惑う。誓いの口づけっていったら、やっぱり口だよな。いやでも、前世では結婚式の時に頬にしている人たちもいたはずだ。よし、それでいこう。

俺は思い切って、ヴィルヘルムに近づいた。

「ねぇ、目を閉じてよ。やりにくい」

一挙一動を見られていて恥ずかしくてお願いしたら、ヴィルヘルムは素直に目を閉じてくれた。肩に手を置き、そっと顔を近づける。

ちゅ。

「これで、いい？」

「……いいわけないだろ」

目を開けて、じっとりと睨まれる。

やっぱり駄目かと、俺は腹を括った。再度目を閉じるようにヴィルヘルムにお願いをして顔を近づける。そして唇へと、そっと口づけた。

「はい。お終い」

俺は恥ずかしくて立ち上がろうとしたのだが、ヴィルヘルムに腕を掴んで引き止められた。今度はヴィルヘルムが顔を近づけてくる。反射的に俺は目を閉じた。

「んっ」

ふにっ、と唇で感じた柔らかい感触に、体が震える。瞼を上げると、喜色を浮かべた綺麗な琥珀色の瞳がそこにはあった。

「……ヴィル」

掠れた声で名前を呼ぶと、ちゅっ、と再び口づけられ、ぎゅっと抱きしめられた。

「これで契約成立だ。フィン」

俺を好きになれ、と耳元でささやかれた。俺はその返事を、ヴィルヘルムの肩に顔をうずめることで誤魔化した。

ヴィルヘルムの誕生日パーティー当日。パーティー開始前に、俺はヴィルヘルムに呼び出されていた。控室にいたヴィルヘルムは、今日の主役ということもあり普段の倍以上煌びやかな装いで、俺は直視することが難しかった。

「ヴィ、ヴィル。お誕生日おめでとう」

「ありがとう」

祝いの日だからと頑張って顔を上げれば嬉しそうに笑いかけられて、バクンッと心臓が高鳴った。

落ち着くんだ俺！

俺が深呼吸をしている間に、一緒に来ていた双子がヴィルヘルムに質問を投げかけた。

「それにしても、パーティー前に呼び出すなんて何かあったのか？」

「それにもう準備が整ったのか？　使用人も誰もいないけど」

ラインハルトの言う通り、人払いをしたのか控室には俺たち四人しかいなかった。

「お前たちには証人になって欲しくてな」

「証人？」

「何の？」

首を傾げる双子を放置し、ヴィルヘルムは俺の前に立つと、優雅に腰を折り手を差し出した。

「フィン。私と一曲踊っていただけませんか？」

「っ!!」

その言葉に俺は息を呑み、双子は目を見開いた。

今日、ヴィルヘルムは父親が決めた婚約者候補たちとパーティーでダンスを踊る。

『これは二人だけの約束だ』

公にできないけど、俺とも今日踊るとヴィルヘルムは決めて、呼び出したのだ。双子を呼んだのは、言外に『そういうこと』だからと伝えたかったのかもしれない。演奏家はいないから味気ないがな、と付け足したヴィルヘルムは、俺が手を取るのを待っている。双子にチラリと視線を向けると、眉を寄せつつも二人同時に頷いて許可してくれた。俺は緊張で震えそうになる手を、そっと差し出す。

「はい」

音楽もなく、狭い部屋で二人でステップを踏む。それを静かに見守る双子は『やっぱりな』『こうなると思ってたよ』と、こっそり呟いていた。


ヴィルヘルムたちにも納得してもらえて、これで心置きなく旅立つことができると思っていた俺だが、まだ終わりではなかった。

留学する前夜、父上の書斎を訪れていたときのことだ。

「嫌です」

俺の提案を、エリクはきっぱりと拒否した。当主の前であるにも関わらず、一切の迷いもない。

ある程度予想はしていたので、仕方なくもう一人の従者にも話を振ってみる。

「私も嫌です」

ニッコリと笑ってトリスタンもそう言った。すごい良い笑顔で拒否され、俺は眉を顰《ひそ》める。反対に、父上は面白そうに口角を上げた。

「フィン。諦めなさい。その二人には無理だよ」

「でも父上。僕は、長期休暇に帰国するとはいえ三年もいないんですよ？　その間、レオンやラルフの従者として仕えてもらった方が、彼らの為にもなると思うんです」

俺は平民と偽り留学することに決めたので、従者を連れて行くことはできない。だから留学中は、エリクは領地の屋敷、トリスタンは王都の屋敷の使用人として働くことが決まっていた。

けれど、せっかく従者として成長したエリクと、元々使用人の時から優秀なトリスタンを、普通の使用人に戻すことは勿体なく感じたのだ。この二人なら安心して弟たちを任せることができるし、適任だと思ったんだけどな。

「別に従者でなくとも学べることは沢山ある。そういうのは本人次第だ。フィンが心配する必要はない。それに、二人にはフィンの従者としてのプライドがある。あまり可哀想なことを言ってやるな」

俺が父上に窘《たしな》められてしまった。そんなに悪い提案だっただろうか。

「可哀想、ですか？」

「他人に仕えろというのは、もういらないと捨てられるようなものだからな」

「！」

そんな人聞きの悪い、と思ったが、エリクは顔が強張っているし、トリスタンは笑顔を浮かべてはいるが目が笑っていなかった。俺の安易な発言が、二人を傷つけてしまったらしいと分かり慌てて謝罪する。

「二人ともごめん。もういらないとか、そんなつもりはないから。ただ、僕の都合で本来の仕事ができなくなるのが申し訳なくて」

就くはずの職務ができない二人の為に、何かしてあげたかった。ただ、それだけなんだと項垂れる俺の頭を、父上が撫でて慰めてくれる。

「主人の帰りをじっと待つのも従者の仕事のうち、と思えばいいさ。それに、もしかしたらフィンが寂しくなって、すぐに呼びつけるかもしれないだろう？」

「そんなことしませんよ」

寂しいから来てほしいだなんて、どこの幼子だ。父上は、まだ俺を五歳くらいの子どもだと思っている節がある。

従者二人の意思が固いことが分かり、俺は父上に詫びてから書斎を後にした。

「フィン様。この際はっきり言いますけど、私たちはフィン様以外の従者になる気は全くありませんから」

自室に戻ると、トリスタンは改めて自分たちの気持ちを俺に伝えてきた。さっきは父上の前だからか表面上は穏やかな笑顔だったのに、今は超絶不機嫌な顔になっている。

「トリスタンの言う通りです。私も、フィン様以外の従者になるなど、ありえません。そんなことになるくらいなら死んだ方がマシです」

そんな大袈裟なと思ったが、エリクは悲壮感漂う深刻な顔になっていた。

「そんなに嫌なの？」

「「嫌です」」

綺麗にハモられた。俺の考えは浅過ぎたようだ。従者というのは、そう簡単に主人を変えるものではないらしい、ということが二人の反応を見て分かった。

「それに、もし仮に私たちがレオン様やラルフ様の従者になったとして、あのお二人に気に入られたらどうするおつもりです？『兄さま、エリクとトリスタンを譲ってよ』と言われたら？」

「えっ？　えーっと、もしそう言われたら……」

俺は想像してみる。

『兄さま、エリクって強いね！　力も強いし、走っても超速いんだよ。僕、エリクにずっと一緒にいてもらいたいな！』

レオンは元気いっぱいに、あっけらかんとそう言いそうだ。

『兄さま、トリスタンってすごいね。僕、これ欲しいって言ってないのに、探してきてくれたんだよ。見て！　素敵でしょ？　僕、トリスタンがずっと一緒にいてくれたら嬉しいな』

ラルフは、まるで内緒話をするように、はにかみながらそう言いそうだ。

『兄さまの従者なのは分かってるんだけど』

『でも、もう一緒にいられないのは寂しいよ』

『『だから、兄さま。一生のお願い。僕たちに、あの二人をこのまま譲ってくれない？』』

うるうるとした瞳で可愛い双子の弟たちにお願いされることを想像し、俺は眉を下げた。弟たちは、ゆくゆくはローゼシュバルツ家を背負っていく。俺にとっても自慢で優秀な二人の従者が、弟たちの支えになってくれるのならばいいことではないか。長い間、そばで仕えてくれていた二人が、自分の元に帰ってこないのは寂しい。けれども、これは従者二人にとっても良い話で、次期当主候補の二人につくということは、ある意味昇格するチャンスなのだ。

だから、レオンとラルフに本気でお願いされたら、自分が嫌でも『仕方ないな。分かったよ』と、きっと言ってしまうだろう。

いつの間にか俯《うつむ》いてしまった顔を上げ俺が答えを口に出そうとしたら、トリスタンにピシャリと遮られた。

「駄目です」

「まだ何も言ってないよ」

「そんなの嫌だ、と即答なさらず熟考している時点で駄目です。駄目駄目駄目です」

四回も駄目と言われてしまった。俺の意見に対して、ここまでトリスタンが言うのも珍しい。でも、俺はいずれこの家を出て行く身だ。考えてみれば、この家の使用人である二人とは、いつかはお別れをしないといけない。それが遅いか早いかだけの違いなんだけどな。

そんな俺の心を読んだように、すっとトリスタンは目をすがめた。

「フィン様。あまり変なお考えをされるようなら、意地でもついていきますからね」

「むしろ、もう最初からついて行きましょう。そうです。それがいいです。屋敷の使用人という立場が足枷になるなら、辞表を出してきますね」

そう言ってエリクは一人で納得し、部屋を出て行ってしまった。トリスタンは、俺をちょっと諌めるつもりで言ったのであって、まだ本気じゃなかったはずだ。理解が追いつかないような顔で扉の方を見ている。俺も、エリクが言った言葉をすぐには理解できず、そのまま見送ってしまった。

先に我に返ったのはトリスタンだった。

「それはやり過ぎだエリク！　ちょっと待て！」

「そうだよエリク！　僕が悪かったから早まらないで！　君は一生、僕の従者だよ！」

俺とトリスタンは、セバスチャンに辞表を出そうとするエリクを慌てて追いかけた。どうにか追いついて思い留まらせるのに苦労する。

まったく、父上が出した条件をクリア出来たら、すんなり留学できると思っていたのに、最後まで大騒ぎだったな。

みんなが俺を大切にしてくれる気持ちは、本当に本当に嬉しいんだけどね。

「あれは無意識なのだろうか」

部屋から出て行ったフィンの発言を思い出して、私はため息を吐いた。

「まるで、少しずつ身辺整理をなさっているようでございますね」

お茶を出してくれたセバスチャンの言葉に頷いて同意する。

「自分に従事しているとはいえ、従者はローゼシュバルツ家に雇われた使用人であり、当主である父上のもの、とあの子は思っているからな。いなくなるから、お返ししますと言われたようだった」

まだ十二歳だというのに、もう自立して旅立って行ってしまうような、そんな寂しさを感じた。早過ぎるだろう。

レオンとラルフが生まれたから僕は家督を継ぎません、と言われた時は、実子に遠慮しているのかと思った。

だが、単にあの子は家を継ぐということに対して、興味がないらしい。突き詰めて考えれば、このローゼシュバルツ家に対しての執着心が薄い。養子として引き取られ、育ててもらった恩を感じてくれてはいるが、それだけだ。

もちろん、私たちに対して、溢れんばかりの愛情をあの子は感じてくれている。私とラーラには子どもとして、レオンたちには兄として振る舞い、丁寧に大切に接してくれている。子どもが増えるにつれ、それは顕著になっていった。あの子はどこか、私たちと自分自身を分けて考えているところがある。

そして、自分がこの家の為にならないと思った時、あっさりと身を引いて去って行くだけの、強さと潔さをフィンは持っていた。

「婚約者候補が足枷となればいいのだが」

虫除けと称して、留学の条件として『国内で』婚約者候補を作るよう命じた。見事条件をクリアし、第一騎士団長の息子二人とフィンは契約を結び、来月から隣国へと留学する。

「ちゃんと帰ってくるんだよ、フィン」

私は言いようのない不安を押し込める為に、そっと瞼を閉じた。

この作品に対する皆様のご意見・ご感想をお待ちしております。

おハガキ・お手紙は以下の宛先にお送りください。

【宛先】

〒150-6008 東京都渋谷区恵比寿 4-20-3 恵比寿ｶﾞｰﾃﾞﾝﾌﾟﾚｲｽﾀﾜｰ８Ｆ
（株）アルファポリス　書籍感想係

メールフォームでのご意見・ご感想は右のＱＲコードから、
あるいは以下のワードで検索をかけてください。

アルファポリス　書籍の感想　検索

ご感想はこちらから

本書は、「アルファポリス」（https://www.alphapolis.co.jp/）に掲載されていたものを、改稿、加筆のうえ、書籍化したものです。

異世界転生《いせかいてんせい》したら養子《ようし》に出《だ》されていたので好《す》きに生《い》きたいと思《おも》います

佐和夕（さわ ゆう）

2023年 4月 20日初版発行

編集－本丸菜々
編集長－倉持真理
発行者－梶本雄介
発行所－株式会社アルファポリス
〒150-6008 東京都渋谷区恵比寿4-20-3 恵比寿ｶﾞｰﾃﾞﾝﾌﾟﾚｲｽﾀﾜｰ8F
TEL 03-6277-1601（営業） 03-6277-1602（編集）
URL https://www.alphapolis.co.jp/
発売元－株式会社星雲社（共同出版社・流通責任出版社）
〒112-0005 東京都文京区水道1-3-30
L 03-3868-3275
・本文イラスト－松本テマリ
ザイン－百足屋ユウコ＋タドコロユイ（ムシカゴグラフィクス）
図書印刷株式会社

-31907-5 C0093

装丁デ
印刷－

BN 978-4-434